U0585032

名家小说集

波湖谣

陈世旭 著

作家出版社

鄱阳书房记

陈世旭

鄱阳湖是我的第二故乡。

我的青春——人生最宝贵的年华，是属于它的。在鄱阳湖口的一个小沙洲上，我曾经生活了将近十年。我在这里播种希望，流了汗，还有血。生活，用巨大的，甚至是可怖的风暴和洪水，同时也用暖人的阳光和鼓动帆的风，粗暴而又温柔、无情而又宽厚地铸造了我的生命之舟。在那之后，我的关于欢乐与痛苦的最深切的经验，我的最热烈与最阴沉的情感，乃至我创作灵感的源泉、我的审美理想以及艺术追求的激情和情致，都是同它联系在一起的。

清晨，风在水上滑行，湖边的泊船轻轻地摇动，偶尔撞出亲昵的响声。一只水鸟在桅杆顶上打了个趔趄，翅膀散开来，拍了几下，终于站稳。然后，就神气活现地站在那里，不时勾下头，啄一啄羽毛。

大白天，天和水在很远的地方连接起来。天上一丝云也没有，水被天照出一片白亮，刺得眼睛生痛。不时有冒着浓烟的拖船拽着的驳船，和缀满了补丁的绛红色或土黄色的帆从那白亮上划过。

薄暮时分，最远的天边，横着条状的金色云霓。巨大浑圆的太阳，在那条云霓上面若有所思地注视着将要进入黑夜的世界。一行雁笔直地向上扬着，在它面前缓缓移过。一片帆长久地在太阳的圆心处停着，凝然不动。淡淡的紫色的暮霭弥漫过来，把湖罩在一片柔和、明亮的光晕里。

到了夜晚，雾气一团一团在黑暗深处浮起，湖上的航标灯飘忽不定、时隐时现。然后，远处越来越清晰地现出一些起伏不定的轮廓，那是对岸的山峦。渐渐地，山峦上的光亮越来越广大，似乎有个人高挑着一盏雪亮的灯，正从容不迫地在山的那一面攀上来。那盏灯终于一点一点地从山脊露出，漫无边际地照亮了幽蓝的夜空。这是月亮。所有的星星都隐没了，而在默然里涌流的湖粼粼地闪起光来。湖边的蓼草静静地摆动，偶尔响起鱼跃的声音。几只水鸟被惊起，拍着翅膀从草尖上掠过，又消失在另一片草丛中间。

然后，我与鄱阳湖一起，经历了巨大的历史演变。二十世纪八十年代，中国社会获得重生的机遇，也让我有可能走上写作之路。

而鄱阳湖的演变，则是整个社会演变的一个缩影。

鄱阳湖因鄱阳县得名。作为江西第一大县，建县两千多年间，曾经水运兴旺，商贾如流，樯帆林立。至近代，随着立体交通的逐渐普及，一度失去原有的繁荣。而如今，生态正成为鄱阳县的最大优势：湖泊数量和面积位列全国前茅，是中国湖泊最多最密集的地方；湖生态堪称全球之冠，是世界上最大的白鹤和天鹅栖息地，世界生物多样性最丰富的湿地。在生态文明时代，鄱阳县依托其所辖之千湖，以人与自然共生共荣为目标，正有声有色、多姿多彩地日益发展、成长。

美国作家梭罗在著名的《瓦尔登湖》中把湖称作“大地的眼睛”。令人忧虑的是，保护好这样的“大地的眼睛”，在许多发达的工业社会，似乎正在成为一个亟待解决的问题。

也许正因为这种忧虑，当我重回鄱阳湖区，我是那样强烈地感觉到莫大的惊喜：千湖之县的鄱阳，有着一千只如此澄澈、如此明亮的“大地的眼睛”！五十八平方公里的内珠湖，水质居然达到直接饮用标准。冬季是天鹅和白鹤的天堂，夏季是白鹭和灰鹭的王国。

很多年前的同乡诗人陶渊明，曾经发出“田园将芜，胡不归”的痛切诘问，而我今天想说，故乡纯净如斯，胡不归！

我归来了，内青村热诚的乡亲容纳了我的“鄱阳书房”。像鄱阳湖上的无数岛屿一样，这是一个乡土社会的史书库，漂浮在蓝天一样明亮和广阔的湖面上，正是我常常莫名地向往的岛屿，拥有着美丽、成熟、淳朴以及大自然超常宠爱的岛屿。我在楼上，四面是粼粼发亮的茫茫湖水，点缀着鹭鸟翻飞的岛子和机船上冒出的袅袅轻烟；楼下，夹在老屋和新墙之间的幽深村巷里，响着当地盲艺人的古老弦子和渔鼓。如果说我曾在城市的生活中一度觉得亲切却陌生、虚荣但似乎不真实，那么现在的情形正好相反，这里的人群陌生却亲切，也许缺少虚荣但真实可信。它远不止地理意义上的梦境，还同时是文学意义上的梦境，它就存在于现实中，还将存在于无数人的想象中。

一百年前，德国哲学诗人荷尔德林已预感到人类必将重返故里，重返童贞。作为一个哲学命题，还乡就是返回人诗意地栖居的处所。人的内心，永远存在着一个“故乡情结”。那是一种温暖的情感的凝聚，是无尽的梦幻和永久的魅惑。整个人生就是一次精神之旅，每一步都在寻找最终的故乡，所有朝圣者的疲惫，都会被故乡的烟火镀亮。

正如梭罗在瓦尔登湖畔居住的生活体验，使得瓦尔登湖的光芒穿透了生命的意义，鄱阳湖同样会是一个精神生命的原点。鄱阳湖是云、水、阳光孕育的诗篇，而我愿是鱼，是鸟，是水柳，是爬满岛屿的霸根草。我将为水的灵魂所吸引，依靠着帆在风云间行走，从路途到心灵，从喧闹到安静，张开双臂，去拥抱自然，去与乡亲交谈，去聆听最质朴也最灵动的语言，去享受最真实的美。

是的，我们改变不了生命的长度，但可以改变生命的宽度。

在我数十年的写作中，那些关于鄱阳湖的文字尽管都使我动情却常令我愧怍不已。好在，我还有时日，还有机会。我希望，所有那些，都只是序曲。

目　录

秋　月

县黄梅剧团来灾区慰问，在下湾洲乡政府的场子里演《天仙配》。那里地势高，决口后进圩的洪水只淹过不到半尺，水退的头三天里就露出来了。

下湾洲在今年的汛期中很意外地破了圩。但是对近几年因为责任制而发了迹的下湾洲人来说，洪水似乎没有造成什么灾难。他们像以往一样快活而自在。

刚吃过晚饭，人们就吆五喝六地互相叫着去看戏。

圩里的积水还很深，堤外的江水还很高。显得窄窄的堤面上，一簇一簇地，许多手电筒在光柱互相交叉地闪动着，划上划下。叽叽喳喳的说话声、笑骂声、打闹声，在空旷的水面上传得很远。

“走啊，毛仔，贱苟！”金宝一头钻出自己的棚子，高声大气地喊。“毛仔”“贱苟”家的棚子，跟他的棚子挨身连着，其实用不着这样大的喉咙。他明显在气哪个。

他气的是在另一边同他的棚子紧挨着的那间棚子里的人。

由于共同遭遇的变故，人和人之间仿佛变得比以往亲密得多。所有的人都被赶到狭窄的堤坝上，互相之间靠得这样近。堤面上的这些破圩那天临时抢搭的棚子，大都是用竹子、芦席、草袋、塑料薄膜搭起来的。为了省料和牢靠些，又都尽可能地连在一起。

在金宝这个屋场的这一连串的棚子里，唯独在“毛仔”“贱苟”相反一面同金宝家挨身的这间棚子特别，它是用上好的粗木大料搭的。棚子中一半在堤面上，另一半像少数民族的竹楼一样，被好几根大料支着悬在堤内坡的水面上。上面铺的全是木板子。棚子的山头很高，比别人的棚子高出二三倍，看上去，好像是这个棚子王国的金銮殿。那些木料，是棚子的主人这几年发财之后买回来的，准备今年下年再做新屋给儿子娶亲。确实是财大气粗，就是遭了灾，也显出与众不同的气派。到洲上来的人，不消问，只要看这个架势，就猜得出：这个棚子的主人要不是全县有名的万元户唐老倌才有鬼。

唐老倌一家四口，他，他老婆，一儿，一女。都是下湾洲第一流的厉害角色。他儿子是洲上第一个自己买机动船出去跑运输的，每年净收入五六千元；老倌子和女儿包下四个整劳力的责任田，连逢几个好年成。收入同儿子的加在一起，连着好几年“万”字出头。这还没有包括老婆子在家里养猪养鸡收的几百块。

好像财喜是长了眼睛，认得路的。儿子唐贵庚不久前在外头自己谈的对象，也是万元户。做媒的是女方的哥哥，也是跑长途贩运的。跟唐贵庚一起跑熟了，看中了他的能干，也晓得他有个又出色又辣当的妹子。

常年在外，人头易熟。三杯热酒一落肚，无话不可说。于是有了换亲一议。唐贵庚先去相了亲，双方一见钟情。昏了脑壳的年轻人当天就回来向娘老子报了喜，同时迫不及待地提起妹子的亲事，他一方面感郎舅的恩，另一方面，他给妹子找的也确是一门打着灯笼难找的亲。男方人品又好，又会赚钱。

唐贵庚一时竟忘记了，他这样做，只顾了一头，丢落了另一头。下湾洲哪个不知，他妹子腊女心里早有了跟他们隔墙的金宝，他自小亲如兄弟的朋友。

然而没有法子，爱情难免自私。

唐老倌老两口起先有些为难，女儿的心思哪有娘老子不知道的。金宝也是他们看着长大的，金宝娘是瞎子，金宝老子死的时候托过他们照应金宝，金宝长大了，样样好，只有穷不好。一个又瞎又瘫的娘，活不新鲜，死不断气。好在金宝要强，这几年单枪匹马，苦做苦挣，竟渐渐爬起了头。去年一年除去成本——他的成本高，因为农忙请工多，一个人从地里也挖回两千多元。按说，把女儿交给这样的人，心里是落得实的。

可是……

“等等看，腊女还小。”唐老倌取了缓兵之策。

一夜大水，金宝家那三间本来就晃动的屋壳子散了架。金宝这一跤跌得太重。要想起新屋，白做了两年怕还要借债。人有难处是要相帮，但未必就要女儿嫁去跟着受苦。再加上儿子亲家催得紧，唐老倌一狠心，任随儿子领着郎舅来相了亲。

来相亲的人手脚大，彩礼装了半船。上岸时，堤上挤满了人。今天一整天，下湾洲上因为破圩而无所事事的人们议论的，除了下午才来的县黄梅剧团，就是唐老倌屋里这门亲事。

金宝缩在自家棚子里闷了一整天。“毛仔”“贱荀”早走了，他是晓得的。他们经过他棚子时喊了他，他那时还在发闷，像死过去一样。后来，前前后后，棚子里的人差不多走空了。除了整天瘫在床上的瞎子娘不停地呻吟，除了隔一层板子传来的唐老倌天一黑即响起的满足的鼾声——他老婆、儿子陪着新姑父兼郎舅去看戏了，四面静得怕人。金宝忽然听见腊女在板壁那边移来移去的脚步声和随后响起的担桶声，再也闷不住，跳起来，打雷似的吼了一声。其实，他哪有心思邀人看戏，吐口恶气而已。

“喊冤！”

一条扁担，挑着满满两桶水，横在金宝面前。扁担中间，往上，是两只灼灼的眼睛。

“让开。”金宝低低地发着恨声，想挤过去。

“你走，走到阴司去！”腊女冷冷地讪笑。要想从她身边挤过去是不可能的。横在她肩上的扁担阻断了堤外坡的这条通路。路一边是搭满了棚子的堤面，另一边是拍拍作响的江水。除非下水。

金宝真的下了水。

“我不去，你敢去？！”腊女一顿脚，桶里的水泼了出来。“你个黑良心的，听说来了戏班子，就扯起脚飞跑。

想去寻过一个卷头毛、高脚跟？！”

“不关你相干！”

“不关我相干？你的山盟海誓给狗吃掉了？”

“你寻得别个，我寻不得？”

“寻了哪个？”

“装什么洋憨，今天你接了人家的彩礼！”

今天一早，相亲的就拢了岸。金宝起先以为腊女会为了他跟人家撒泼，闹出什么事来。结果，她不但大大方方地收了人家的彩礼，还一整天老是笑个不住，好像生怕金宝不晓得她心里头快活。在隔壁听得一清二楚的金宝心如刀割。

“接了彩礼怎样？八字还没有一撇呢。贵庚做得了我的主？这个家，他撑起半边天，那一半呢？哼，就是皇帝老子的彩礼，我说声退也就退了。哪个能把我怎样？你个不知好歹的憨包，我接礼是为了气你。要不，我做什么不去看戏呢？憨包！”

“哼！”金宝抬起脚。

“哼什么？今夜你要真敢去看戏，看我不咒你个有命去，没命回。咒得你牙齿烂得个是个，眼睛看不到后脑壳，头上生出七个洞，巴掌破开四个丫。”说完，自己忍不住扑哧一声。

“鬼跟你笑。”金宝甩开脚，把水踢得哗哗响。

“你真走？”腊女肩上的扁担滑下来，水桶哐一声砸在护坡石上。

“腊女，你在做什么？”堤面上，那幢巍峨的宫殿里，响起了唐老倌威严的声音。他不晓得何时醒了，听出了外头的动静：

“还不死回！”

“催命！”腊女对看不见的老子乜了一眼，又回头压低声，对站在水里的金宝威胁道：

“你走吧。明天看我不打断你的脚骨子！”

腊女归了屋。金宝也归了屋，他早给腊女管驯了。

“做什么又回了？不去看戏？”瞎子娘伤心地艰难地嘟囔。唐家的变故她晓得。眼瞎，心是明的。“去松松心吧，可怜我的伢。”

“没有你的事。”金宝气哼哼地往自己的铺上重重一倒。

远处，乡政府场子那边，董永在“含悲忍泪往前走……”

忽然，金宝头边的当作隔墙的塑料薄膜窸窸窣窣地响了几声。一只软软的热热的手伸了进来，这是金宝熟悉的腊女的手。她在自家的棚子里，移开了壁上的板子。

“什么响？”那边外间的老倌子精死了。

“一只猫。”腊女一边答话，一边更勇敢地顺着金宝的头往下摸，一直抓住他的手。

金宝的手不由自主地一抖，缩了一下，腊女在他手背上死命拧了一把。他轻轻叹了一口气，任她摆布。

她在他手心里写了个字：

“走。”

又抓住他的一根手指头，捺在自己手心上。

“不。”

金宝写。

哥哥提的那门亲，反而让腊女忽然开了窍，死命鼓动金宝出去做生意：“万元户没有种，哪个都当得。”但金宝担心瞎子娘。“你娘我服侍，死不了，走你的吧。”金宝终于下了决心，洪水却来了。圩子决口后，腊女家里天天议她的那门亲事。她于是逼得金宝更紧。

“跌倒了再爬起，一时成不了万元户，总要有个往前奔的样子。我也好说话。”昨天夜里，她借名看金宝娘，来给金宝下最后通牒。

“什么好不好说话。不是万元户你就不嫁？”

“放你的狗屁！我跟你是图享福？就是想穿金戴银，又为的哪个喜欢？孬包！莽长莽大个汉子，少了手还是断了脚？日后你不怕在人前伸不直腰，我怕。你是存心跟我怄气啊。有二心早说，我不求你。要真喜欢我，为什么就不能答应我？人家为了相好的女子，天上的星子都敢摘……”

话到当腰，唐贵庚来了，喊她归屋。并且公然宣布说，是让她回去商议明日接彩礼的事。金宝当时气得只差没一口气哽死。

走与不走，成了他跟腊女之间一道跨不过的门槛。

金宝从腊女手心里抽回手，仰在铺上出了口长气。

“就是有金子捡，眼前这几个月也不能走。都走了，下湾洲圩上的缺怎么办？”

县里和乡里一再动员，为了尽早恢复圩里的生产，希望壮劳动力在水退后集中一段时间突击，堵了决口再出去。但水退得太慢，有些人等不得。也难怪，交秋了，圩里又做不成事，无论做生意的，还是跑运输的都是黄金季节。

腊女那边的铺吱吱扭扭地响了一阵：

“不缺你一个。”

说这句话之先，腊女很甜蜜地咂了几下嘴，像是说梦话——哄老倌子的。

“我是团支书。”金宝牙疼似的哼了一声。

“金宝，不舒服么？”瞎子娘上气不接下气地问。

“没有你的事。”金宝闷声闷气地答。

之后，一切归于沉寂。

隐约间，缥缥缈缈的《天仙配》渐入佳境。董永正惊喜万状：“真稀奇呀真稀奇，哪有哑木头，能把红媒提。……”

忽然，金宝的耳朵根子火辣辣地痛起来。腊女重又伸过来的手揪住了它，往起拖，拖出了塑料薄膜的空当。

“你敢憨……”金宝的话没有说完，两条滚烫烫的胳膊缠紧了他的颈。

“什么响？莫非又是猫？”

是唐老倌沙哑的声音。

没有哪个搭理他。

金宝的头动了一下，却反而被缠得更紧。

唐老倌沉默了。他明明已经晓得，弄出响动的不是猫。

一切沉默了。连瞎子娘的呻吟，连《天仙配》的管弦鼓钹。棚子外头，满是月光一样无边的水，水一样清亮的月光。

大　风

半夜以后，起了大风。

上半夜电台播送的天气预报说，寒流将在天亮以后进入本地，江湖水面上，“阵风”可达“八级”。显然，预计的时间被大大提前了。而且风力也远不止预报的那个数。不消仔细分辨，一下就能听出来，平均风力也至少在八级以上。遇到这样的大风，城里航运部门的班轮都不开航，下湾洲那些摆渡的船老大们当然更只好安心睡觉了。

邹水龙给风吵醒。他把又厚又硬的棉被拉到下巴以下，听了一会儿外面的动静。外面，风像潮水，像过兵似的奔腾怒号。黑暗中，好像有一只巨大的无形的手，想要把地球上一切高低不平的地方都抹个一抹光。邹水龙咬牙切齿地咕哝一声，骂了一句很粗鲁的话。一刮这样的风，就等于取消摆渡人的收入。而下半年，又动不动就是这种鬼天气。

他又没有赶巧。

邹水龙上船没有几天。去年，他在责任田大面积种的菖头——照说是可以获大利的，因为工厂拒绝收购而蚀了大本。今年，他老老实实回头种棉花，长势本是极好的，下湾洲却又决了口子。眼看着在泥巴里硬是挖不出金子，他于是又跟帮，贷款买了条独桅船摆渡。这个算盘打得本来不错。洲上本钱厚、本事大的人都买机动船跑运输，摆渡一类的事他们都是不屑做的。但实际上，摆渡虽不能暴发，收入却稳，而且也并不少——政策一活，在江面上来来往往的人，比先前不知多了多少。可是，偏偏他邹水龙一经营这事，就碰上了这样的倒霉季节。有什么法子？吃不穷，穿不穷，算计不到一世穷哟。

只好认晦气了。邹水龙重新把被子蒙住头，翻身睡去。然而，没有几久，他的生意却来了。

先是他床头上的窗户咯咯地响了一阵，蒙眬中他以为是风把什么东西吹得撞上了窗子，懒得搭理。后来，他才听到有人在喊：

“水龙叔！水龙叔！”

声音很低，但很急。

“哪个？”

“我。贵庚。”

下湾洲最有名的万元户唐老倌的儿子唐贵庚，洲上所有驾机动船跑运输的船老大中最能干、赚钱最多的家伙。

“做什么？”

“我要过江。”

“什么？”

“过江。”

“你发疯呀。”

“真的，水龙叔，我求你，我是昨夜搭人家的船回来的。我的船留在城里码头上。”

“怕丢了？”

“不是。有一笔生意，上千块的，约好了今天接头谈盘子。今天不去，搞不好就给别人抢走了。鬼也没有料到，会起这么大的风。”

“你这死崽，要钱不要命啊。也不怕新媳妇守寡么？”唐贵庚的媳妇过门没有几久，他昨天就是特意跑回来贪热被窝的。

“嘿嘿。”唐贵庚在窗外轻轻地笑起来。他已经听出，说话的时候，邹水龙已经窸窸窣窣地起来了。

邹水龙下床的时候，老婆扯住了他的衣角：

“你真去？”

“不去，在这里喝西北风？”邹水龙说着，唾了一口。他的脸上、嘴上满是钻进屋顶瓦缝的风吹落下来的尘土。

女人不做声了。

门一开，邹水龙被风劈面推了一个趔趄。唐贵庚早等在门外：

“快些，水龙叔。晚了，只怕赶不上那边的早班车。”

“你真不要命？”外头一团漆黑。风声显得更大更可怕。就像有无数妖魔鬼怪在看不见的漫天里张牙舞爪，狂呼乱喊。

“只要你敢开船，我就敢坐。怕淹死还吃江上这碗饭？！”

“那——走吧。”邹水龙腰一挺，把篙子和桨往肩上一甩。豁出去了。

这样的事，整个下湾洲恐怕只有邹水龙会做。这不光因为他日子过得难，想寻钱，主要是因为他耳朵根子软，经不得别人求。

这是百分之百的玩命。在下湾洲，这不是头一次，也肯定不会是最后一次，但不管过多少年，这样的事绝对不会多。

独桅船像片树叶一样在山一样起伏的江里一下子像是抛到了半空，一下子又像是埋到了江底，篷只能扯起一小半。而且必须随时改变方向，把一股股恶狠狠地从正面扑过来，随时可以置船于死命的风让开。舵用手是扶不住了，只能用双腿死死夹住。要是一不小心兜了浪头，船就可能被打得稀烂。而要做到这一切，只能凭感觉，凭经验。噎得有些透不过气的风是看不见的。那些不断地从半空里塌天似的压下来的江水，在这个黑得像实心的江面上也是看不见的。好在唐贵庚是好舵手，他绷紧了全身的骨头和筋肉，牢牢地同舵结成了一体，就像他牢牢地把握着自己的命运一样。死命抓住篷索的是邹水龙。他从小跟老子学过驾船，只是后来有些丢生了。他站在舱下，有些慌慌乱乱，又要管篷，又要不时把扑进船舱的水往外戽。从一上船起，他就不住口地在用最难听的话戳戳骂骂：骂风、骂船、骂自己的运气。

也许是托了万元户唐贵庚的福，邹水龙这一回的运气却意外地好，船一卷进风浪，他就明明白白地晓得只有半条命是属于自己的了。后来，有好几次，他都以为连另外半条命也要交出去了。可是，他们却奇迹般地靠上了南岸。当挤满了在大风中互相碰撞着的船舶的码头，在那些没有熄的灯光里显露出来的到时候，他竟几乎有些不相信。

“嘿，阎王老子不要。”邹水龙很有些兴奋。

“真是天在保佑！”唐贵庚也大大松了口气，走到船头上来，帮助邹水龙抛下锚。

他们好像是从江水里钻出来，通身已经没有一根干纱。这时候，他们才感到了湿透的厚棉衣的沉重，感到了冷。他们的牙齿开始打起战来。

“没有在水里淹死，只怕要在岸上冷死了。”邹水龙又恶声恶气地发起狠来。

“跟我走吧，去找个朋友换身干衣服。”

唐贵庚在南岸的这个小集镇上有许多熟人。“你要到风息后才回头，我给你找个地方还可以睏一觉。我上车的时间还早，说不定还来得及喝一盅。走吧。”

唐贵庚说着就要往船下跳，邹水龙一把扯住了他：

“莫急，把船钱给我。”

“你怎么了，水龙叔？还怕我会少你的船钱？”

“那就快些拿吧。”

唐贵庚忽然有些不快，这几年他跑惯了码头，用起钱来像泼水一样，邹水龙这种急切的样子使人觉得他太委琐，太无见识。“就跟一百年没见过钱面一样。”唐贵庚心里暗暗嘀咕。他从怀里一大叠也已经浸泡湿的票子中抽出一张，擩到邹水龙面前。

“五块？”邹水龙借码头上昏暗的灯光看清了那张票子的面额，“我没有找。”

“找什么！”唐贵庚赌气似的说。不过他说的是真心话。这条独桅船在正常情况下，一次至少可渡二十个人，一个人交两角，加起来就是四块。像今夜这种情况，莫说是多加一块，就是加一百块，只怕也没有几个船老大肯开船。再说，比起他就要到手的那笔生意，区区五块钱算得了什么。

“我不要！来归来，去归去，莫把我邹水龙当叫花子。”邹水龙像受了什么污辱似的叫起来。

“水龙叔。”唐贵庚有些摸不着头脑，不晓得邹水龙到底是嫌钱多了，还是嫌钱少了，“你说给几多合适？”

“熟人熟事，收块把钱也就顶了天了。”

“你不是说玩话吧？”唐贵庚疑疑惑惑地问。

“哪有工夫跟、跟你说玩话。”不晓得是因为冷，还是因为有气，邹水龙牙齿得得地吃得更厉害。

“一块就一块。走吧，到我的朋友家里去。”唐贵庚立刻为自己刚才的气恼觉得惭愧，重新摸出一张一元的票子交把邹水龙，然后一把拖住邹水龙的手。他忽然下决心要比出五块钱更重地酬谢邹水龙。

“不了，我要转去。”

“什么？”

“转去。”

“你发疯啊。”这回轮到唐贵庚吃惊了。

“不回去，待在这里做什么？说不定，一早风息了，就有人要过江。”

“不行！”唐贵庚叫起来。

“怎么不行？来得，就去得。”

邹水龙还想碰一次运气。他忘记了，来的时候，除了天保佑，除了他跟唐贵庚两个人一起拼命，他们是从北到南，走的是顺风，而回去是逆风。因为必须“之”字形地打戗水，路程要比来时多出五六倍。他只有一个人，并且技术不熟练。对他来说，现在说“转去”，就跟说“去死”没有两样。

“无论如何等风息了转去。要不然，就等于我犯了罪，送了你的命。”唐贵庚见邹水龙认了真，急了。

“我驾我的船，跟你不相干。”

“水龙叔，你那几下我是晓得的。你莫这样逞能！”

“什——么？老子送你过江，你还教训老子！站开些！”

“我话是再三跟你说到了哟！”唐贵庚无可奈何地说，“要是真出了事，那就莫怪我啰。”

“托你的福！”

邹水龙扯起了锚。

“水龙叔！”站在岸上的唐贵庚最后尽着喉咙大叫了一声。叫声立刻就被大风淹没了。离开码头的邹水龙的船开始还能影影绰绰地看到一点轮廓，很快就消失在黑暗深处。满江里，只有一个接一个堆得像山一样高的黑乎乎的浪头在奔涌。

“怪不得我，怪不得我。”唐贵庚不住地在心里为自己解脱。该说的话他说了，该尽的心他尽了。没有能劝阻住邹水龙，这是没有法子的事。他总不能把邹水龙捆绑起来。现在，不论出了什么事，他的良心都不会有什么过不去的了。他回转身，匆匆去找朋友换衣服，然后去赶班车。

邹水龙在打第二道戗水时就翻了船。船在水里被打破，然后被抛到南岸的一个山湾脚下。邹水龙没有死，他紧紧地抓住了破船。只是回去大病了一场。老婆、伢子哭作一团。他们今年这个年将很难过。

唐贵庚在城里就听说邹水龙出了事。拿到那上千块钱之后，他慷慨地花了好几大拾，买了一大堆补药和烟糖果饼来看邹水龙。

房子里弥漫着一股潮湿的霉味和呛人的烟雾。同村的许多人挤在屋里，一片嗡嗡的劝说声、安慰声、叹息声。邹水龙靠在床头上坐着，一边喘气，一边发脾气，骂着很难听的话：

“老子还没有断气，你号什么丧？！”

他骂的是他女人，她头发蓬乱地坐在屋角里，一手搂着一个伢子，低泣着，满脸是绝望的神色。

屋子里有这么多人，这使唐贵庚觉得来得正是时候。他提着那个大提包，轻轻地拨开众人，走到了邹水龙床前：

“水龙叔，你还好么？”

唐贵庚的突然出现，似乎使邹水龙吃了一惊。刚才骂老婆的那股盛气一下子消失了，那张有些愚鲁的脸上，皮肉一下一下很尴尬地牵动着，显得很狼狈。就像一个不肯听老师指教而出了丑的伢崽突然发现老师出现在面前，并且要当众训斥他。邹水龙的嘴唇可怜地翕动着，半天说不出一句话，只是讨饶似的“哦哦”着。他想要顾面子。

唐贵庚却并没有注意邹水龙的表情。他把那个大提包放下，“撕拉”一下打开拉链，拿出一大条烟，那是整整一条精装“凤凰”——即使在如今的洲上，抽这种烟也是最大的奢侈了。他把长条从当中掰开，取出一包，然后一面把烟一支支分送给屋里所有的人，一面继续说着："唉，水龙叔你也真是，当初要听我的话就没有这样的事了。"

邹水龙把头歪到一边，巴不得寻条地缝钻。

"来，接住，这是福烟，我跟水龙叔拿命换来的。"唐贵庚笑着想使屋里的气氛轻松些。"要死脚朝天，不死万万年。"

唐贵庚有些意外，他的努力没有收到预想的效果。人们跟刚才他进来时一样冷冷地看着他。有的人接过他的烟，又不言不语地放回床头上或身边的柜子上，有的人干脆就用夹着半截烟头或是旱烟筒的手把他的烟挡回去。他心里本来就有些虚。现在他明白，要大家都不介意是不可能的了。背脊上好像有一条冰冷的蛇在爬，他浑身不自在起来。

只好快些离开。

唐贵庚回转身，把提包里的东西一件一件很快掏出来，堆在邹水龙床头上。

"水龙叔，你好生养病吧。我屋里还有事，二回来看你。"

邹水龙这才晓得，唐贵龙那一提包东西是给他的。他像受了惊吓似的一把扯住要起身的唐贵庚：

“你这是做什么？钱是水里淌来的么？这怎么要得，这怎么要得！”他慌里慌张地连声喊着，就像唐贵庚不是送了他，而是抢了他。

唐贵庚低下头，不敢看这张脸。现在，巴不得找条地缝钻的，是他。

初　雪

今年的头一场雪比以往早，不知不觉就落下来了。人们是在早上醒来时，看见了从瓦缝里、窗纸上透出的那种特别明亮的、有些发蓝的光后，才忽然知道下了雪的。雪很大。整个下湾洲变得洁白耀眼，远远近近的屋舍、柴垛、树林、青石板和水泥板混用的拱桥、小河，以及河西边裸露的或是刚长出麦苗的地，都不知在什么时候被温柔地覆盖住了。

雪静静地迷茫地飘落，带给人一种甜滋滋的慵倦。快要过年了，洲上劳碌了一年，那有数的喜庆享受的日子就要来到。一下雪，就连平时有事没事地下地看看的必要也没有了。在这样的早晨，伸直腿，躺在温暖的被窝里，回味一下一年的辛苦，以及永不厌烦地计算一下辛苦带来的一切，安富尊荣在是一种福气。

唐贵庚却已经在雪地里站了很久。从他的屋场翻过堤坝，然后又沿着坝外的滩地，一直延伸到这渺无人迹的洲尾上来的那行寂寞的脚印，早就被雪填满了。唐家人没有那种懒洋洋地享福的习惯，即使有天大的理由也不会那样做。比方前不久那个大风的夜晚，为了千把块钱冒死过江，不是唐家人——邹水龙那样几近末路的人除外，谁敢？下湾洲的首富并不是天赐的。本来，唐贵庚是下决心歇段日子，回来同新媳妇过个亲热年的。冬天风多，给船运带来许多不便，有时候避风，一等好几天，很不上算。但是，在屋里闲了没有几天，他就坐不住了。忽然想到把一支生了锈的老铳擦亮。昨天半夜，他发现下雪了，就再也睡不着。早早一爬起，寻到洲尾来打野鸭。离过年还有半个多月，不消说，可以打到的野鸭决不会少，趁年前卖到一笔好价钱。

他耐心地在一丛很密的树后守候着。这是一片新林。由于洲尾不断伸长，原先堤外的裤脚套，已被垦成了棉地，套外筑了道新堤，于是有了这一片新的护堤林。低矮的，因为枝叶凋落而显得稀疏的林子中间，筑新堤时挖出的土坑，现在变成了一片深浅不一的连环的水塘。水塘边沿的土坎堆满了雪，就像弯弯曲曲的把水塘连接起来的闪闪发光的链子，映照着铅色的天空。平静得没有一丝涟漪的水塘是幽暗的，只是那幽暗像衬着黑底的玻璃一样透明。

照说，在这种新辟出来的完全没有原始色彩的地方，不会有野物。要是以早，莫说野鸭，就是天鹅也有人见到过的。随着下湾洲的人烟愈益稠密，那些野地里蹿的，天上飞落的，都让人挤跑了。奇怪的是，这几年，又开始有这一类不速之客光顾下湾洲。许是对它们来说，这个世界的空间被日益膨胀而且势头不减的人类塞得越来越小，它们不得不迁就些吧。

不时有一二只水鸟飞到林子上空来，貌似悠闲地盘旋着，忽然笔直地半栽下水塘，张开的翅膀有力地在水面上拍打一阵，然后得意扬扬地昂起头，欢快地飞起，在它长长的尖喙里，夹着一只尾巴还在激烈动弹的鱼。静静地注视着这一切的唐贵庚的脸上浮起会心的微笑。他欣赏水鸟的这种能干和厉害，对自己今天的出猎踌躇满志。他把两只已经冷得发木的手，互相交换着放在掌心里，用力捏着。

命运确实是从来不会让他失望的。刚刚天亮的时候，野鸭就像应约似的出现了。北面的天空上，先是一只、几只，然后是黑压压的一群，在纷纷扬扬的雪片中间向他飞来。领先的一只似乎是疲倦了，在半空中俯视着这片林子，不知是由于惊喜还是感叹，嘎嘎地叫了几声，然后，笔直地伸着长长的颈子，一下一下地扇动着翅膀，有节奏地减慢了速度。起先它还犹豫了一阵，缓缓地在林子上滑翔。后来终于下定了决心，平稳地落在唐贵庚隐蔽的树丛不远的水塘面上。

这是只深褐色的野鸭。颈上有道窄窄的白圈，白圈以上直到头顶的羽毛，都是那种粼粼闪光的暗绿色。它接连不断地把这颗美丽的脑袋伸进水里，又抬起头来，很快地摆动一阵。然后安详地、不慌不忙地划起水来。等到它确信这里真是那么美妙的时候，便扭转头，对着越来越多的在它头顶徘徊的同伴连声欢呼。于是，那群野鸭跟着大雪一起，嘎嘎地落下来。它们不停地嬉水，拍翅膀，显得那么快活。

雪给它们带来了厄运。雪帮了猎人的忙。

树丛中，唐贵庚的铳响了。打的是子母式散子。水塘里，以及水塘边积着雪的土坎上，立刻响起一片凄厉的哀叫。好几十只野鸭再也不能跟同伴一起重返天空了。

唐贵庚的枪声刚落，附近的什么地方紧跟着轰地响了一声。唐贵庚立刻就判断出来，这一铳打的跟他是同一个目标。但显然是徒劳的。除了把被他打的头一铳惊起的野鸭更快地赶进大雪弥漫的天空之外，没有任何意义。

可是，那个蹩脚的猎手却先于唐贵庚跑出了隐蔽的地方，飞快地跑到水塘边，把正在雪地里挣扎的野鸭抓在手上。他是那么兴奋，嘴巴里吐着大团的白气，唐贵庚甚至能听到他呼哧呼哧的喘气声。

换了任何一个人，唐贵庚都是要骂娘的。他会一点不含糊地冲过去，同对手一直争到动枪把子。但是，这一次，他却一动不动，两条腿好像忽然之间冰僵了。

那个人是邹水龙。

唐贵庚记起来，天亮前他到洲尾来的路上，曾经撞见过邹水龙。当时邹水龙起码在堤外的滩上给他那条还没有修好的破船盖挡雪的芦席。天冷，又都有事，他们只是打了招呼。唐贵庚根本不会想到，邹水龙马上就会跟他的帮。

邹水龙这一辈子好像总是在慌里慌张地跟别人的帮。

大前年，在外头跑运输的唐贵庚听说出口的薄荷油是缺门，立刻让家里把所有计划外的棉地全部种上薄荷。不仅大赚了一把，而且接上外贸部门的关系，又知道了省城一家罐头厂为外贸生产的蒿头罐头因为销路好，要大量增加生产。而种薄荷的农户猛然增多，可能饱和，于是他又立即让家里改种藠头。洲上许多头年对唐家的冒险事业持疑虑态度的人，见他们真的发了财，纷纷跟帮学样。邹水龙知道这些事的时候，已经误了季节。到第三年他才慌慌张张地种藠头，结果几千斤藠头好不容易送到省城，那家罐头厂却大门也不让进。工厂里头，藠头已堆积如山，早已突破原料收购计划，实在无法再收了。邹水龙同许多跟他一样没有同厂方订合同的农民在省城的马路边白白地呆坐了几天，一直待到二十几只麻袋的藠头烂得发臭。他们中间的许多人大哭大闹，寻死觅活，有什么用呢？只能怨自己瞎干。

世上像邹水龙这样不走运的人绝不会是很多的。破屋偏遭边阴雨，漏船单遇顶头风，确实是这样。倒霉的事一件跟着一件，好像他把别人的不吉利都兜起来了。实行责任制多年，别人的日子好好歹歹总往高处走，只有他，像块圆溜溜的石头从山上往下滚，老也刹不住脚。他永远没有自己的主见。任何有好处的点子，别人不先做出来，他就绝对想不到。一旦别人做了，他又不管当时的情况如何，就跟在别人后头盲目乱窜。往往使得自己像一个饥不择食的叫花子——尽管他生怕别人把他看成叫花子。现在，他又忙忙乱乱地踊在唐贵庚后面来打鸭子，他怎么就想不到，巴掌大的下湾洲尾巴上，能容得下几条铳？而且有唐贵庚这样的辣手在先，他能得到什么便宜？！

雪好像比夜里更密了。大雪里，邹水龙不顾病好了没有几天的身子，已经挽起裤腿，走进冰冷彻骨的水塘，去捡那些浮在水面的死野鸭。他好像一点也不觉得冷。看那副劲头十足的样子，他显然一点也不怀疑，那些野鸭中间，有一部分是他刚才那一铳的牺牲品；也大概因此有了信心，以为从此可以百事无忧。

“唉，水龙叔，水龙叔。”唐贵庚心里被对邹水龙的怜悯一下子填满了。他摇了摇头，背起铳，转身悄悄地离开了树丛。

“贵庚！贵庚！”后面，传来邹水龙的呼喊。他并没有看见唐贵庚，只是知道那头一铳一定是唐贵庚打的，这个老实驮子！他在找唐贵庚分享猎物。

唐贵庚尽可能把身子隐蔽在较密的树丛后面，加快了步子。

树丛里积得厚厚的雪在脚底下好听地嘁喳、嘁喳地响着。唐贵庚现在才感到脚冷得有些疼。但是他心口却感到热。清楚地知道自己做了积善积德的事情，是很愉快的。这同时更增加了他的优越感。这些年，在下湾洲，他们一家是种种生财之道的开发者。他们最先买了机动船跑运输；最先同从县到省的外贸部门和工厂签订了产销合同；最先盖了水泥钢筋结构的两层楼面的大屋，预备开店铺。他们在生活中左右逢源，如鱼得水。一旦别人跟帮，他们又转了向。就像人们常常叹息的：前头的慢慢荡，后头的跟不上。他们实在犯不着同任何人争夺打野鸭这样的小利，更不要说是同邹水龙这样的人。“人是块脸，树是张皮。”发了财，不能让人说为富不仁。为了他差一点拆散妹子腊女和困难户金宝的好事，洲上已经有这种议论了。

唐贵庚站住，用两只大手捂着点了支烟。也许是因为熬了很久的烟瘾，烟点着后他没有及时把火柴丢掉，而是依然让手捂着，只顾迫不及待地深深吸了口烟。然后才舒舒服服地把吸进去的烟又长长地吐出来，眼睛盯着手指间快要烧到头的火柴杆上那点还没有熄的火苗，闪了几下，终于熄灭。

可是，天晓得为什么，当他抬起头来继续往前走的时候，忽然又在眼前的大雪中看见了那点火苗。

火苗可怜巴巴地闪着，猛地熄灭了。然后又微弱地亮起来，又熄灭了。唐贵庚闭紧眼睛，甚至举起手，用力揉了揉。但一睁开，那点火苗又出现了。

幻觉！

类似的情况，不久前一直在折磨他。邹水龙翻船以后，他的眼前老是出现一种可怕的幻觉：在黑夜的怒涛中被冲撞着、抛打着的底朝天的破船，折断的桅杆和撕成碎片的篷帆。尽管他一再对自己说："你是没有责任的。没有！"但一点用也没有。那个悲惨的情景老是妨碍着他的视线，有好几次，他的机动船偏离航道，越过了航标灯，差一点就搁浅在滩上。

唐贵庚心里不久前的那种愉快，像雪落在江里一样突然消失了。也许从一开始，他心里就并不十分熨帖吧。那天他去探望邹水龙时，邹水龙老婆红肿的泪眼，以及满屋子那些叫人打寒噤的冷眼又突然浮现出来。人们是有理由鄙视他的。因为等于是他几乎最后断了邹水龙一家的活路。对于处在困境中的邹水龙一家人，他施舍的那几十只野鸭当得一回事么？就是把整个冬天在下湾洲打下来的野鸭都给他们发了救济，但是日后呢？日后那无数的日子呢？他们总不能靠施舍和救济过一辈子吧？事实上，邹水龙并不缺力气，并不缺勤劳的德行，更不缺那几十只野鸭。他缺的是头脑，是心机，是智慧和见识。自然，并不是说人不应该老实、本分，更不是说人必须损害人。但人应该精明能干；应该明明白白地晓得日子怎样才会过得好。要不然，自己老是吃亏，对社会又有什么益处？就是说，真要打算帮这种人一把，就不只是往灶膛里填把柴的事，要紧的是帮他把灶重砌一下，砌得能烧旺火。唐贵庚曾经有过出钱帮邹水龙修渡船的念头，现在，他觉得，这还不算彻底可靠的办法。一开春，他就要把自己现在这条五吨的机动船卖掉，再买回一条二十五吨的船。那时候，船上将要增加一名水手。他原来打算，如果一时找不到合适的人，就先让自己的新媳妇跟一段时间船。现在他决定，让邹水龙上船。等赚够了钱，就让邹水龙自己买条吨位小些的机动船，然后，他们就搭伙一块儿跑码头。那时候，邹水龙依然可以像以前那么老实，那么本分，但这不妨碍他同时变得精明，变得能干。

这个计划是实在的，唐贵庚有把握。没有把握的倒是，邹水龙肯么？他又一次站住，用脚扫了扫近旁一块石头上的积雪，坐下来，续上一根烟，等邹水龙。他要跟他好好谈一谈，像求他一样说服他。

不远的树林中间，邹水龙还在大雪里叫喊。他有些发急了。唐贵庚举起铳，朝天放了一响，以示回答。

（1985年）

母　子

许多人都劝过玉莲婆：虎毒不食子。但最后她还是狠了心，无论如何要上乡法庭告状。

被告是儿子。

一夜没有睡着。第二天早早地玉莲婆就爬起来，咬着牙煮了三个红糖荷包蛋。蛋煮好了，她恶狠狠地嚼，就像嚼的不是鸡蛋，是秤砣。哼哼，你不怕败家，我还怕么？这个家，还不都是为你撑起的么？如今你不怕败了，我怕什么？黄土都埋了一截。好多年，她没有这样舍己过。从这次往回数，她记得起来吃红糖煮荷包蛋还是在坐月子的时候。儿子不足半岁，老子在水利工地上让塌方压死了。她还年轻，却死活不肯改嫁，一心拉扯儿子。容易么！把鸡屁股当银行，鸡生下蛋来要拿去换盐，剩下来的都填进儿子的嘴。儿子吃的时候，她就在旁边仔细看着，看着儿子怎样剥蛋壳、怎样塞进嘴巴、怎样鼓着腮帮子嚼、怎样狼吞虎咽，完了，她也跟着打一个饱嗝。好像她跟儿子是共着一个肠胃。容易么！儿子是在她背上长大的。长到三岁，她还背着他插秧、薅草。满了四岁，才让儿子脚沾地。有一回带着儿子上山割茅柴，把茅柴捆成了把，回头却不见了儿子。原来，儿子在山脚下的垄沟里睡着了。一只豺狗正在舔他的脸，仔细地盘算怎样下牙。后来是她先下了牙。她根本没有考虑就下了牙。因此咬的不是地方，咬在豺狗的屁股上，结果咬了一嘴豺狗屎。不过豺狗倒是骇惧异常，夹起尾巴一蹿老远。

儿子大了。儿子当了乡干部。儿子要废她早就给他定的那门亲，他嫌那个女子。发家三样宝：瘦田、丑妻、破棉袄。她好言好语地劝，又哭又诉地骂，儿子都不听，自己去找回了一个镇上的女子。

儿子结婚，她关起自己的房门不肯出来。后来，她安慰自己：心字头上一把刀，忍吧！这辈子什么苦没有忍过，还忍不得一个媳妇？

过了没有多久，她到底还是忍不得。这种媳妇哪里是媳妇：三天两头，不离荤腥，而且骨头总是啃不干净，这样吃法，就是座山也要吃空；早上起来，又是描眉又是画眼，又是涂脂又是抹粉，把好生生的一张人脸弄成一张鬼脸；那上衣是上衣么，看得清奶头；那裤子是裤子么，把屁股绷得像蒜瓣；那鞋子是鞋子么，在地上一钻一个坑。最看不得的是大天白日她就跟儿子搂着啃，不是儿子啃她，是她啃儿子。这哪里是媳妇，是祸水，是扫帚星，是败家精啊。她一再警告儿子。儿子先是打哈哈，然后是翻白眼，然后是犟了颈子干脆走得老远。

没有想到，吃尽千般苦，养大了一个孽畜！

玉莲婆到乡法庭的时候，法官们刚上班。

“什么事呢？”

“告状。”

“告哪个？”

“儿子。”

“告什么呢？”

“他讨了媳妇丢了娘。”

“讲具体些。”

“他惯媳妇。”

“他们虐待你了？”

“惯媳妇就是虐待我。”

“怎么说呢？”

“媳妇是坏女人。”

“那你应该告坏女人，怎么告儿子呢？”

“儿子是我的，媳妇是人家的。”

“媳妇过了门，怎么是人家的？”

“儿子是身上的肉。”

“法院的法是国法，不是家法。只要犯了国法，哪个都告得。”

“别个我不管，我只告儿子。”

“儿子惯媳妇不犯国法啊。”

“犯家法。”

“犯家法拿家法管。”

“家法归国法管。”

“那好吧，你说说，媳妇怎么坏法。”

“……三天两头吃鱼吃肉……又描眉又画眼又涂脂又抹粉……那上衣……那裤子……那鞋子……大天白日……我说不出口。”

“你还是告了媳妇啊。”

法官们笑道。

“不是，我是告儿子惯她。”

“那好，你要我们怎样办你儿子呢？”

“照国法办。”

“国法办不了丈夫惯老婆啊。”

“办得了要办，办不了也要办。”

王莲婆号起来：

“可怜我孤儿寡母，活到如今实不易，眼见得好生生的日子要败在一个坏女人手里，政府不给我做主，哪个给我做主？苍天啊！”她接着就捶胸顿足。

法官们面面相觑。想笑，又不敢。

“莫伤心，容我们商量一下，要不要得？”

“要得。”

她擤出一把鼻涕抹在鞋跟上。

法官们很快就商量好了，由庭长宣布：

“我们决定办你儿子，就是撤销乡里的决定，不调他来当副乡长了。”

“什么？”

“不要你儿子当副乡长了。”

玉莲婆的黄脸一下子变成了绿脸。

早就传说儿子要当副乡长，她是晓得的。

“我只要你们办——办他离婚，没有要你们办、办掉他的副乡长。”

她的声音一下子怯怯的，像被告。

“告状由你，怎么办自然由我们。”

“那也要合理合法。”

“这么办最合理合法。”

“那我就不告了。”

“不告了？那还行！”

“怎么不行？我儿子没犯国法。”

“犯了家法。”

“犯家法用家法管。”

“家法归国法管。”

“国法办不了儿子惯媳妇。”

“如今是办得了要办，办不了也要办！”

“你们敢！”

玉莲婆一跺脚，公堂抖三抖，就像当年跟豺狗拼命。

这场跟儿子的官司变成了跟乡法庭法官的官司。

到底是玉莲婆赢了这场官司。庭长最后宣布：

“原告撤回起诉，案子不予成立。”

玉莲婆走出法庭，满心里是说不清的味道，只觉得沉沉的，像塞了三只秤砣。她想：红糖煮荷包蛋真是有用，经得饿。

万记客栈

如今的姑塘镇是名不副实了。之所以仍称作“镇”，是因为习惯，先前的一条主干道，在一片蓼子和蒿草中时隐时现。街两边，断断续续地存有一些房屋。有的是一具空壳；有的是半截断壁；有的只是一段墙基或一条门槛。也有几户真的人家，零零落落地清了一些地块出来，围了猪圈，拱了粪棚，种些瓜菜之类。大多数人家早已陆续迁走。最近的迁到乡政府所在的新街；远些的迁到县城；还有的走得更远。剩下的这几户都是世上最没有办法的那类，只能留下来，种菜、开杂货铺子，同不时到姑塘湾来避风的渔船做些交易。只要能忍受清静，日子还是自在的。

在这几户人家中，老万里头人的生意最不合时宜。

老万里头人即是老万老婆。除了乡政府管户籍的人，没有哪个晓得她的真名实姓。老万祖上是经营客栈的。到老万手头上，还留下了一幢屋。老万旧社会染了许多恶习，嫖、赌、毒无所不为。到土改前把家业败得差不多了，划成分时划来划去划不高，也就因祸得福。一幢屋，腾出几间来出租，虽不能花天酒地了，毕竟也不怎么劳神费力。老万在本地的名声不好，即使是附近的乡里人，谁也不愿把女儿嫁给一个背时的败家子。远处说合来的女子，相亲时一见他那张鸦片烟鬼的面相，也就立刻掉转头跑个燕儿飞。直到一九六〇年，才收留了一个从江北落难的女人，也就是现在的老万里头人。两个人过了没几年，老万就死了。说是死于花痨。老万之前还有一个男人死在她手上。她跟那个男人私奔，结果那个男人被追杀在半路上。她已经克死两个男人了，是白虎星。于是，再没有人敢同她谈婚论嫁。本来，老万一死，她在此地无牵无挂（她没有为老万生下一男半女）。人们以为她会走的，她却不知为什么没有走，也看不出一点再嫁的意思。偶有别人提及，她就翻脸作色。见到男人，都是一概视同仇敌。老万死后，她差不多是足不出户，非外出不可，也尽可能避人。那几户房客陆续搬走之后，她靠着一点积蓄细水长流，在这个悄无声息的地方悄无声息地活。到前些年，私人可以经商了，她有一日去乡政府，请求发给她营业证，她要开客栈。

几个乡干部很惊讶：

“开客栈？”

她再不做声，只点头。

“哪里有客来呢？你那个姑塘？”

她不答。

“做点别的生意不好么？”

人们规劝。

她不答。

只好给她发了证。她要活命么。

也有刻薄的人，私下猜测，她是不是耐不住了呢？办了客栈，五湖四海的男人进进出出，说不定哪天就从中寻出一个相当的。这个女人，莫看她像块石头，活泛得很呢。这活泛，可由她的胸脯依旧高，屁股依旧圆，且每月竟还需买卫生纸得到确证。

老万留下的那幢屋很旧了。没在水里的吊脚已经腐烂。屋顶的瓦也早已不全。老万里头人请人给吊脚打了撑，又把屋瓦干脆揭去，换上茅草（她没有本钱重新翻修），然后她把屋里屋外洗刷了一遍，地板都洗出了一丝一丝的木纹。然后挂出招牌：万记客栈。

万记客栈的生意自然是清淡。大多数日子是老万里头人独守空屋。秋后，才有江心沙洲上来附近乡里收谷草（洲上种棉花不种谷，耕牛过冬食用的谷草只好到南边来买）的人来歇几夜；其余时间的来客，多是一些打鱼人。他们常常因为嫌船舱窄小，又同家口在一起多有不便，便上岸来寻个去处好聚赌。万记客栈又清静、又干净、又有热饭热菜热被窝，收费又低。

日子久了，人口驳杂，不免有人打老万里头人的主意。有心思歪邪只想揩揩油就了事的，也有真心诚意要相好的。老万里头人只是闷头做生意，做饭递水，扫地抹灰。不管是谁，出口稍不小心，她便立即横眉直眼，弄不好还抓过菜刀拍案板，使人再不敢做非分之想。

如此几年，由办客栈引起的关于老万里头人的种种话头便尽行绝迹。老万里头人在当地二十多年的寡居让人没有闲话可说。那幢老万祖传的老屋，成了贞节牌坊。

这一天，来了一男一女，都顶多二十三四岁的样子，都不讲究。男孩是背心、短裤，女孩更让人看不上眼：短裙子薄得把肥肥白白的大腿现在外头不说，花三角裤也让人看得一清二楚。他们是省城人，到庐山旅游。今天上午游了湖口石钟山，又雇了条渔船去看鞋山。等他们下山时已错过班船。打听到还有个姑塘镇遗迹，并有荒村野店，就来了。

没有想到，这个野店竟比不野的店更严肃。

“我们要个单间。”

“是夫妻么？”

“差不多吧。”

“拿证来。”

“什么证？”

“结婚证。”

“结婚证？还要结婚证么？没有听说过。”

男孩转头向女孩：

“你听说过么？”

女孩咯咯笑起来。

“那就分开住。”

男孩和女孩你看看我，我看看你，然后做了个鬼脸，很开心，觉得老板娘滑稽。

“我这里是有规矩的。你们到墙上去看清楚。”

他们不看。看了也无所谓。一转身，他们就在一间屋子里了。但随即敲门声就响了：

“出来一个。”

“你真讨厌，你凭什么管我们？”

“我开的店。店里有规矩。”

“说话都不行？”

“到外面来说。”

“我们不愿意。”

“那就打开门来说。”

“开门就开门。”

门打开。老万里头人走开，却去端了一个小木凳在门外坐下，纳鞋底。客栈今天就只有这两位客人。老板娘有的是时间。

“我们出去走走。”

男孩对女孩说，一面横了老板娘一眼。

先前星光灿烂的夜空不知什么时候堆满了乌云，从湖上卷过来的潮湿的风，像扒皮似的在破落的姑塘镇上刮，要打风暴了。

“算了，睡觉。”

男孩很丧气，咬牙切齿地回了自己的房间。

随后，男孩和女孩都各自重重地关上了房门，门框撞得很响，整幢屋子一抖。

随后，就响起了他们熟睡后的呼吸声，声息都很重。

毕竟是年轻人，心里存不住太久的怨恨。而且，明显的，他们都累狠了。

随后，老万里头人也回到自己房间。

随后，暴风雨来了。先是风的突然止息。一片寂静，好像在思忖着、策划着、打量着什么。然后是试探性的滴滴答答的粗大雨点，嚓嚓地、笃笃地、当当地打在草尖上、石板和茅屋顶上、水面上。然后风和雨就连成了一片，恶狠狠地扑打起、摇撼起这个古老的、孤独的、衰败的、被遗弃的镇子来。

老万里头人熄了灯，在黑暗中静静坐着，听着风声，听着雨声，听着门外的蓼子、屋顶的茅草、水里的残荷在风雨中折断。这样的夜晚，她照例是睡不着的。她静静地坐着，听着。在所有那些后面，她总是能听见自己几十年来走出的迟缓的、怯生的、沉闷的、几乎悄无声息的脚步声。这脚步声透出一种辛酸，一种悲凉，一种委屈，一种坚毅和一种信念：有两个男人死在她的前头，那并不是她的过错，她没有“克”他们。是她命不好，但她是争气的。人争一口气，佛争一炉香。为此她付出了半世寂寞的代价，来证实她的本分，她的正派，她的并非“克星”。她做得很绝，众人也都终于公认了，服了。

忽然，她的耳朵尖起来。身上的汗毛一阵发麻，在狂风暴雨的漫天呼啸声中，她清清楚楚地听见了门的吱扭声。那声音是极小，极轻微的，就像是温柔的触摸，但在老万里头人听来，却分明惊天动地。她陡然一下站起来，走出去。

她走得很急，很重，泥土上发出的响声很沉闷，像远天的雷。

男孩的房里没有人。

女孩的房门上了闩，里面响着隐隐的压抑的嬉笑声。

老万里头人举起手要拍门，但又觉得不妥当，若是万一里面只有女孩一个人，那她惊动她是没有理由的。她于是把眼睛贴上门缝，里面是一片黑，黑的深处是一个女孩子娇柔的呻吟和喘息。

一道灿然的闪电长久地照亮了里屋。

就像是两根针笔直地从门缝里扎进老万里头人的眼睛。她觉得刺疼，觉得这一辈子眼睛是再也不会睁开了。她昏昏沉沉地站着，站在那扇漆黑的散发出朽木的霉味的木门外头，一时忘记了自己是做什么来了。

门里面的声音是越来越激烈越来越狂热越来越没有顾忌了。

老万里头人不知道自己在门外站了多少时辰。那声音使她一下子没有了一点力气。她闭着眼睛，却分明地看见了一点一点的火光，由远而近，最后照彻了江岸。他逼迫她坐进渔盆，然后用力把渔盆推向江面，然后转身去迎接那火光。那是追逐他们的人举着的火把。他后来被那些举火把的人乱棍打倒，抬回去没有多久就病死了。他原是一个快活自在、四处漂流的船老大。他们在一个湖荡里相遇。起先她并没有觉得自己怎样喜欢他。家里要把她交给一个身上生满了癞疮的人，那个人家里下了定钱，等于是按她的体重买下了她。她很害怕，就不知为什么跑到湖荡里去找他哭诉。他就把她留在湖荡的自己的船上。半夜以后，他们私奔。他死得很惨。她在江上的渔盆里眼睁睁地看着他们把他打倒，打得没有了声息。那些人又向她怒骂，把火把向她掷来。

……

这是一个吱吱嘎嘎的早晨。鸟叫着，贮得太多的雨水滴着，树和草拔着节伸展着，阳光和雾气蒸腾着。天、湖、屋子、街、土坡和田塍都湿漉漉的一片清新。万记客栈有几间屋子顶上的茅草被揭光了，好几根吊脚在水面以下折断了，还有的正发出噼噼啪啪的断裂声。屋子整个地向水面倾斜了。

老万里头人坐在屋外湖边，对着那幢歪斜的屋子发呆。从湖面上吹来的清凉的风把她本来就凌乱的头发弄得更乱。

男孩和女孩嘻嘻哈哈，蹦蹦跳跳地从那幢屋子里跑出来。他们仍然穿着昨天的衣服。早晨的阳光把他们遍身照得透明，仿佛他们是光身似的。他们又一个新鲜热烈的一天开始了。走过老板娘身边的时候，他们略略停顿了一下，看看披散着头发的老板娘，又看看快要倒塌的茅屋，有些同情。但他们也就是那样略略注视了一会儿，就转身走了，手拉起手，赶他们自己的路去了。

老万里头人没有看他们。她犹犹豫豫地想：还是要把客栈撑起来。上午该到乡政府走一趟，求他们贷点款，不晓得他们肯不肯。

老　铳

从来，定亲之后，圆房之前，都是姑爷一年三节往丈人屋里跑。谷雨自春节同荷花定亲，只走了两个节，到中秋节，荷花就羞羞答答地牵着他的衣角，说想到婆家去看一看。

谷雨不消说是高兴得脚板抹油，在先，他想都不敢想。

路上，要经过一片树林。荷花说，累了。谷雨也就站住脚说，歇吧。树林子密，静静的，有一群雀子吱吱喳喳地扑了一阵翅膀，匆匆忙忙飞走了。一些树叶子落下来，落到地上，有响声。

他们背对背靠着同一棵树。

“你怎么不说话？”

荷花问。

“说话？怎么不说话。”

谷雨慌里慌张。

“说什么呢？”

“随便，你说什么我就说什么。”

“那你看电影了么？”

“电影是看过的。你说的是什么电影呀？”

“你真憨。”

荷花说着，忽然跑开了。

谷雨马上明白了，追上去。

追过两棵树——顶多两棵树，就抓住了荷花，他的手一碰上荷花的肩膀，荷花就歪在他怀里。

从树缝漏下的阳光照在荷花仰着的脸上，把她的眼睛照得半闭半睁。

他把嘴俯下去。她伸出了软软的舌尖。他把手伸进她的胸口。她的脚也软了，身子往下沉。他们倒在地上，地上有厚厚的草和树叶。他抓住她的裤腰。她一动不动，像睡着了。

他的手停住了。

他忽然站起来。

她睁开眼睛，惊慌地看着他。

不对头，他想。出门前，她就一定想到过这片树林，想到过说这些话，想到过我一定会这样做的。这一切好像都是预先计划过的，等于是她把他诱到这里来的。不对，不应该她这样主动。

一定是有烙壳。

“我不相信你。”

他直截了当地说：

“你老实说，怎么回事?”

她怔怔地看着他，马上眼泪就流出来，马上就抽抽搭搭地把什么都说出来。

“畜生！”他咬牙切齿，一下掰下了一截小脚肚子粗的树枝。

“畜生”是谷雨高中同班的同学，外号叫“花脚猫”。从高中一年级起就给新来的女老师写情书，在男女厕所的隔墙上挖洞。

他后来成了放电影的。荷花喜欢看电影，又喜欢坐在放映机边上。她想：要是自己也学会放电影，就设法做放电影的专业户，就总有电影看。花脚猫有一次灯一黑就把手按在她大腿上。她没有声张。他后来就说愿意教她放电影。她去了，他真的教了。他问她怎么谢他？她说付钱。他笑笑说：用不着。那回她不知道为什么被鬼迷了心窍，竟有些感动，就……她不可能跟他好，她晓得他花，而且她已经有了谷雨。他们就只有过那一回。那一回是她愿意的。

也就是说，即使谷雨去告，花脚猫也没有什么大不了。有多少人碰了这种背霉事，只能打落牙齿往肚子里吞。

谷雨每一次都替别人恨得咬牙切齿。但是他没有想到这泡屎有一天也屙到了他头上。不行，他不是别个，别个可以放过，他不能放过。他要让那个畜生晓得恶有恶报！

回去，他从堆满了草的阁楼上翻出了那支老铳。当天夜里他背着一家人，去乡文化站。

花脚猫放完电影回来已经睡了。他一个人住一幢房子。这给了他许多方便，现在也给他带来了危险。

谷雨敲窗子。

“哪个？”

谷雨只是敲窗子。

花脚猫窸窸窣窣地起来开门。

“来。”

他细声细气地唤，声音里透着甜腻。他以为是哪个相好来了。

谷雨一下挤进门里头。

“你来做什么？”

花脚猫很失望。

“你晓得。”

“我晓得什么？”

“你晓得你晓得什么。”

“冷死了。”

花脚猫的牙齿得得响：

“我要困觉，有话明天说。”

“只怕阎王老子等不到明天。”

“你要做什么？”

花脚猫这才看见谷雨手上拿着铳。

“我不要做什么。我只要你坦白。”

“坦白什么？”

“你自己晓得。”

“我不晓得！”

“给你五分钟。”

谷雨转身走出去，到门口又回身说：

“不许关门。关了门我就从窗子里放铳。”

“你敢？！”

“我不敢它敢。”

谷雨摆摆手上的铳。

“我喊人。”

“你只管喊。”

谷雨走到门外，靠在院子里的一棵苦楝树上。树很大，一树的叶子差不多盖住了整个院子。树底下歇着好几条牛。牛喷着粗重的鼻息，像发狠，像叹气，像哭。谷雨点了一支烟，他看见自己的手有些抖。

五分钟到了。谷雨返身进屋。

“想好了没有？”

“想什么？我什么也不想。”

花脚猫已经穿了衣服，靠在床上，也在吸烟。

“你想死想活？”

“当然想活。”

“那你说不说？”

“我说什么？”

“你！”

谷雨手上的枪机咯哒响了一下。

“再给你五分钟。”

沉默了一会儿，谷雨说。

“哼！”

花脚猫在谷雨身后冷笑了一声。他完全镇静下来。他开始看不起谷雨了。

这五分钟谷雨是留给自己的。他想再等一等，在这最后五分钟里能不能改变主意，身上像干柴一样燃烧着的火能不能稍稍消下去一些；或是，在这最后五分钟里，能不能发生一些偶然的事情：比如突然有幢屋子起火，忽然发生了地震，忽然有一个半夜过路的人来敲院子的门……什么事也没有发生。苦楝树连一片树叶也不动，在屏声静气地等着看一场热闹；牛依旧在闷闷地嚼着，一声轻一声重地喷着鼻息；月光亮亮地照着院子和一大片黑色的房子，房子里的人都在做各自的好梦。只有他，像坟地里越烧越旺的野火，手把铳把子越攥越紧，攥出的汗顺着铳把子往下流。

谷雨第三次走进花脚猫的房子。

“想好了么？”

谷雨的声音变了调，好像是另外一个人从很远的地方发出的声音。

“想什么？”

花脚猫这回根本不看谷雨。

“那你就莫怪我绝情了。”

“随你便。”

谷雨把铳举起来，端平：

“看着我。”

花脚猫抬起头。满屋子月光。他能看得清黑洞洞的铳口。

“嗐！”

花脚猫冷冷一笑：

“你想打哪儿呢？打这里吧。”

他用一根指头指了指小肚子下面：

“是它沾了你的便宜。”

假使他不冷笑呢，假使他不做那个动作呢，后来的事会怎样也难说。

祖传的老铳在谷雨手上就像生了根一样稳当。在这支铳下死的生灵无数。每回要作响的时候，都是这样稳当的。

先是瞄着花脚猫的脑门子，然后移到眉心，然后是鼻梁、鼻尖、人中、嘴、下巴，移过了一整张脸。那是一张流气十足的脸，但是很能迷惑头脑简单的女人。铳头接着瞄住了突出的喉结，然后继续往下，移到胸口上、肚子上、肚子以下。

“打呀！有种你打呀！”

花脚猫催促说，像督战的一样。

铳头继续往下低垂。

“怕了？蔫了？我谅你……”

铳响了。

跟着是一声惨叫。

所有的铁砂都打进了两条一直摇着的腿。

“结清了。”

谷雨松了口气，好像偿还了一笔债务。

院子里的窗户都亮了。人的喊叫声、脚步声和连绵而起的狗叫声混成一片。

谷雨慢慢地走出乡政府的院子，走上院子外面的田埂。田里的谷都割了，空荡荡的，留在田里的谷桩散着淡淡的谷香。他一铳接一铳地往铳里灌铁砂，一铳接一铳地朝天上放。老铳精神焕发，十分快活。

月亮又大又圆。

（1993年）

私　刑

那时姑塘镇将废未废。姑塘湾水深，避风，原是天然的良港。进出波湖的船旅必定在这里打尖，歇夜，湾风，交易。古时从中原去岭南，这里是必经之途。姑塘因此发达。泊船樯桅林立，屋宇鳞次栉比。有一段佳话说是乾隆下江南，慕名驾幸姑塘。他上岸做的头一件事，是痛痛快快地撒了一大泡尿。这恩泽在他离去之后，地方上才晓得。于是感恩戴德，集资在那尿迹上立了块丈八高的碑，让一尊大龟驮着。碑上刻着：皇恩浩荡。这佳话据说很可靠。那碑至今尚在，先是由一大户人家收藏，埋在地下，“文革”时被挖出，来不及砸烂，半夜却被悄悄抬去砌了水库的基脚，确保了万世无虞。总之，姑塘镇有过繁荣的历史是无疑的。因其繁荣，也便多事。百十里波湖上，姑塘镇是湖盗们最喜欢光顾的地面之一。镇上的大户，便多养有打师。打师并非都是一流货色，并且也不能确保都没有二心，因此谋打师很不易。有一家想出一个绝法子，纳了一位江北女打师做妾。事情立刻风传开去，反而惹起强人的好奇，很快便有人前来领教身手。

来的人也不敢冒失，一来来了一伙。自称是为生意而来，但一个个举手动脚处处显出十足匪气。老板子虚与委蛇，让“贱内”上茶。

茶碗上来，匪们立刻直了眼睛：盛茶碗的托子竟是乡间磨豆浆的碾盘。一个静静办办的女人一只手稳稳抓着碾盘的把手，一只手把碾盘上的茶碗一一分送各人，满面春风，笑容可掬。

匪们面面相觑，然后知趣告退。老板子同“贱内”把客送出大门，匪们走出数步开外，老板子在他们身后又唱了一喏：顺风。匪们回头答礼，却见老板子身边，那女子双脚腾空，贴在门板上，依旧是满面春风，笑容可掬。匪们连忙缩了颈，鼠窜而去。

这家人的家门自此固若金汤。

几年过去，有一天，姑塘镇来了一个挑笼卖索的，样子蔫蔫的，很寒酸，蹲在地上，口里有一句没一句，唱着叫花子歌：

月儿稀，月儿稀，
老爹原是有名的。
前番把我一把米，
放在黄麻袋儿里。
撞着一只焦黄狗，
哞地咬碎袋儿底。

他的样子有趣，引了许多人来围观。做买卖，他的口气却大，说他的棕索两条牛也扯不断。

有位好事的打师觉得可笑，便上去抓起一卷：

“只怕是陈年烂索。”

“棕是今年割的，索是昨天搓出来的。”

“可以试么？”

“可以。”

那棕索手指粗一根，麻花似的扭成一卷，每卷有膀子粗。打师分出一根，缠在手指上，轻轻一扯，断了。又分出一根，又一扯，又断了。转眼间，一卷棕索就长长短短地断了一地。

“分明是烂索么！”

打师听着四周一片喝彩，很得意。

那个卖索的人幽幽地看了打师一眼，说：

“都在江湖上混饭，何必呢！”

“混也要混个正当，总不能哄人么。”

“既是这样不晓得咸淡，那我也就认了吧。”

卖索的人说着，把担子上的棕索摘下一卷，崭新的棕索在日头底下闪闪发光，散着一股清香。他两只手平抓那膀子粗的一卷，只轻轻一拧，一卷棕索就齐齐地断了。又摘了一卷，又一拧，又齐齐断了。没有多久，一担棕索就在地上断成一堆。

满街噤若寒蝉。打师的脸变得灰青。江湖上逢到这种事，生事者十之有九是要拿命赔礼的。

了结这件事的是那位女打师。她怂恿老板子出面打圆场，让那位因出风头而倒霉的打师办了十几桌酒席，把姑塘镇有头面的人物都请到。又在街上整整放了一天炮仗。然后卷起铺盖离了姑塘镇，由卖索的人顶了他的位置。

好久之后，镇上人才晓得，女打师同卖索的原是师姐弟。江北的大别山，是出了名的穷地方。当初娘老子拗钱不过，逼女儿做了妾。师弟便一走了之。没有想到走出千里万里又悠悠地被牵了回来。

天下冤家有几多！

后来自然就有了事。师姐弟两个也不晓得怎样寻出让人信得过的借口，不时雇了船，摇到波湖中间。

四下一片茫茫白水，一盘明月亮在中天。无边的空明中，渐有淡淡的雾浮起。月亮周遭围起一圈柔柔的晕。平滑如镜的湖面因湖水的升涨微有动荡。远远的渔火幽幽地摇曳着，亮着迷离的光。浸了浓浓酒香的歌子无忌地从舱中溢出：

壁上挂灯灯也红，
郎抱情姐在怀中。
郎是日头姐是月，
姐是杨柳郎是风。

喊姐一声姐身颤，
好比鲤鱼戏花篮。
鲤鱼戏在花篮里，
进去容易出来难。

不远的地方，一座鞋样的山影影绰绰。传说那是天神杨二郎的妹妹三圣姑私奔人间，被其兄追迫而在慌忙中落下的一只绣鞋。而今，这个不守礼法的证物静静地兀立水中，仿佛在重温那个同所有那一类老而又老的传说大同小异的旧梦。

那些夜晚，事先买通了的船老大同他们就只有一板之隔。多少也受了感动的船老大当时不漏一丝口风。师姐弟的偷情，几年间竟无人觉察。

隐情是师弟自己公开的。师姐的老板子被镇压之后，师弟向土改工作队交出了一包金银细软。那是师姐交他收藏的私房，预备他们以后过日子的。师姐由此也被划为地主分子，并有了转移浮财的罪名。师弟则被吸收成了政府工作干部。

这师姐便是后来的曹婆子。

现如今的曹婆子头发该白了，却不白。脸上依旧保留着当年的风致，不熟悉，不细看，认不出她的实际年龄。关于她的往日，她的撩人的丰姿和故事，她引起的骚动和风波，永远不会被淡忘。许许多多新的佳话，新的纠葛，新的演义也无法把她和她过去的一切湮没掉。她整天当街坐着，头上戴着一顶颜色变成了灰黑的麦草帽，天晴遮太阳，刮风挡尘沙，下雨则当伞。在雨里待的时间长了，雨水就从草编的缝隙中渗透下来，然后整个帽子底下都挂满了水滴。更多的水则在后脑壳那一面的帽顶聚成一股细流，一直落到她的依旧挺直的背脊上。而在这同时，一块很大很完整、显然是下了决心买来的透明塑料布，却覆盖在零食摊上。这样，即使下雨，也不会中断生意。她常年就那样安然地坐着，脸上没有喜色也从无一丝愁容。

曹婆子是被管制的分子，没有日子过得比别人好的道理，便让她收起零食摊。曹婆子就养猪，又到离镇子很远的一片乱坟坡下去开荒。日子还是实在。间或甚至有人听她有一声没一声地哼歌子：

青竹当马不能骑，
兔子耕田怎驮犁，
扁担划船难过江，
相好大姐不是妻，
日后总有拆分时。

镇上人也就不再逼迫她。总不能让她绝了生路吧。再说，镇上有时还不能不求她。

那年冬天奇冷，雪大。镇下面的生产大队死了好几头牛，又没有钱置新的。到了春上，耕力就很不足。偏在这时，全大队最蛮、最得力的一头阉牯收栏时在一个坡坎折断了腿骨，而且是大腿骨。一堆庞然大物可怜巴巴地卧在坎下，半个身子冒在坎上，两只极大的眼睛泪水汪汪。

除了几个上了年纪的人唉声叹气，众人多是围着，七嘴八舌看热闹：治是没得治的，治了，也是个废物。到时候不是牛供人，是人供牛。干脆，给它一刀，免了它的活罪……都眼巴巴地等着吃肉。春荒日子，能撞上肉腥，赛似过年。

已经被停了职的大队支书不晓得从哪里得到消息，一头大汗地赶来。一下跳进坎下，仰面喊：

“还不去几个人，找几根杠子来。”

看看没有人动桩，大队支书急了，认定几个后生说：

“我叫你们做老子，要得么？！”

说话的时候，眼睛血红。几个人看他真发了武，只好顺他。

把牛从坎下起出，又设法抬到镇上，快半夜了。好不容易敲开镇医院的门，值班的人说：

“你们把门牌看清楚，这是人民医院，治人的。”

随手就关了门。因为让人搅了瞌困，在门后面还骂骂咧咧：

“这帮人，哪是人，是牛，畜生！”

大队支书急得没有法子，忽然想起公社派出所所长老叶，他正在这里当社教工作组长。

老叶咳咳咔咔地披了棉袄出来，站在院子半夜的寒风中打抖索，一边抖一边说：

“只有找曹婆子试试了。”

“行得么？”大队支书也不由打个寒噤。

“你说怎么办呢？不是救牛要紧么。”老叶也许是冷的，用力咬了咬牙巴骨。

大队支书跟着老叶，做贼似的摸到曹婆子的屋，细细唤开了门。

曹婆子听了原委，二话不说就跟着走。

曹婆子蹲在黑地上，伸手探了探牛腿，说：

“没有事。”

然后，她站起来，让大家离牛远些，自己站了个桩子，两只手缓缓地平端到胸口上。天黑，大家看不清她的脸，只听她出了口长气，猛然又蹲下去，轻轻地却极有力地“喔嗬”了一声，先前在地上瘫了一大摊子的牛，竟随了那声低低的发喊忽地又站起来。

“抬回去歇两日，会好的。”

曹婆子淡淡地说，像刚才来时一样，消失在黑暗中。

一群壮年汉子，站在黑地里，久久地发呆：牛腿骨原没有断，是髋骨那里脱了臼。一个半老的女人，把条牛腿复位，竟像拍个巴掌那么容易。曹婆子的神话，看来真不是虚传。

但众人对她并没有多少感激。曹婆子这样老实听话，也是有隐情的。曹婆子同她师弟依旧打断腿骨连着筋，藕断丝连。她师弟后来在城里的大医院当伤科医生，据说还是科室负责人。每年春上，他都偷偷到镇上来一趟，会曹婆子。每回都是夜里来夜里去，自以为做得隐秘，不晓得镇上有的是眼睛毒的人。

镇上的街道办合作医疗的时候，老叶曾经提出是不是可以让曹婆子出来开伤科做跌打，用其一技之长。但因为那些风言风语，镇上其他管事的都不同意。说这个女人是火烧冬茅心不死，不能用。医院是人命关天的地方，若是贫下中农遭了阶级报复，哪个负责？

老叶也就只有缄口。

过了好多年，大家才晓得，曹婆子要报复的只是一个师弟。

师弟为了自己能当政府干部，让师姐成了地主分子。伤透了心的师姐只有对他下手。毕竟是女人，心肠软，手没有下绝，她只在师弟胸口上轻推了一掌，师弟当时什么感觉也没有。一年之后，他才觉出胸口那块地方发麻发紧。然后就全身作冷，喘不过气。记起去年师姐面无表情的那一掌，晓得师姐点了他的命穴。不赶紧找到师姐，活不过几天。趁还能走动，他只有涎着脸偷偷潜到镇上来，找到被管制的师姐，又是叩头又是下跪，让师姐放过他一条小命。师姐每次都冷冷地不做声，等他叩头叩得鼻青脸肿了，哀求得声咽气绝了，她才伸出手，在他胸口那儿轻拂一掌。他便顿时复原。但师姐并不让他根治，第二年同样的日子，他只有再来，再叩头，再下跪，再鼻青脸肿，再声咽气绝。他也无法去告，告了，他的日子也就到了头。几十年来，他就一直受着这折磨。师姐已经成了“曹婆子”，他也成了退休的“老局长”。

因为跟师姐的关系，退休之前局长对镇上一直很照顾，想方设法帮镇上办了一家药厂。退休后，镇上聘他当了厂长。药的销路也就一直很好。后来却让人查出，这家药厂多年卖的都是假药，只有关门。

第二年春上发病的日子，师弟最后一次到姑塘镇来。曹婆子任他满地打滚，也不肯出手。他只有回市里去找医院，医院查不出病，让他去上海。上海给他开了膛，切片化验，说是胃癌。把口子缝起来，让他回去办后事。师弟死后，家属给小镇的师姐曹婆子寄来了讣告——生前，他每次来小镇，都说是来看望师姐。曹婆子很仔细地看完那张纸的字，便在酒精灯上把那张纸点着，一直到它烧成了一团焦黑。算是最后了了师姐弟的情分。镇上人猜了多年的一个谜，也终于大白。

（1994年）

专　政

天黑之前，点了最后一排炮引子，几个人跑回隐蔽地，蹲下来的时候，都很开心。最多还有两天，这里的鬼差事就该结束了。半个月来，别的采石队都有人死的死，伤的伤，唯独三队，大家都活得好好生生的，不是洗澡时下手重了些，连鸟毛也不会少一根。

每年冬天修圩堤，最背霉的差事就是采护坡的石头。组织采石队，跟招工、选干、征兵一样，只不过政治标准完全相反。除了一个负责专政的队长，里面没有一个好货色。一帮臭鱼烂虾，命说不上贵贱，做这件又苦又危险的事，再适合不过。

他们队里唯独能看得开些的，是老四：寿数有一定的，要死卵朝天，不死万万年，由不得自己的。比方他自己，觉得早该死的，却总死不了，闲下来的时候常为此叹息，颇有些因为自己活得长忧愁的样子。

采石队是临时从各个生产队抽人组成的，大家因此对老四知道得不太详细。只晓得他旧社会是伪军官。在采石三队，除了一个帽子拿在群众手上的富裕中农，大都是狗崽子一类，真正地道的四类分子，就是他一个，所以喊他“老四”。

每回夜里，临睡觉前，大家摸摸自己手脚还齐全，觉得总算又不缺不残地熬过一天，多谢阎王老子的时候，他倒是很败兴地噜嗦一句，高兴什么？人要倒霉，盐罐子也会生蛆的。

大家觉得他晦气，懒得搭理他。

但他的话却灵验了。

这一天竟有一个炮没有响。哑炮并不是怎样奇怪的事。只是半个月过去，以为凭大家的运气可以侥幸挨过鬼门关，却到底还是没有挨过。大家有些伤感，排炮响过，就望着那远远一面苍黑的山坡发呆。

天已经黑了。三队队长不像别的队长，是老实巴交的一个善人。平时不怎么跟大家沾边，吃饭、睡觉都保持着距离，怕传染瘟病似的，但也不怎么对大家专政。今天遇上这样的事，他也只是跟着大家一起发呆。换了别个霸蛮些的队长，早就吆喝着勒令谁去排除哑炮了。队长脸木木地呆了好久，含含混混地咕哝了一句：“好歹也是条人命。”

队长便让大家先回去吃夜饭。他自己到指挥部去报告一下，看能不能到明天天亮再去处理那个哑炮。

吃饭的时候，大家又很自然地议论哑炮。有人说昨天夜里做了怪梦，有人说难怪一早起来右眼皮子跳跳的，看来是真有大难要临头了。心里便都惶惶的，不知道这大难会落到哪个头上。

老四拿着锅勺靠在灶边，竟听得很有兴味。就用勺子敲了敲锅边，插进嘴里。这些日子他跟大家混熟络了，一张嘴越来越油，越来越碎。在采石队他是最老的一个，瘦得像只干虾子，榔头是绝对搬不动的，他又自吹能做一手好菜，队长便让他做了伙头。有个也巴望不上山的人不高兴，问，他要毒死我们怎么办？他说，放心，我舍不得的。大家都是一根藤上的毒瓜，你们死了，我不冷清么？不过，他做饭也确有一手。没有油，他可以用酱油煎出两面焦黄的豆腐。一筐子白萝卜到了他手里，能做出好几样菜。吃饭和夜间，他一张嘴便不得闲，讲的都是他先前在堂子——也就是妓院里的见闻。他做过好多年堂子里的伙头，他做饭的那一手本事便是那时候熬出来的。听得众人馋涎直流，算是那种精疲力竭又提心吊胆的日子里的一大快活。大家由此便都喜欢了他。有一回他回去挑米，夜里不在，大家心里还都空空的没有着落。

“出哑炮了么？没有什么。不出才是怪事。摊到哪个哪个上就是。要死卵朝天，不死万万年……”

“你说得轻快，摊不到你，是不是？老不死，波湖里望翻船。”

几个填了今天最后一排炮的人恶声恶气地骂。炮是他们填的，出了哑炮自然也只能由他们中间的一个去排炮。

老四不气，从来没有哪个见他发过气，嘿嘿地干笑了几声，很羞愧地垂了头。拿勺子在锅底的稀粥里划来划去，又说：

“我不是那个意思，没有那样坏心思的。我是说，人的寿数有一定的，不该死的，撞了哑炮也死不了。年轻的时候我也怕死，炮子穿心几多回，还是活过来了，寿数不到，阎王不肯收。我活到这把年纪，经了几多事，不会打乱话的。”

接着，就絮絮叨叨地说起他自己经过的那回生死劫，很有些神乎其神。是真是假鬼也不晓得，也没有哪个打算问个究竟。那只哑炮闷在大家心里，好像随时会爆炸，心里就紧紧的。这时候听听老四的噜嗦，多少有些松快。

老四有张油嘴，还有双贼眼，平时说话老是贼溜溜地瞄着人，察看对方的脸色。你高兴了他就起劲，你一不耐烦，他也就马上打住。他这回说的事，从来没有人听他说过。他自己也好像忽然觉得有些不妥当。刚开了头，说了句“民国二十七年”，又迟疑着，拿眼睛在大家脸上睃来睃去，看看大家都木木的，并没有什么特别的反应，还是打算听下去的样子，他才放了心：

民国二十七年，六月间，日本人从安庆一路攻上来，马当一下当了锋头。马当原不该丢的。下水有两个集团军，操他娘竟没有阻住日本人，退到马当来都成了溃兵，让日本人打得抬不起头，每日死上百人。增援的部队迟迟不来，结果误了事。守军死得一个不剩。日本人就把兵运到了湖口。我们二十六师原是去接七十七师的防，没有完毕就同日本人交上了火。刚走开的七十七师奉命回援，让日本人挡住了，我们成了孤军。我们师是从四川来的，先前是保安队，又都是新当兵的，武器都跟拨火棍差不多，连挺重机枪也没有。不过我们师长是条好汉，硬是让我们同日本人拼了两日两夜，一个师三股去了两股多。到末了，像我这样的伙头也拼上了。日本人从安徽过来这一路，没有见过这么死硬的中国军队。

战场上命不值钱。枪炮一响，死活都不由人了。一仗下来，看看那些流成了河的血，码成了堆的尸体，你这个没有死的还不就跟蚂蚁一样，说不定下一刻就有一只大脚下来，把你踏死。

交战第二天的下午，连长忽然把打得昏头昏脑的我叫出壕沟，让我到师部去送封信。

师部在县城。县城差不多空了。老百姓前几天就炸窝一样跑了个燕儿飞。除了当兵的，剩下都是些没人服侍的老的、残的，再就是些趁火打劫的歹人。

送了信，我又往回跑。出门的时候突然让一个老太婆绊住了脚。老太婆骨瘦如柴，肩头稀稀落落的白头发挽不起发髻。她抬起头来的时候，我才看出是个瞎子。她扑在地上死死抱住我的脚，一边号哭一边拿头往地上的石板上磕。磕得额头青肿，血流到空空洞洞的眼窝子里，很是吓人，死尸也没有这样惨的。江边那里的枪炮正响得紧，要不是见她样子惨，我真会一脚蹬死她。

原来她是让人骗了。她从家里跑出来“躲反”的时候，带了所有她以为还值钱的东西到县城的当铺去换钱。结果换到一块假银圆。她拿这块银圆去雇船。船老板在地上一摔就裂了缝。回去找那个当铺，人家早不知跑到哪个县哪个府了。她是指望了这块银圆去九江寻找她一个做生意的远房侄子的，没有这块银圆，她就死定了。

事情也巧。出来当兵的时候，老娘在我身上塞了两块银圆，叮嘱我不到回老家的日子，死活不要动。还没有出四川，我就丢了一块给烟馆子的婊子。剩了一块，就再也不敢动，那是老娘给的护身符。

如今，看这一仗的阵势，不打个精光卵子净是不得了结的。命是保不了了，回老家的路也绝了，留那块银圆又有何用呢？将来还不是好了哪个收尸的么？真要死了，尸收不收都一样。还不如自己积点阴德，便把那块真银圆换了老太婆的假银圆。

事情要说怪也就怪在这里。我那块银圆先前一直是塞在裤腰带夹层里的，那裤腰带子是老娘特意缝的。我把银圆掏出来，丢给老太婆，随手拿过了老太婆的假银圆。却没有再塞回裤腰，神差鬼使地放进左胸口的衣兜里了。当时脑袋瓜子乱糟糟的，什么也来不及想，闷了头就往阵地上跑。

阵地上炮火连天，一上去就红了眼，什么也顾不上，什么也记不得了。又打了一个夜晚，天亮前连长命令我们反冲锋。我就倒在这次冲锋里。身上中了十几处枪弹，却唯独只有一颗是要命的。那颗子弹认路一样笔直钉在我的胸口上。进去了，就真的是“炮子穿心”了，竟没有穿过去。拦住子弹的，就是那块假银圆。那颗子弹就像钉子一样嵌在银圆上。打了那个冲锋，我们就撤了，一气跑到九江，我才倒下来。上了担架，才摸到那块嵌了子弹的银圆。后来，我在医院里住了好久，静下来的时候，想一想，明白什么都是早注定了的。活着的就是不该死的，死了的就是不该活的。世上的事，表面上看起来，有时候很怪，其实都是有定数的。比方我，怎么就生在那个地方；怎么就进了保安队；怎么就编进了二十六师；怎么就轮到我们打了那一仗；怎么就让连长想起叫我去送信；怎么就轮到我被那个老太婆绊上；怎么身上就正好有一块银圆；怎么会把假银圆收起来；怎么恰好就放在上身兜子里；又怎么恰好有一颗要命的子弹就打在上面……都是怪事，稍有个差错，事情就全不一样了。为什么没有差错？就因为其中已经有个定数，我命不当绝。咳，说真的，人要活这么长做什么呢？

老四的话听起来像是幸灾乐祸，似乎是拿他的活得长在大家面前摆脸。因为事情跟他沾不上，乐得轻飘飘。

"我操你娘个老王八蛋，老反革命，你还成了抗日英雄了！你要真不想活，凭你跟自己翻案，老子现在就可以捶死你！"

狗屎一下从地上站起，两只眼睛瞪得血红。狗屎是今天填最后一排炮的人，火气最大。他出身富农，好几年前同一家上中农讲好了换亲的。那一家的男方是哑巴，狗屎的妹妹死活不肯，经不住全家逼迫，好不容易答应了，对家的女方又迟迟不肯过门。一直拖到今年才总算答应下年圆房——也是被哑巴哥哥和全家逼迫不过。但狗屎现在却凶吉未卜。

“我操你娘个老王八蛋。你一辈子好吃的吃过了，好日的日过了，死一百回也抵得了。”

狗屎叫着，眼睛里竟淌出泪来。狗屎虽然蓬头垢面，破衣烂衫，但样子很雄壮，很像宣传画上的工农兵，只没有那份福气就是。他还远不到吃够了苦的年纪，舍不得死，是很自然的。老四不一样，他自然无所谓。那一仗打完，他出院后瘸了一条腿，只有离开军队。老家是回不去了，就在当地的一个堂子里打杂。以后又因为在军队学的手艺做了堂子的伙头。新中国成立后就一直隐瞒了先前当过兵的身份。但那块救了他命的银圆，又差一点送了他的命。有一回他喝醉了酒，唾沫四溅地讲起那块银圆的故事，吹自己命大。没有想到让人记住了，“文革”一开始就告发了他。那块银圆真的被抄出来，成了潜伏特务的罪证，被揪出来打了个半死。最后定成历史反革命，赶下了乡。老婆是先前堂子里的姐儿，落下一身病，下乡不到一年就死了。两个人没儿没女，剩了他一个留在世上挨日子，像狗一样被人踢来踢去，还真是不如眼一闭，脚一伸，土一埋，图个清静自在。银圆的故事，他下乡后再没有人听他说过。现在他自己说出来，可见他也真是不在乎什么了。

“开会。”

队长忽然蔫蔫地从人后面站起来。他其实已经进来一些时候了。他跟大家没有话说，一旦说话就总是喊一声“开会”。

他的会也总是开得简单：指挥部说，哑炮一定要马上排除，今天夜里各队统统都要夜战，哪个误了事就揪哪个出来专政。末了他问，你们几个，哪个去?

几个都蹲在地上，头埋进裤裆里，死不做声。

“说话呀。”

隔了一阵，队长略略提高声音。又接着轻轻补一句：

“我也没有法子。”

听起来已经不是责令，是哀求了。

“抓阄！”

狗屎又先吼起来：

“虽说都是狗娘养的，要死也总有个先后。”

“那就抓阄。”

其他几个有气无力地响应。

一副扑克，参加抓阄的几个人各洗一遍，然后各翻一点，翻到点数最少的那个人第一个抓牌，哪个抓着“大鬼”哪个就是到阎王老子头上去拔毛的人。

一轮。

二轮。

三轮。

四轮。

……

大家的脸色越来越白，手也抖得越来越厉害。好像是一步一步地走向死期，越到后来离大限就越加临近。抓到中间，有个人忽然腰一软，仰起脸大口喘气：“不抓了，不抓了，干脆我去死算了……”

“抓，做什么不抓！”

狗屎咬着牙阴沉地吼道。忽然，他的抓了牌的手在半空中停住了，眼睛和脸也一下僵住了。他死死盯住那张牌。好久，突然站起，高一脚低一脚地向门外走去。走了几步，又回过头，茫然地看看四周，撕心裂肺地嗷叫了一声，抱住头重又蹲下去。

那张牌像片秋天的树叶，悠悠地落在他的脚前。

是“大鬼”。

几个参加抓阄的，立刻都松了口气。大家也立刻就有了对狗屎的同情。

狗屎力气蛮，头脑简单，不会玩刁，最苦最重的事总是他做。

狗屎块头大，样子凶狠，人其实最绵善，最胆小。

但是，同情归同情，总不能因为这同情，就代替他去找死。事到如今，也只有信了老四的话，要死卵朝天，不死万万年，就看狗屎的寿数了。

“我不想死，我不该死……”

狗屎嗷嗷地哭喊起来，一个莽长莽大的汉子，哭得像个细伢子。

大家都沉默着，听他哭。

“时间等不得，指挥部要说话的……”

队长的声音细得像蚊子。

“我操你娘个王八蛋，你为什么要抓阄？抓个什么阄……”

狗屎那只抓了“大鬼”的手死命地在地上扑打，恨不得重新换过一只手。

老四走上前，拍了拍他的肩：

“莫哭，哭是凶兆。事情还没有做，怎么晓得你会死呢？”

说了一遍，狗屎没有反应。

又说一遍。狗屎侧过头，仰起，往上乜了老四一眼。忽然站起来，当胸一把，把老四推得连连后退，一屁股跌在地上。

“操你娘个王八蛋，老子要死了，你倒活得自在。你凭什么活？嗯？”

狗屎顿了一下，眼睛里忽然发出亮光：

“对了，我们队里，就你一个敌我矛盾！”

平时看上去又笨又熊的狗屎一下来了灵感，他突然转过身，喊：

“队长，刚才不该抓阄的。阶级敌人现成在这里，他不死，为什么要我去送死？我好歹是人民内部的。”

狗屎的话一下提醒了大家：是呀，如果真要死人的话，我们队最该死的不就是老四么？我们是狗崽子，而老四是狗，是真正的专政对象！

因为跌得重，坐在地上还没有爬起来的老四，先前黄黄的脸一下子变成灶里扒出的死灰的颜色，嘴巴上几根稀稀朗朗的老鼠胡子簌簌地抖起来。一颗干枣似的头，扭过来扭过去，一会儿看看这个，一会儿看看那个，终于明白不会有人帮他说话，便不再扭动，就那样木着。

外面响起了喊声：

“喂，这里怎么没有动静？排哑炮的人走了没有？”

喊的人是工地指挥部管保卫的公社派出所所长老叶。

队长慌了：

“老四，你看呢？”

老四从地上爬起来，拍一拍屁股，仰起头，长长地出了口气，说：

“要死卵朝天，不死万万年。未必一个人活都不怕，还怕死么？”

“你是说你答应了？”

队长不放心，有些结巴。

屋子里又静默下来。老四真的这样爽快，使人终究觉得有些不忍，有些对不住他。狗崽子也罢，狗也罢，都是一条命。

好久才肯定自己终于脱了险的狗屎一下蹲过去，咚地跪在老四面前，搂住他的脚：

“老四，你莫怪我。我怕死，我想活。我还没有活几年啊。你现在说句话，你要我怎么谢你？除了命，我什么都可以给你。”

老四干笑了一声：

“莫说那么撇脱，我要你没有过门的媳妇，你肯么？算了，起来吧，你要真有那么好，给我支烟。”

老四先前有两样东西是看得最重，从不离身的，一样是那块中了子弹的假银圆，一样是烟。成了四类分子被赶下乡之后，两样东西都没有了。银圆是作为罪证被收缴了，烟则是他自己买不起。他半条命，赚的工分还不够抵口粮，抽烟就只能捡别人丢下的烟头。只要见到别人抽烟，他就眼睛不眨地蹲在一边虎视眈眈。样子活像狗在等人拉野屎。别人的烟头一丢，还不等落地，他就飞快地扑上去，捡起就往嘴里塞。到采石队之后，狗屎是最烦他这一手的。有一次，狗屎故意留了一个长些的烟头丢下去，等老四去捡时，狗屎一脚连他的手指一起踏住，还死死地捺了一轮。那颗烟给捺成土渣，老四的手指头也险些捺碎。以至于在采石队，老四再也不敢窥视别人的烟头。实在熬不过，便把床上的棉絮撕烂搓成烟筒烧了过瘾。

现在老四要抽烟，大家都从身上摸出烟来，纷纷地送他，好像是送一个上杀场的人。老四很感动，说，多谢各位，各位要是真心，就在这里等着，我的寿数要是没有到，回来再领各位的好意；寿数要是到了，有这一支烟也足够了，何苦糟蹋。老四曾经用一块假银圆换了一条命，如今他用一条命换一支烟。老四把狗屎给他的那支烟点着，猛吸了几口，提起一盏马灯，走出门去。大家都拥到门口去看他。

天早已黑了。不远的山黑黑地蹲在那里，几点星光在山脊上投下光晕，山像毛茸茸的小兽，很温柔很驯顺，似乎在等谁招惹。

老四一瘸一跛地走出去之后就再没有回头。路不平，且弯曲，他走得急，因而有些跌跌撞撞的样子。他的身影很快就同夜色混成一片，只有那盏马灯一跳一跳地亮着。大家的眼睛都集合在那点亮光上。忽然那点亮光不见了，大家嗷叫一声，等着一声轰然的巨响，那点亮光却又一跳一跳地出现了。

四野依旧死一样沉寂。

（1994年）

神　探

收夜工是一天里最疲最累最打不起精神同时又最轻快的时候，似乎积压了一生一世的劳苦，都在这时候突然解脱。每日断夜边该收工未收工，特别难挨。手上的血泡、肩膀上的破皮、腰和脚都约好了似的一下痛起来，痛得钻心。但独独这时候，队长就像偏偏跟人也跟自己作对一样，死也不肯喊声收工。挨得时间长了，难免有怨声。大家就唆毛苟唱歌：

日头扁扁往下丢，
叫声老板把工收。

路上行人歇了店，
湖里篷船弯了洲。
脚酸手软难抬头。

这是长工歌。毛苟晓得好多这样的歌。他老子和他老子的老子，都是远近出名的打歌子的人。从土改，到合作社，到公社化炼钢铁吃食堂，他们唱歌都唱出了风光。把老词改成时兴的词，到处唱，从乡里唱到县里，唱到省里。后来碰到三年自然灾害，肚子饿瘪了，才歇了唱。倒是毛苟记住了很多。他们传给他的，都是老词。新词是干部改的，他们总觉得改的不如不改的。

毛苟唱老词，认真追究是可以揪出来批斗的。但没有哪个有心思追究。队长听了毛苟的歌，想起来喊了收工。大家像鬼追一样收了家什，一窝蜂往回拥。回到工棚，大家连手上脚上的泥巴也来不及洗，又慌慌张张地拿了各自的碗筷，往厨房挤。一个个就像饿牢放出的饿鬼，饿狠了，端了盛满的碗，各自找了合适的地方坐下，这是一天里最享福的时候。

工棚里却传来一长声让人惊心动魄的杀猪似的号叫。

正在灶台上给人打菜的烂眼给这声号叫吓得浑身打了

个激灵，手上的勺子咣当一下掉进锅里。

那声号叫的确让人毛骨悚然。

是毛苟。

毛苟回来，发现自己地铺头上锁得铁紧的那只先前装农药的木头箱子不见了。起先他以为是哪个或拿东西或故意开玩笑，他不在的时候给他移了地方。后来他发现住几十号人的工棚任何一个角落都没有他那只木头箱子。他才慌了。他唱惯了歌子的，一旦号叫起来，声音自然嘹亮。

这次围湖造田工程，预计在年关前结束。回去，已经定了好几年亲的毛苟就要跟女方圆房。临出来参加这次会战前，家里把所有的四百块现钱都让他带上，预备返回时经过县城，给就要进门的媳妇买身像样的衣服。他把箱子随时小心锁着。每天收夜工回来，先看看箱子。等人出去吃饭，他打开箱子看看钱还在，一颗悬悬的心落了实，又锁上箱子，才去灶屋。晚上睡觉，他的头就紧靠着箱子。那只箱子装着他夜夜的好梦，装着他一生一世的幸福的保证。他日日时不时唱歌，也因为有这个着实的保证。

工棚里外一下安静下来。所有人都噤了声，铁青了脸。四百块钱的分量，对这里个个都是要命的。四百块钱忽然没有了，个个都有嫌疑。

队长说："在场的人一个都莫走动，等乡里来人。"

公社派出所叶所长没有多久就一晃一晃地打着电筒，高一脚低一脚地来了。

公社派出所就两个人，一个刚分来的警校学生，一个老叶。老叶并不是所长。因为上边并没有给乡派出所派所长，老叶也快到退休的年纪了，大家觉得他够所长的份，就封他做"叶所长"。

起先鬼都不相信老叶当过警察。若说他做过地痞，做过贼，或是坐过牢，劳改过，大家反而不疑。

老叶长了一副坏相。黑皮，精瘦，脸、颈、肩膀，都是歪的。眼睛一只高一只低，三角形，很小，眼皮子老是耷着，像睡着了。一旦睁开，里边就放出阴毒的光。这光一旦盯住你，你会觉得心里发虚，背脊上冰凉，像一条蛇在爬。

不过老叶从不认真看人，总是打哈哈：哈哈操！哈哈你好！哈哈扯卵蛋！他跟谁都一混就熟，一转身就又好像谁都不认得。他说什么都是有口没心。打扑克，明明调主，他说成甩牌；明明红桃，他说成黑桃。轮到他洗牌，他就三下两下胡乱拢成一堆了事。这就只有老输。输了，他一句不啰嗦，把衣服、裤子的口袋都翻转来，圆珠笔、香烟、打火机、乱七八糟的零角票子，摊到桌上，认罚，“都拿走都拿走，操！”没有可罚的了，就钻桌子。让他钻几回就钻几回，从不讨价还价：“哪个叫我穷得卵子打得板凳响，钻就钻！”这样乱钻的时候，他并不计较对象，跟干部打是一样，跟民工打也是一样。看着他像条瘦狗似的满地爬，众人总是开怀乱笑，跟着他“哦哦”地起哄。他爬得一本正经，决不要滑头。爬完了，起身拍拍手，又坐回到桌上：“操！老子非要看看爬到什么时候。”

鬼也不相信他当过警察。

他却确实当过警察，而且当时还当得些名气，人称“神探老叶”。传说中就没有他沾手破不了的案子。好几宗惊动全省全国的团伙盗窃、诈骗、强奸、杀人案子多年破不了，都是他去卧底才连窝端掉的。一直到大祸临头，那些人也不肯相信贼眉鼠眼的老叶是政府的人。老叶立了几次大功，就派到公社当公安特派员。后来成立了派出所，又当了所长。

老叶犯错误是在一九六〇年。公社放了高产“卫星”，上面来人收粮。到处都搜过了，还是有个生产队瞒产私分。那个队从湖边往里走，要翻好几座山。就因为山高皇帝远，平时极少有干部去。老叶去了，把一个生产队的男女老少都召集到谷场上，挤挤地围蹲成一堆。他就蹲在他们中间。跟他面前的生产队长就只隔一管烟的距离。他先交代了来意，很简单的几句话："有人告你们瞒产私分，你们自己交出来。不交，就捉人。"然后他就跟大家一样蹲下去，再不做声。一只高一只低的眼睛闭起来，眼皮子耷下去，像是睡着了。没有几久，大家还真听到了他长一声短一声的打鼾。

三伏的日头，极辣。地晒得冒烟。人蹲着，一动不动，就像在灶里烧。不久就有人吃不住了，哼起来，想爬起来或换个姿势。只要有一点动静，老叶的眼皮子就往上一撩，从里边放出阴毒的光。所有的动静就立刻僵住。

过了中午，已经有人晕倒，尸一样趴在地上。旁边的人也不敢动桩。老叶突然把鼻子逼到他对面的生产队长的鼻子上，不晓得从哪里摸出一把枪，顶住生产队长的胸口，尖叫一声：

"谷在哪里？"

生产队长一下仰面翻倒，脸色煞白，张大嘴抖了好久，只说不出话，伸着一只指头，手抬起来，又落了下去。

这动作说明，谷是有的。

老叶这才叫"起来"，喊声"散会"。然后就从地上提起生产队长，让他带路。

这个生产队确实瞒了产、藏了谷，预备留做队里人下半年和明年春上的口粮。因为炼铁，二季晚稻没有栽。一年就只有这次收成了。

老叶这次立功的结果，是第二年春荒这个队有十好几口人饿死。后来又追究责任。老叶被开除党籍，撤销所长职务。再后来又甄别，通知恢复他的党籍和所长职务。老叶说，党员我还做，所长就算了，留个公职，拿工资养家糊口吧。

上面见他坚辞不受，只好作罢，也没有再派所长来。

老叶从那回以后，人蔫了许多，也见老了许多。只是因为生性好动，没有个正经，没有个干部样子。有人提醒他。他说："干部什么样子？有规定么？你那样假斯文就叫干部样子？你是伢儿没见过大人卵！操！"这回上工地，他很少待在指挥部，总是在工地和工棚里乱窜。走到哪个工棚就在哪个工棚吃饭、睡觉、打扑克、讲荤话。许多人都是这样跟他混熟的。

但一遇到正经事，他的样子就还是很吓人。一颗歪瓜裂枣似的头上，眼角、嘴角一律恶恶地拉下来。眼皮子耷着，忽然亮一下。亮光一落到哪个人身上，哪个人心里就发虚，背脊上冰凉，像一条蛇在爬。一盏马灯悬在工棚中间的顶梁上，油不够了，灯光很小。外面的风不时撼着棚子，那灯就摆动起来，灯光像随时会灭。昏昏的灯光就这样摆着，晃过一棚子的黑脸。大家都屏住了气息。偶尔有人咳一声，又赶快扼住。

“四百块钱的分量，大家都晓得。不是我老叶要做恶人，政府和群众都不会放过。是懂事的，就自己交出来。这里不好交，就明天背了人交给我，我一定保密，放他一马。人生一世，哪个能保证自己不做错事？如果没有人交，那就对不起，明天晚上，也就是二十四小时以内，我就一个棚子一个棚子验血。验出来的，那就莫怪我狠！”

老叶说完，就摆摆手宣布散会。然后到附近的几个工棚去开会，讲同一回事。

这一夜，工棚里像死了人一样。平时，疯酒划拳的、打牌下棋的、摸摸捏捏的、耍嘴皮子穷快活的，都歇了手，早早钻了被窝筒子。开始还听到几声嘀咕，骂哪个造锅巴孽的，弄得大家不自在；说验血是如何的灵，真有事，二十四小时之内血色肯定不正常，等等。然后就没有话。只有毛苟把被窝蒙住头的哭声，外面撼着棚子的风声。

不久，一棚子人就都睡死了。连毛苟也哭累了，叽叽咕咕地说梦话。

只有烂眼，钻被窝钻得最早，却一直没有睡着。半夜以后，听听工棚里一片此起彼伏的鼾声，他摸摸索索地爬起来，出了工棚。外面比棚子里倒要亮些。天上有星光从阴云的缝里漏下。他撒了泡尿，打了个冷噤，没有返回工棚，去了灶屋。

烂眼在黑暗中摸到一个小蜡烛头，点着。盛了碗清水，放到案板上。把一只指头伸到嘴里，狠命一咬。

血是浓浓的一串，很沉重地落到碗里，随着涟漪洇开。

烂眼木木地坐着，看着那碗清水渐渐变成不均匀的红色。

好久，烂眼才忽然发现，蜡烛头照不到的案板对面，不晓得何时坐了一个人。他显然已经坐了一会儿，正耷着眼皮子像在打瞌睡。

“莫怕。我不会难为你。”

老叶突然开口说起话来，只是眼睛没有睁开，放出阴毒的光。他就那样闭着眼睛，不看烂眼，像说梦话：

“我只问你一句，那只木头箱子呢？”

烂眼的身子在案板那边一点一点矬下去。擦着满眼眼屎的烂眼，嘤嘤哭起来：

“我娘烂脚，烂了十几年，你晓得的。现在烂出一个洞，再不送城里的医院，就会烂死了。没有钱，医院不收人……”

“你就拿人家的钱？人家就不要过日子了？”

烂眼说：

“我实在没有法子。”

老叶叹了口气，站起来：

“我晓得不会是别个。这回我给你垫上。下回你要是还没有法子，跟我打声招呼。只要拿得出，我还给你垫。”

“你是我再生爷娘，钱我要还的……”

烂眼一下从条凳跌到地下，连滚带爬。

老叶没有理他，径自出了灶屋。

第二天一早，上工前，队长宣布：

“大家都把心在肚里放落实。血不验了。叶所长一夜之间就把案子破了。是个过路贼，流窜作案。那只箱子就丢在坎下的垄沟里。衣服、什物都在，四百块钱也追回了，现在交回毛苟。”

把钱交给毛苟的时候，队长顺便在毛苟后脑壳上狠劈了一巴掌：“这回小心把卵子在胯裆里夹紧。再掉了，老婆也要跟人走了。”末了又叮嘱一句：“回头记得谢叶所长。”

毛苟脸通红，嘴巴乱抖，连说：

“记得，记得。”

众人哄笑。

那一天，大家除了笑毛苟，就是说老叶。都说：神探老叶，真是名不虚传。

（1994年）

夏　夜

一

这个夏天，发生了一些让大张觉得提神的事。

梦洲农场没办几年，还缺劳力。省里想办一个样板农场，因此连着几年从城里招农工。虽然不是工厂精简下来的，就是初中、高中没有升学或升不上去的，但比单纯从附近公社来的移民文化总要高些。大张就是这样从省城到梦洲来的。

每年招工都在夏季，这样常常可以招到应届毕业的初、高中学生。大张下来的第二年，来了一批清一色的应届初、高中毕业生。洋婆儿是其中的一个。她那年高中毕业，因为父亲是右派，考了高分也没有被大学录取。那年升学特别强调阶级路线。暑假，学校组织应届的落榜生去参加一个欢送会，欢送的就是那年农场从省城招到的人。她跟学校同去的几个人被欢送会的场面搞得热血沸腾，当场就向主席台上的省领导提出要跟着被欢送的这批人一起下来，当场就得到了批准。在省城弄出一桩很轰动的新闻。

不过，这样的新闻，再轰动，也像六月的风暴，地皮还没有湿就过去了。一旦下来了，就是住草棚，睡竹片床，在土里刨食的农工。洋婆儿分在大张一个队。这个队靠近场部，条件算好的。

最初，几个一起来的学生抱做一团，上工下工、吃饭洗衣服都邀着伴，屋里屋外意气风发地齐声唱歌。以为自己还是城里的学生，很优越，很少跟“老职工”搭腔。唯有洋婆儿不张扬，倒是有些怯生。她挤在他们中间，像是依靠他们保护。这使大张对她多少有些好感。

大张在梦洲是个名人，因为他老子是抗日联军，后来随军南下，现在是省里的厅局级干部，官最大。大张长得人高马大，很英俊，像个电影演员，又喽着一口的国音，自己就很像个正经大人物。他平时话不多，一旦开口，谁都让他三分。场里和县里常有领导私下讨好他，无非是希望搭上他老子的关系。他鼻子都不哼一声。他所以来梦洲，是因为老子的缘故。从小学到中学，他老是留级。上初中的时候已经比高中生大了。因为大，打群架他永远是领袖。最后那次，对方的一个同学被打得进了医院。学校想处理他又不好下手。他老子干脆让他退学当工人。三年学徒还没有满，一次厂工会组织舞会，厂办一个大学毕业新分来的干事一遍又一遍地邀他师傅的对象、也是他的师妹跳舞，他看不过，上去干涉。两下没有吵几句，他就动了手，一拳打断了那个大学生的鼻梁。正好工厂精简，老子给厂里打电话，说，把那小兔崽子给精简了吧，送农村去，改造。

也许因为自己书读不好的缘故，大张特别讨厌酸不拉几的学生腔，从来不跟这帮新来的学生打交道。但是对洋婆儿，他心里却有一种别样的温情。只要洋婆儿在场，他对人就不像先前那样生硬，说话和笑容也多了，穿衣服也比先前注意，不会随便就脱个光膀子。他自己也发现了这些变化，暗自骂：孬种！

尽管这样，大张并没有主动去找洋婆儿说过话，倒是洋婆儿主动跟他打的招呼。

每天收了夜工，大张总是等其他人从江里游完泳回来才下水，他不愿跟那些自命不凡的小东西瞎掺和。他喜欢一个人横过江湾，游到对面的剥皮洲再返回来。常常在剥皮洲上的那条反扣着的破木船上仰面躺下，口里衔一根芦苇，望着星星想一阵心事。有一次从剥皮洲回来，他吓了一跳。

是涨水的季节。水漫上江滩，漫到坝脚上面，江滩上的防浪林变得像是水草，看不到树干，只剩了树叶浓密的枝丫。大张那天回来得很晚，闷着头一股劲游着，直到碰着树枝。一抬头，恍恍惚惚中忽然见到半个人影藏在黑暗的树荫深处。他让自己镇静下来，渐渐看清，那真是一个人，是一个女人，是洋婆儿。

洋婆儿坐在树枝上，轻轻地往身上撩着水，然后静静地滑下水，向大张所在的方向游过来。

大张屏住气息，只让鼻子以上露出水面，用一束树叶挡住自己，生怕惊动了洋婆儿。就那样待到洋婆儿游完上水，翻过坝头，他才起来。

差不多有一个月，只要洋婆儿游泳，大张就这样躲在水里看着，从她下水直到上水。洋婆儿也总是在别人游过了之后才来，因此也总是很晚。大张的一切也就可以在黑暗中进行。

洋婆儿每次都游得不远，往江心游了十几米就回头了。最后的那一次，她直对着隐藏的大张游过来，游到挡住大张的那根树枝前面，突然说：

“你为什么不游？”

大张在水里打了个激灵，他根本就没有想到她发现了他：

“我游过了。”

“你没有。”

洋婆儿说：

“我早几天就发现你了。”

“我没有别的意思，只是怕你出事。”

“是吗？”

“你不相信？”

“我愿意相信。”

从此就开始了一种默契，开始有了只有他们自己明白的眼神。他们常常游到剥皮洲去，并排靠着那只破木船坐一阵，再游回来。大张总是沉默着，却没有忘记带一条毛巾来，给洋婆儿赶蚊子。

洋婆儿说：

“真想不到你心这么细。”

大张不看她，也不搭话。坐了一会儿，说：

“回去吧。”

每次都是大张先说回去。

这样的事哪里瞒得了人。老职工都说，这样两个人打连，般配不过，完全是天生一对。洋婆儿所以叫洋婆儿，就因为像洋人：凹眼睛，高鼻梁，白皮肉，一头卷毛，三翘身材。把这两个人分开，另外配对，跟哪个都不是个事。至少洲上是找不出一个合适的来。同来的几个男学生很严肃地对洋婆儿说：

“你怎么跟这样的人好上了？你想过没有，他差不多是个流氓。”

洋婆儿很坦然：

“你们想到哪儿去了？我不过就是跟他游泳罢了。再说，他也没有你们说的那么坏。”

再到剥皮洲的时候，洋婆儿问大张：

“听到什么议论没有？”

大张说：

“没有。”

洋婆儿静静地注视了一会儿那张在昏暗中显得线条特别粗硬的脸，轻轻叹了口气。大张不会不知道议论，是知道了不说。大张不是阴险的人，他的沉默只能是一种骄傲。不管别人说得怎样热闹，大张都不动声色。除了游泳，他跟洋婆儿也并没有更多的单独接触。

二

大明开国皇帝朱元璋曾经在波湖同跟他争江山的陈友谅决战，留下了很多传说。“剥皮洲”就是其中一个。说是他拉屎被苇尖子扎了屁股，火了，发狠要剥了地皮，从此波湖便到处有了这种“剥皮洲”。这种永远光裸着的感觉像皮一样的土地，它所以精赤光滑并不是因为贫瘠。相反，恰恰因为它是生命最敏感、最生动、最丰饶的部分。它天长日久地被川流不息的水浸润着，渴望着被开垦。

是一个潋滟的晴天。午后的风在水上滑行。远处发亮的江面上，帆静止着。后面，湾子对过的梦洲的堤坡上，小牛在向大牛撒娇。被淹了半截的防浪林中间，有渡船泊着，桅杆伸在树冠上面。一只水鸟抓住桅杆顶部的边缘，没有抓牢，打了个趔趄，一边翅膀散开来，拍了几下，终于站稳。然后就神气活现地站在那里，不时勾下头，啄一啄羽毛。那只渡船的老大大约是等人等得不耐烦，唱起歌来：

情姐门前一口塘，
里插杨柳外插菖。

有朝一日风刮起，
菖不缠柳柳缠菖。
郎不缠姐姐缠郎。

大张和洋婆儿听着那歌声，听懂了，不由互相看着。

他们最少有半个月没有到剥皮洲来了。半个月前，洋婆儿被调到场广播站当广播员，几天后就把行李都搬去了场部。从早上六点头一次播音开始到晚上十点最后一次播音结束，洋婆儿一天要播音三次。其他时间要做播音准备，还要帮场部做杂事。除了日晒不着雨淋不着，不用面朝黄土背朝天，并不比在生产队轻松。大张只是上下工的时候偶尔见到她，她总是匆忙着，没有站下来说过话。大张想，他们其实说不上有多么大的交情，谁也没向谁表白许诺过什么，分开了，也就完了，你小子别自作多情。但今天中午收工的时候，洋婆儿突然出现在大张他们必经的路口，给了大张一个熟悉的眼神。高音喇叭里午间的播音停了不久，洋婆儿的身影就出现在大张看得到的坝头上。

然后，他们就一起游过了他们曾经多少回游过的湾子。

热辣辣的白日头当顶晒着，浮在水面的沙洲在午后的酷热中昏睡。剥皮洲上恐怕连虫子都晕了，新鲜着的大约只有他们两个。

“今天有空啦？”

大张问。

“嗯。”

洋婆儿眼睛发直。

“有事吗？”

“我想看你。”

“哦。”

“你想看我吗？”

“……”

“为什么不说话？你说你想。”

“我不正看着吗？”

“不是这样的。”

“那是怎样的？”

“你转过身去。”

远处的江面上，刺眼的光线曲曲折折地流着。一湾水把他们隔出了尘世，剥皮洲没有路标。地球上头一对男女交合的那天，阳光一定也像现在这样灿烂。

大张再转身的时候，一下傻了。

“不要眨眼睛，好好看我。”

洋婆儿把大张的手拉到自己高耸的乳房上：

“抓住我。”

大张的手抖了一下，突然抽回去：

“别这样。”

洋婆儿紧跟着就扑过去，一把搂住大张肌肉强韧的腰身。

“别这样。”

大张被洋婆儿的嘴唇、乳房和大腿燃烧着的几乎同样赤裸的身体像是要爆炸。

“听话，松松手。”

大张呻吟：

“你一定有什么事。”

洋婆儿顺从地松开手，低下头，哭起来：

“我很贱，是吗？我是贱货。”

“不是。”

大张说：

“你一定有什么事。”

“我是贱。”

洋婆儿拿起船底的泳衣。

这是洋婆儿最后一次来剥皮洲。

三

这个夜晚跟平常的夜晚没有什么两样。远处，庐山的剪影像往常一样贴在夜空上，夜行的车灯在上面游弋。江上的航标灯像往常一样闪着，江水轻轻拍岸，像诉说。从高音喇叭里跑出来的革命样板戏悠然回荡。大张不喜欢戏曲，但自从洋婆儿去了广播站，高音喇叭的声音似乎就不再那么让人觉得讨厌了。不管里面发出什么声音，都有洋婆儿的气息。

洋婆儿是场政治部主任董登邦直接调走的。董登邦来生产队蹲点，本来每天可以回场部，却在队上住下了，说是“三同”，可以更密切地联系群众。但是不久大家就看出来，他主要联系的是那帮新来的女学生，下棉花地总跟她们在一起。他自己挑的住房就在她们隔壁。午睡的时候，他穿条极大的短裤仰面躺着，膝盖弓起来，下裆对着窗子，裆里那点乱七八糟暴露无遗。有人从窗外走过，脸皮厚的女人吃吃乱笑，女学生则不敢抬头。大张实在忍不住，闯进去把他推醒，说：“要么你把窗子关好，要么你把脚放下，要么你换一头睡。”他睁开眼，见是大张，连说“好好”。

董登邦祖上是湖盗，土改的时候，他老子因为血债被定了死刑。正在上中学的董登邦积极要求参加革命，工作队就给他枪，让他执行老子的死刑，证明自己的真心实意。他当时吓得尿湿了裤裆，还是开了枪。开完枪，痛哭了一场。工作组的负责人说，这是可以理解的，脱胎换骨哪有那么容易！

还真给说中了。董登邦后来的许多行为让人觉得就是受了遗传。除了不要命地抽烟喝茶，把一嘴牙齿和十个指头弄得就像黑炭，剩下就是喜欢女人。他骨瘦如柴，面色青黄，但一见到有些姿色的女人，两只原本无神的眼睛马上就猎狗似的炯炯发亮。不过祖上的遗传到他这里有些走样，他继承了享乐的恶习，却没有继承相应的恶胆。加上政治上总是不怎么过硬，不能不夹紧尾巴做人。熬了多少年，总算没有犯错误。来梦洲前好歹熬成县政府办公室主任，却忘了形。

办公室打字员跟有妇之夫通奸被捉住了，董登邦作为直接领导找她谈话。为了弄清究竟哪个该负主要责任，他问得很细，让打字员不要漏掉任何细节。

打字员其实也不想漏掉什么细节。她在董登邦面前毫无惧色。平日里主任的眼睛老是狗一样在她身上没完没了地舔，她是晓得的，只不响应就是。她从容不迫地娓娓道来：怎样眉来眼去，怎样暗度陈仓，怎样先是他脱她的衣服，然后是她脱他的衣服，然后他怎样抓着她的上面他怎样抓着她的下面，然后……董登邦大声喘起来。

县委大院出奇的安静。机关的大部分人都下去抓“双抢”了，剩下各科室值班的都守着各自的电话，懒得动弹。打字员进来后，竟然再没有人来打搅他们。似乎是预谋了非逼着他们犯错误一样。

董登邦办公桌上那只旧台扇咣咣地乱响，却压不过董登邦的喘气声。天极热，打字员穿得极少，肥硕的乳房像是要从扣子扣不住的衣缝里挤出来。她面朝主任坐着，裙子撩到大腿上面，露出窄窄的血红的内裤。董登邦的眼睛好像给粘住了，任凭怎样努力也移不开。这使他喘得更加厉害。

“主任你怎么啦？不舒服么？要不我给你倒杯水。”

打字员起身走到办公桌边上，董登邦一把捉住了她的手，结结巴巴地说：

“照你刚才说的做一遍。”

打字员笑起来：

“男人就没有一个好东西。”

董登邦得意之时，也就是他倒霉之始。因为情节恶劣，处理得很重，连降了两级，还下到农场。说是“政治部主任”，其实连科级都不是。不过在场里他说话还是做数的。他在县里干了十几年，论资格，论关系，场里别的几个领导都比不过。

洋婆儿被通知去场部上班的那天，大家忽然明白，董登邦的蹲点只是冲洋婆儿来的。洋婆儿走了，董登邦的蹲点也结束了。一头狼叼走了一只羊，结果怎样，还消问么？生产队跟场部连着，出工收工有时候要从场部经过。没有几天，就有人说看见董登邦搂着洋婆儿乱啃。再过几天，有人干脆就说看见董登邦干洋婆儿。说得有眉有眼，像是他当时就站在边上。

大家都为大张愤愤不平，连那几个学生都对他说：

“你应该挺身而出，不能让那个流氓得逞！”

他们忘了在这之前他们把大张也称作“流氓”。

大张要不就静静地坐着，要不就站起来走开。他觉得那是他与洋婆儿两人之间的事，跟所有其他人都不相干。在发生了那个午后的疯了似的冲动之后，洋婆儿对于他就不再是另一个人了。当时他就觉得，洋婆儿心里一定有事。同时他也在心里认定，不管什么事，他都要为她担当。

从坝头上看，场部是一个马蹄形。一边是招待所和食堂，一边是礼堂和广播站，中间一长排是办公室和会议室。全都是平房。没有围墙，也没有大树，完全敞开着。大张踌躇了一下，还是下了堤坡。

洋婆儿最后那次在剥皮洲跟大张分手的时候，说过她不希望他到场部来看她，她再也不想见到他了。当时她在生气，大张并没有在意。现在看来，她那句话是认真的。那些议论她的人说她不是个好东西，先是缠大张，大张肯定不会在洲上待久的。却等不得，又勾搭上了董登邦，果然摇身一变就进了场部。大张不愿相信这是事实，但他又了解她多少呢？

不了解就去了解，干吗憋在心里？又干吗要鬼鬼祟祟？

大张径直穿过马蹄形半抱的院子，去了广播室。广播室是个套间，外间灯亮着，没有人。进里间的门紧关着，门上贴了张白纸条，上面写着：

播音重地 闲人莫入

大张的手举到白纸条那儿停住了。如果她在正经做事，他凭什么打搅她？如果她真像那些人说的是坐在董登邦怀里播音，他又何必要打搅她？

高音喇叭里现在响着的是洋婆儿的声音，她在播一条新闻，说的是地区专员来梦洲视察的事。专员是今天上午到的，这条消息今天已经播了好几次。回到院子的大张这才注意到，那一长排房子中的会议室正在开会，包括董登邦在内的场里的许多头头脑脑在很恭敬地听一个人讲话。那个人比比画画，谈笑风生，想必就是那个什么专员了。

大张忽然觉得自己今天晚上的行为和念头有些下作，很可笑。

“妈的！”

大张在黑暗中无声地骂道。不知是骂自己，还是骂那些无事生非的人。

四

下午收工回来，刚走进食堂，有人告诉大张有信。

大张下乡后从来没有信。他不给家里写信，家里也没有信给他。母亲想他了，就会给场部打电话，请场部派人喊他。他先前工厂的师傅特地来看过他。师傅没上几年学，不会写信，又是个老实人，就是当了面也没有几句话。大张看了一眼那个喊他的人，懒得搭理，以为人家拿他开心。后来看到有封信在好几个人手上传，那些人只看信封，并不拆，看完了，又都看他，眼睛里半是狐疑半是嫉妒。他才走过去把信抓过来。真是他的信。落款写的是“内详”，但笔画他认得：是洋婆儿的字。

大张听见自己的胸膛擂鼓似的轰响起来，转身就往外走。他突然发现，自己原来有多么想念洋婆儿。他一只手高举着那封信，直接走进江里。他要到剥皮洲去，独自面对洋婆儿，独自享受那一刻。

黄昏就要过去。对面的江边，最后一个从江里汲水的人挑着担子悠悠走过江滩，上了坎，翻过坝头，在坝那面消失，坝外就再没有别人。几只鸟在对面的树林上吵了一阵，也钻进了浓密的枝叶，没有了声息。剥皮洲这边的江滩上，只剩了一片此起彼伏的啜泣，那啜泣很深长，每一声都像是吐出了满腔悲愤。那是牛的鼻息。到了夏天，放牛的火板儿常常自己游回去，把牛留在这个撂荒的洲上过夜。

大张坐在沙地上，背靠着那只底朝天翻过来的破木船，看着远处的残阳发呆。他曾经跟洋婆儿在这只破木船边度过了最好的时光。以后再不会有这样的时光了。大张把那封信从中间撕开。然后，再叠在一起，比齐，再从中间撕开。又叠，又撕。撕得很慢，很规则。尽量让那些纸片保持着相近的大小。

天渐渐暗下来，月亮还没有升起。秋天快要来了，夜风有了凉意。大张把手平伸出去，手掌上那些规则的、大小相近的纸片像白色的蝴蝶一样在幽暗中飞起，又在幽暗中消失，直到最后一只蝴蝶飞走。大张长吁了口气，两只手软软地垂下来，落在沙地上。

洋婆儿在那封信里说：她现在在省城的家里，她回来，是要打小产。但医院非要胎儿的父亲到场。她实在想不出别的办法，只有找他。

“救救我，大张，我知道你会的。你也知道，我真正愿意的那个人是你。”

(2003年)

秋　风

一

梦洲有梦洲的秩序。

城里的“文革”搞翻了天，梦洲没有什么动静。一伙去年下来的学生弄了一个什么鸟造反团，破了一通“四旧”，围了一通场部，说是“炮打司令部”。算是弄出了一点热闹。

其中，值得大家说长道短的是让政治部主任董登邦出尽了洋相。

那伙人把场部食堂的四方桌一张一张摞起来，一连摞了四张，上面还放一张靠背椅。然后让董登邦爬着人字梯上去，站在那把靠背椅上，再把人字梯拿开。那摞桌子在风里摇摇晃晃，随时有可能倒掉，站在半空中的董登邦想活无路，想死无胆，发出一种很尖细、很凄厉、又像哭又像笑的奇怪声音。勒令他交代的罪行很多，但不容含糊、不容狡辩、更不容回避的问题是：他有没有奸污洋婆儿。

董登邦颈上挂的牌子是“大流氓”。

“没……有……啊……”

董登邦站不直，又不敢朝下看，声音悠悠地在半空颤抖。

“董登邦不老实，就叫他灭亡！”

底下一阵怒吼。

“不……是……真的……不是……我……想……过……我不敢……”

“你不敢？哪个敢？”

有人用脚踹那摞桌子。

“我……不……敢……说……”

“你不说，那就是你！”

“你们放我……下去……我说……”

“不行！就在上面说！”

“放我下去，我憋不住……了……我要屙……”

董登邦仰天长啸。

立刻就有液体的粉尘飘到同样仰起的脸面上。

“大流氓！”

底下乱起来，一下挤倒了那摞桌子。

董登邦幸好栽到食堂外面那个当柴烧的棉秆堆上，捡了一条命。

那帮人闹了一场，并无下文，又蜂拥去了省城。打起“上山下乡知识青年造反司令部”的旗子，反迫害，要回城。

他们在洲上的时候，夺了生产队的权。每次下棉花地之前，先吆喝做敬：敬祝一个，再敬祝一个。完成仪式必须毫厘不差：人要到齐，队要排齐，声音要发齐。稍不如意，又从头再来。往往反复十几遍。总算标准了，日头也从屁股晒到了头顶。敬祝完毕，是齐声朗读最高指示。又同样一字一句不容含混。只念几段语录不够，要念整篇文章：先是“老三篇”，接着是《矛盾论》《实践论》。抓完革命，到了促生产的时候，日头已经偏西。他们一走，洲上又清静下来。大家重又只埋头拉车，不抬头看路。

这一年出奇的风调雨顺，棉花正当年。棉花地白茫茫一片，宛若银海。一把一把地往兜里装棉花，就是一把一把地往兜里装银钱啊！洲上人活到现在，哪个见过这样多的钱？几年前有过文件，去年专员来视察时也再三强调过：国有农场实行奖惩制度。洲上人认字不多，账是算得清的。算算地里出的棉花，算算自己出的工，对一下奖惩条款，心就不由抖起来。各家根据自己劳力的多少，就开始盘算做屋、娶亲、为老人置办寿木之类大计，收入最低的也至少可以换身新衣。众人就像疯了一样，天不亮下地，不到天黑得实在看不见不回来。都是计件工。也不消开会了，也不消骂娘了，连钟也不消敲了。只要日子有想头，舍得卵子挞三下！

总算熬到了秋后决分，却突然传来消息：那个国有农场实行奖惩制度的文件不作数了，是资产阶级反动路线。

消息是断黑时传开的，就像久晴之后突然来临的西风暴，所到之处人就像尘土和枯叶一样立刻被卷起来。不到一顿饭工夫，全场凡走得动路的人都集中到了场部。那个“马蹄形”前前后后被包围得水泄不通。

场部的干部一个个吓得没有了人形。几个当头的喉咙很快就喊哑了，只剩了翻来覆去的嘟囔：

“怪不得我们的，我们也没有法子的……”

“没有法子当什么鸡巴官！”

众人若怒潮汹涌，恨不得把场部像船一样掀翻。

“我有法子。”

突然有个人说。

大家看清了，竟是董登邦。

“你有个卵法子！”

前面的几个人颇鄙夷。

“我有法子。”

董登邦很镇静，一副胸有成竹的样子。

二

梦洲的文化大革命在那个晚上真正起了高潮。

当夜开动了所有的机动船，罐头一样塞满了人，把几乎半个梦洲拉到了地区专署所在的城里。上千衣衫褴褛但面目凶狠的洲巴佬一路呼啸，穿城而过，让那个革命革得早已如火如荼的江南小城也不由瞠目结舌。

董登邦缩在人堆里，他告诉几个说话算数的：你们莫让我露面，找哪个，怎样找，你们听我的就是。

专署的造反干部堵住了洲巴佬，双方派人在会议室谈判。

造反干部严正说：

“农工战友们，千万不要上走资派的当！他们大刮经济主义妖风是为了破坏‘文革’。”

洲巴佬说：

“我们哪个的当也没有上，就是我们自己要来。我们不管什么鸡巴风，该是我们的哪个也莫想不给！”

“农工战友们……”

“战你娘个×！哪个有工夫跟你们这帮狗鸡巴操的嚼蛆？把专员交出来！”

几个眼睛血红的汉子吼着逼上前去。

那伙刚才还正气凛然的造反干部往后退着，尖声叫起来：

“要文斗，不要武斗！”

“把专员交出来，不然就扁死你！”

“你们要对严重后果负责！”

“看是哪个负责。进来！”

随着一声呐喊，会议室一下拥满了人，把桌椅板凳挤得一片乱响：

“你们不让我们活，我们就先要了你们的狗命！”

“看到没有，我们只来了一半人。你们要再拖下去，那一半人也会来。到时候你们看着办。反正不达目的我们不会回去。”

“扁死他们，扁死这帮狗鸡巴操的！革命革到洲巴佬头上来了！”

再僵下去，真会出事。几个造反干部软了劲，互相看了一眼，其中一个低声说：

“你们到宾馆去。”

“讲清楚，鬼掐喉咙么！”

洲巴佬乱起来。

马上就有人在外面喊：

“跟我走！”

所有的洲巴佬呼隆一下又拥出会议室。

地区的头头在宾馆都有自己的房间，董登邦再熟悉不过。他让大部分洲巴佬站在院子里，让几个说话算数的跟着他。到了门口，他示意其他人先走，自己跟在后面。

是个套间，陈设其实很简陋。专员安详地坐在桌子后面，若有所思。运动一开始，他就明确表态站在革命群众一边，检讨和揭盖子都很深刻，是地委和专署唯一还没有被打倒的领导干部。

屋子里忽然没有了声音，只有一种让人觉得压抑的严肃。专员很亲切地看着一帮蓬头垢面的洲巴佬，看得他们一个个低下头，不是捻衣角就是把露出鞋尖的脚趾头徒劳地往回缩。

“都请坐下吧，有什么事慢慢讲好了。”

专员站起来，给大家倒水。水瓶是空的。他无奈地笑一笑：

“对不起。”

又问：

“各位从哪里来？”

“我们是洲上的……梦洲……”

“哦，那个地方我去过。”

专员很向往的样子，顺手拿起一把鸡毛掸子：

“今年收成应该不错的。”

“就是。可是我们拿不到钱。”

几个洲巴佬忽然如梦方醒。

“拿不到钱？什么钱？”

专员认真起来。

“就是超产奖金，你也讲过的。”

“哦——”

专员好像想起什么，忽然发现了董登邦：

“你不是小董吗？你怎么来了？”

董登邦嘴角抽了一下，嗫嚅说：

“我是他们揪来的。”

“是吗？”

专员挥动鸡毛掸子扫桌子，董登邦就站在鸡毛掸子扫到的尽头那儿。

“这个问题有些复杂。”

专员沉吟着说：

“那个奖惩制度正在受到批判，是修正主义的产物。”

“我们不管什么主义，我们要活命。”

几个洲巴佬开始犟起来。

“我很同情你们，但我无能为力呀。”

“专署的印还在你手上，银行的人说了，只要你盖章，他们就付款。”

“我现在能这么做吗？同志们！”

专员继续挥着鸡毛掸子，举止优雅，像是艺术表演。扫完了桌子，又扫柜子。柜子显然很久没有扫过，灰尘很厚，扫下来，大都落到董登邦身上。

“怎么不能？”

董登邦脸色铁青，忽然说：

“新文件没有下来之前，可以照老文件执行。”

“你说的？”

专员的目光一下变得很锐利。

“中央刚发的文件，我看过。”

董登邦这回没有退缩的意思。

“你知道你在干什么吗？”

“我当然知道。请你把鸡毛掸子放下来。”

董登邦说着，用力拍了拍自己。

“请你不要忘记我还是专员。”

“你是什么我还不知道？请你也不要忘记去年的一个夜晚。”

董登邦凑到专员胸前，嘟囔说：

“我可以让专员的名字不到天亮就打上红叉。”

“你想怎样？”

“我不想怎样，只希望你干一回人干的事。”

三

下过雨的深秋的早晨很萧杀。路上满是泥泞，泥泞中满是鞋印，蹄印，深深浅浅、弯弯曲曲的车辙。黑色的麦草屋顶湿漉漉的，屋檐的草尖上垂着发黄的水珠，滴滴答答地落着。这样的早晨，睡觉是最福气的事。又尤其是今年，家家都几乎发了财。

那天天亮前，专员终于签了字。第二天下午，几麻袋钞票就由荷枪实弹的武装民兵押到了洲上。洲巴佬的革命不搞就不搞，一搞就惊天动地，一搞就上了高潮。这几天，整个梦洲真个是葵花朵朵向太阳，革命人民心欢畅，家家过年，人人办喜。那天夜里进城的个个成了英雄，前世结了业的都和好得像是亲家。决分比往年早得多，怕的是什么人忽然又改了主意。许多人把一堆票子塞成枕头垫着睡觉，为的是一觉醒来好仔细再看一看，证明那堆票子的存在并非只是一场好梦。然后就搂定了它再睡个香香的回笼觉。

洋婆儿是场部每天起得最早的人。她一个人在食堂后面的井边上静静梳洗。她比刚下乡时仿佛换了一个人，因为成熟，更好看了。只是寡言少语，远不如先前活泼。去年传了好久说是有人要调她到城里去，革命一搞没有了下文。她跟大张也早不来往了。她在场部极少出头露面，除了在广播里听到她的声音，很难见她的人。有关她的各样议论，慢慢也就稀少了。在棉花地做事，听到她的广播声，偶尔有人会感叹一声“要能跟这样的女人睡一觉死也值了”，说过也就完了，图个嘴巴皮子快活而已。她好像是半空中的仙女，又好像是场里的干部，跟在棉花地里扒土出汗的大家隔得也实在太远。

梳洗完从食堂走出的洋婆儿忽然站住，她好像听到什么声音。

一阵鸡鸣。

一阵狗叫。

一阵风。

一阵树叶的沙沙声。

然后有一群人出现在场部对面的坝头上。

那群人全副武装：戴着钢盔，穿着没有帽徽领章的军装，背着枪和子弹，鱼贯下了坝，向场部小跑过来。

后来知道，他们是地区红造司的人，半夜开着一条号称“红卫兵战舰”的机动船从市里来的。

洋婆儿心惊肉跳地回到广播室。事情出现得太突然了。

那群人走上场部的走廊，从一扇接一扇紧闭的门前走过。他们犹豫着，不知该推开哪扇门。显然这是一场冒险，行动必须准确、迅速、不惊动人。他们刚才已经发现了洋婆儿，商量了一下，留下大部分人守着院子，为首的两个人向广播站走来。

“你是这里的广播员吗？”

“是。”

“我们是地区红造司的。我们听说过你。”

“……”

“告诉我们，董登邦在哪里？”

“场里的领导都下去抓冬种了。”

“董登邦不是领导。他是反革命事件的幕后策划者和操纵者。”

“……”

“告诉我们，他去了哪个分场哪个生产队？”

“我不清楚。”

“他在场部的房间你总知道吧？”

“……”

“在大是大非面前，你应该跟他划清界限。”

寂静中，远处的什么地方忽然响起了钟声，先是一处，然后是又一处，然后是连绵不绝地响成了一片。

从广播站的窗户往外看，一团团、一簇簇、一堆堆的人群像食肉蚁一样漫过沟渠，漫过阡陌，漫过拔倒了棉秆的空旷的棉花地，向场部拥来。

外面有人进来说：附近生产队的人已经出现在坝头上了。

“怎么回事？”

红造司的人盯住洋婆儿。

“我不知道。”

洋婆儿脸色惨白。

原因马上就找到了：

扬声器是开的。

场部先前的播音员就是因为不小心让跟人亲热的声音漏出去了给退回生产队的。

“走！”

红造司的人撤出的时候带上了洋婆儿：

“我们本来不会难为你的，我们知道你也是受害者，没想到你这样死心塌地。你先跟我们走，董登邦如果还是个人，就应该来自首。”

坝头上已经满是人。从坝头到场部的院子，是一个很长的缓坡。红造司的人紧张但沉着地向人群走去，手上的枪一律打开了保险，枪口向前，手指扣在扳机上，随时准备击发。接近坝头的时候，他们忽然朝天放了一排枪。

坝上跟着乱了，正对着红造司那队人的地方豁出一个口子。

但是有个人留在口子中间。

是大张。

“把她放开。”

大张指着洋婆儿。

“你是什么人？”

“你们自己看。”

刚才散开的人群又向大张身边靠拢。更多的人从远远近近拥来。大张说：

“好说话我跟你们走，算你们抓了个俘虏。不好说话，我让你们今天就埋在这儿。”

“你敢？！”

“我干吗不敢！”

沉默了一阵，红造司一个人说：

“也行。”

“不行！”

洲上人乱糟糟地喊起来。

大张说：

“我玩我的命，你们瞎操心个蛋！”

挥挥手向坝外走去。

四

大张没有在城里上岸。“红卫兵战舰”靠近码头的时候出现了疏忽，他突然跳了水，在江里漂了大半天，回到了洲上。

洲上人并没有觉得大张怎样了不得，都晓得他那回是赌钱把一年的奖金都赔进去了，红了眼，才故意作死的。

本来以为大张英雄救美会跟洋婆儿又弄出点什么故事来，却终是没有什么消息。洋婆儿在那年春节结了婚，嫁的是董登邦。董登邦在县城当干部的老婆一直觉得这辈子嫁错了人。董登邦犯错误受处分下到农场之后，她还耐心等了一段时间，后来看看他在乡下又弄成了“大流氓”，注定了没有东山再起的可能，终于提出了离婚。这倒成全了董登邦。

（2003年）

冬　歌

一

一早，张爷觉得头比平日晕得厉害，用力抬了好几下才总算抬起来。手也比平日抖得凶，穿衣服的时候，扣子老是对不准扣眼。不过他并不以为有什么异常，依旧是叽叽咕咕地唱：

正月初一去望郎，
拖鞋趿袜脚打歪。
姐问我郎什么病，
唉声叹气口不开，
就是神仙也难猜。

张爷就是不做声的时候下巴也总是往下掉，不停地流口水。一唱歌就更是含混不清，加上鼻涕，一塌糊涂。若不是唱洲上人差不多个个晓得的老曲，鬼也不晓得他叽咕些什么。

“老色棍，号丧！”

隔壁刚刚还鼾声震天的杨爷骂起来。

十几年来都是这样：杨爷因为夜里喝酒，睏得死。每天早上都是张爷唱的曲子把他吵醒。他们住的棚子附近没有高音喇叭，听不到场部广播站放的《东方红》。

若在平日，张爷会回骂一句：

“老反革命，我就是号你的丧！”

但现在张爷没有心情也没有气力。他晓得，杨爷的骂，只是因为骂惯了。

“赶死！我说了这回我不会跟你抢。”

隔壁的杨爷一边骂骂咧咧，一边忙忙乱乱地穿衣服。先前每天都是这样。他总怕比他先出门的张爷会先于他捡到什么意外的便宜。

“‘难猜’？屁个难猜！而今人死了，成了鬼也未必会来看你这个老不死的郎！你只管等就是。”

杨爷嘟囔着骂骂咧咧。

二

两个老鬼——说是“老鬼”，不过就四十多岁，洲上人老得快——好像前世埋靠了坟，十几年同住一个棚子，同做一脚事，同样遭人嫌弃，在一起却总是相骂，都恨不得对方早死。

一九四九年，共产党百万大军过长江，张爷家里住过解放军的伤员。张爷说，他从那时候就参加了革命。他们屋里本来是大户，从他老子开始抽鸦片，到他手上，成了屁股打得板凳响的光卵一条绳。因为“参加了革命”，他就不停地找政府，要求当“国家干部”，最少要当“国营工人”。

当地人都晓得张爷是把糊不上墙的烂泥，又给他吵得没有法子，就给了他一个“正式的国营编制”，让他到梦洲农场来当“国营工人”。

来了，张爷不肯下棉花地，说“我是来做工人的，不是来种棉花的”，“这个场里论参加革命，只怕没有哪个比我资格老的了”。

场里管事的干部看张爷那个风都吹得倒的猴筋样，就派他去“管理”防浪林，特地把“管理”两个字说得重重的，并且特地强调这是国家干部才能做的工作，交把他，是对他最大的信任，因为他是“老革命”。还交代说：你手下还管着一个人，那个人是国民党兵痞子，你要站稳阶级立场，提高政治警惕，好生注意他。

说得张爷的枣核脸上，稀稀朗朗的几根老鼠须哆哆嗦嗦抖起来，像刚吸足了烟泡子似的一身是劲。

那个“国民党兵痞子”就是杨爷。共产党军队过江那年，杨爷在溃散的路上从一个草堆里发现了被遗弃的团长太太。她的旗袍角从草堆中间露出来。杨爷抓住这只旗袍角，把团长太太几乎赤身露体从草堆里扯出来，当作俘虏去向解放军投诚，得到一笔回老家的路费。他被抓壮丁之后，老家河南的老娘不久就饿死了。老家再没有亲人，他带着团长太太坐船漂了不到一天，忽然看到梦洲有人，就让船靠了岸。

当时梦洲只有十几户人家，再就是芦苇和蓼草，獐子和豺狗。半年后，团长太太生下了团长的女儿。杨爷气得只差没有杀了她们。团长太太没有多久就死了，杨爷没有再娶，也没有女人会嫁一个酒鬼。团长女儿成人后也离开了他。

杨爷一个人独往独来，从不跟别人打交道，更说不上有朋友。他整天搂在怀里的是一只盛了酒的军用水壶。即便是大冬天，即便是坝头大路，醉了，倒头便睡。一群火板儿围住他，扒开他那身烂棉袄，用烂泥在他满是杂毛的胸膛上筑坝。筑完了，灌水，水竟温热了；又破坝，把水放掉，又再筑。直到他那条吃了他呕吐的酒食也跟着醉了的狗醒来，把那帮翻生剥皮的火板儿轰散。

梦洲农场是一九五八年大跃进时成立的。当年就开始筑坝，坝里开垦成棉花地，坝外就种了这条环洲一围的防浪林带，用来减少汛期江水对坝的冲击。林子栽的是柳树，二三年就成林了。树一成林，麻烦也来了。一年四季，老是有人偷树当柴烧。坝里的人好管，捉住了，往死里扣工分就是。坝外的人就难办了：半夜驾了船来，装了一船就走人，鬼晓得？就是晓得，又有鬼去捉？

场里于是决定派专人看守。找来找去只有杨爷。别个谁愿受孤悽？搞不好死在偷树的人手里。杨爷乐得。他本来就是个孤老蔸子，一脸胡子拉碴，眼露凶光，像个钟馗。只有鬼怕他，哪有他怕鬼的！得了通知的当天，他就开始搭棚子。他说：娘的，现在老子也是场长了，那个场长管坝里，我他娘的管坝外！

杨爷倒真是负责。每天挎着一壶酒，带着一条恶狗，不停地在林子里转。夜里，狗听到动静，会把他从烂醉中扯起。不论哪个，乍然见到这样两个凶神恶煞，没有不魂飞魄散的。防浪林从此安生多了。

杨爷也很神气。一帮火板儿放牛时故意折树枝招惹他，让他追得累个半死，觉得还不过瘾，又把他那条狗颈挂的牌子上的编号涂掉，写上“杨爷”，让他和狗走到哪儿哪儿的人就起哄。扁担丢在地上认不出“一”字的杨爷从来没有人五人六过，现在以为大家把他当了模范、先进一类人物来欢迎，一面忍不住呵呵笑，一面很谦虚地摆手。

杨爷喜欢这脚事的另一个原因就是有外快。江水流到洲尾会形成一股回流，一年四季常有“江流子”，也就是死尸被回流推到江滩上来。哪个撞见，挖坑埋了，可以到农场管民政的干部那里领钱，一个江流子五块，而且是现金。等于一个壮劳力半个月的工分值。先前抢江流子是在林子里捡柴和放牛的老鬼和火板儿的专利。杨爷来了，并且把棚子就搭在洲尾巴上，这块肥肉别人就再莫想沾边了。杨爷为打酒钱发的愁也就少多了。

现在竟来了一个他娘的张爷，而且据这个老王八蛋自称是来管他的！杨爷就是死，也吞不下这口恶气。

“吞不下你也得老老实实吞。老子一九四九年就参加革命了，还管不了你这个国民党兵痞子？”

张爷占领敌阵地似的在杨爷那个狗窠似的棚子里清出一大块空地，给自己安了家。

“我日你个娘，老子两个指头就能捏死你，你信不信？”

杨爷看着瘦骨伶仃却神气活现的张爷，两眼直冒火。

“你敢？你找、死差、差不多。”

张爷看着怒目金刚的杨爷，掉下的下巴半天合不上，口水直往下落：杨爷真要是动手，两个指头真能捏死他。

杨爷没有“找死”，而是去找了一堆柳条子，再用稀泥糊上，在棚子里隔出一道墙。

“隔了墙我就管不了你了？一样管！”

张爷嘴硬：

“楚河、汉界有卵用。你是项羽，我是刘邦；你是台湾，我是大陆；你是反革命，我是老革命……”

“我日你娘个老色棍！”

杨爷根本不认“老革命”的账，只认张爷是“老色棍”，一扬手把一只空酒瓶甩过了没有隔到顶的柳条墙。

张爷立刻噤若寒蝉。

半夜以后，杨爷鼾声大作，惊天动地。张爷于无声处听惊雷，没法子睡觉，忍无可忍，只有磨着牙咒“老反革命”。磨碎了牙咒干了口水也无济于事，就想各种法子要“老反革命”的命。法子想了千千万，终没有行动——夜里有隔墙，日里他连杨爷身边也不敢近。

时间长了，渐渐习惯，有时候杨爷夜里去查林子没有回来，听不到鼾声，张爷反而睡不踏实。又忽然发现自己也有整杨爷的法子，就是唱曲。他从来喜欢唱曲，有事没事一张寡嘴总是乱哼。杨爷最烦他的就是他唱曲，他一开口，杨爷就骂他号丧，仅此而已，却不能堵他的嘴。杨爷夜里不睡早上不起，他一唱，杨爷梦里也会烦醒。自从发现了唱曲的这个功用，他就唱得更起劲。

时间长了，杨爷也习惯了，有时候知道张爷明明就在隔壁却没有唱曲的声音，就喊："老色棍死啦？不号丧啦？"

张爷不唱曲，除了生病，主要的缘故有两个：

一个是饿狠了或者说是馋狠了。

张爷说自己是管人的干部，不能跟被管的人一样自己做饭吃，其实他是不会做也懒得学做，就到离他们的棚子最近的一个生产队食堂搭膳。说是"最近"，也有二三里路。下雨落雪的天气，又要赶时间，吃顿饭有时就很不容易。就是好天气，查林子走远了，错过时间，食堂也没有鬼理他。而杨爷只要在棚子里，他那口灶就总烧着。杨爷舍得吃，也敢吃。场部食品站和人家红白喜事丢掉的猪下水、回流漂上来的死猪、死狗、死牛，他都不管三七二十一煮到锅里。那些死物腐烂归腐烂，煮出来仍是香的。这香气缭绕在棚子里，加上扑鼻的酒味，格外诱人。张爷虽说是个败家子，却极小气，属于洲上人说的“抠屁眼嘬指头”的那种人。自己总舍不得花钱吃荤腥，别人也没有便宜给他沾。要捞江里的死物，又抢不过杨爷。饿狠了，馋狠了，寻死的心都有。

二是想女人。

张爷刚长胡子的时候在九江三马路逛过堂子。后来因为家里破败，从小定的亲废了，就再没有睡过女人。他三分像人七分像鬼，文不能写字武不能挑担。一年到头戴着一顶油黑油黑的棉军帽，一只帽耳翘着，一只帽耳藕断丝连地耷拉着，一身已经旧得不堪的军衣像篦刀布。这身行头据他说还是那位解放军伤员送把他的，是他“老革命”的证明。为了爱惜，从没有洗过。难怪他还没有走近，别人就闻到一股刺鼻的尿臊味。没有人看得上他，他自己的眼界却还高得很，色眯眯的眼睛总在那些好看的细妹子身上睃。睃得那些细妹子见了他就骂，就啐口水。他则呵呵地笑，权当是调情。

到洲上看林子，张爷更得了方便。防浪林到了夜里是后生妹子的戏台，也让张爷过足了看戏的瘾。他所以那么安心看林子，有戏看是一个很重要的原因。只要是好天气，他就夜夜说去查林子。人家亲嘴，搂抱，摸摸捏捏，甚至干事，他都躲在附近盯着看，盯得眼睛几乎出血。杨爷就因为这个叫他“老色棍”，骂他“撑死了眼睛饿死了卵”。他很骄傲：“我还晓得饿，不像你一条死木卵，连饿都不晓得。”

三

让张爷看得最心痛的是唐寡妇。

唐寡妇是被管制的四类分子。她做过国民党师长的填房，被遗弃后又跟了一个湖盗，湖盗死于非命，才成了寡妇。她四十岁出头，却不显老。张爷从小在堂子里是熟谙了风情的，一看唐寡妇就晓得是个绝物。唐寡妇虽被管制，不声不响，却不像别的四类分子那样是个死牛活头。她大奶子，翘屁股，走起路来好比风摆杨柳，眼角眉梢动一动就透着一股骚劲，让人看得心慌。这样的女人，男人为她死去活来也是心甘情愿的。

张爷有事没事常溜到唐寡妇附近，或是屋场，或是地头，或是水塘边，捏了喉咙唱曲：

四月初一去望郎，

我帮我郎朝四方。

朝了四方朝五祖，

朝了五祖转回乡。

有灾莫在郎身上。

别人寻他的开心，说你也忒狼子野心了，一个老革命干部想反革命女人，搞投降主义，要不得。劝他站稳阶级立场。他只呵呵地笑，并不恼，继续唱曲不误。

张爷心里明白：他哪里就真不晓得自己是什么货色？他这样的“老革命”不想反革命女人想哪个？革命女人他想得到吗？就是想得到他也不想，他还就只是想唐寡妇。他也晓得自己未必能把唐寡妇弄到手，多半是痴心妄想。但痴心妄想总是一种想头，寡淡的日子要是连一点想头也没有，还怎么活？！天天夜里想着唐寡妇上床，早上睁开眼睛又是唐寡妇。想到今天又能见到唐寡妇，又能不远不近在她附近唱曲，这一天就有了活头，就得味不过。

张爷没有想到，不怕反革命女人的并不止他一个。

冬天，全场的劳力都上了坝，唐寡妇中间回来拿米。她那个队的队长朱时旺也刚好到场部开会。夜里，朱时旺在门口堵住了要返回工地的唐寡妇。

看林子的张爷不挑坝，每天只影子似的不远不近睃着唐寡妇。唐寡妇的动静都走不了他的眼。

窗户上钉着化肥袋，里面的影子模模糊糊。

朱时旺把唐寡妇搂在怀里，埋着头在啃，仿佛要把唐寡妇生吞掉：

“我要日你。”

朱时旺明明白白地说。

“你敢？！”

“我不敢？我怕你长了牙齿？”

“我有阶级。”

“我不论。”

“你不论我论。”

“老子日你上人！你服不服？”

“你服我，还是我服你？”

“我服就……我服。”

朱时旺气越出越粗，没工夫讲话了。

外面的张爷嘴张得老大，口水拖了老长。

不过张爷晓得，朱时旺和唐寡妇之间没有真情。

那天完了事，朱时旺一边系裤带，一边命令唐寡妇：“我现在走，你明天早上回工地。”第二日上午，工地就开了唐寡妇的批斗会——因为她昨天没有在当晚回到工地。是朱时旺带头喊口号，他喊得很起劲，脸和颈涨得发紫。

朱时旺人前拿唐寡妇当鬼，人后才把唐寡妇当人。

唐寡妇随朱时旺作践，是想气那些嫉恨她的女人：能勾引上队长是她的脸面。每回收工的时候，她总走在全队劳力后面，最后一个是朱时旺。垄沟窄窄的，只能一个跟着一个。她不回头，但晓得朱时旺的眼睛就钉在她的耳鬓、后颈窝、腰眼、汗湿的裤子贴紧的屁股和大腿上。她于是就一下走快，一下走慢，一下沟边，一下沟底，把腰身扭得跟水蛇一样，把朱时旺惹个魂不附体。

唐寡妇心里未必拿朱时旺当回事，她图的是有人心疼，拿她当人。

张爷心里为唐寡妇叫屈：我会真心疼你，我会真拿你当人啊！

“老色棍！”

杨爷因此很看不起张爷：

“你这辈子要是能摸到唐寡妇一根毛，我做狗跟你爬。”

早几年，杨爷有一次喝醉了酒，糊里糊涂把团长女儿按到了床上，碰巧给人撞见。要不是因为团长女儿是狗崽子，场里也少不得一个看防浪林的，他差一点给揪出来斗去半条命。团长女儿从此离开了他，他也从此死了色心。

“放心，有你爬的日子。”

张爷心是虚的，嘴依旧是硬的。

四

杨爷说的是人人都信只有张爷自己不信的事实。

破了张爷痴迷的是造反团。他们那个“上山下乡知识青年造反司令部”在省城被取缔了，又杀回来革命。几天时间，抄遍了全梦洲所有四类分子的家，然后把所有的牛鬼蛇神都轰到一个麦场上。许多人是从被窝里扯出来的，身上穿着单衣，由于寒冷，由于惊吓，在夜风里簌簌发抖。他们被勒令举起双手不停地跳。忽然在他们中间爆发出杀猪似的号叫。牛鬼蛇神每个人身边都各站了一个革命群众。牛鬼蛇神每往上跳一下，就同时有两只铁拳猛击在他们的腋窝下。很快就有人呕吐起来，很快就有人一截一截地弯下身子，仆倒在地上。

“造孽啊，你们！”

牛鬼蛇神中有一人清清楚楚地喊起来。

是唐寡妇。

唐寡妇立刻就被拖出来。

“造孽啊，你们！”

场子上略略静了一会儿，似乎是难以置信。然后忽然起了一种兴奋：

“把反革命偷人精的衣服扒掉！”

唐寡妇很快就被笋似的剥得一丝不挂。一个四十多岁的女人还会有这样肥白结实的身体，只让人觉得她是罪恶的化身。许多只革命的手伸向她罪恶的乳房、屁股、大腿和大腿中间，实行群众专政。

是南方少有的严冬，地面冻得邦硬，树上挂着冰凌。赤条条的唐寡妇不瑟缩，不躲避，只是一声接一声地喊着：

“造孽啊，你们！”

一直到瘫倒在地上，唐寡妇仍然喊着。她在地上被踢来踢去。她不屈不挠地喊，又被不屈不挠地踢过来，踢过去，又踢过来，又踢过去。

唐寡妇终于没有声息了。她的喊声却再也不会消散：

“造孽啊，你们！”

那天夜里剩下的时间里，张爷的耳朵里就一直响着唐寡妇的喊声，喊得他手脚冰凉，直觉得浮在江上的梦洲像大风里的船一样乱动，随时都会翻掉。

唐寡妇当夜由几个牛鬼蛇神抬回她的屋里。第二天一早，张爷见她的屋门打开，屋里没有人。一路血迹一直滴落到江边。坝脚下和江滩上，分别见到两只女人的鞋子。

唐寡妇畏罪自杀。许多人像是很开心，说，一江水都要给她弄骚了，等着看江猪发情走窠就是。

大冬天，张爷早上原是起不了床的。但那夜他没有睡，几次三番想去看唐寡妇，终是不敢。又怕造反团有人监视，又怕撞到朱时旺。等到天亮，期期艾艾地去了，却晚了。

张爷站在江边，看着浑黄的尸布似的江水一直铺到天尽头。白花花的日光刺得他睁不开眼睛，让他流不出眼泪，也喊不出声音。只有鼻涕和口水糊了一嘴一下巴。

“我早说了你摸不到她一根毛的，你不相信。现在怎样？连人影儿也没了。”

杨爷说着，像是动了恻隐之心：

“真要等，到洲尾去等。兴许回流能给你送回来。你放心，她真要是来了，我不会跟你抢，只归你，好歹让你摸到她的毛。”

一连几天，张爷天一亮就爬起来去江边，等回流把唐寡妇送回到洲上来。

洲尾的这片林子，就是大白天也有几分阴森。洲上传说的种种鬼怪故事都发生在这一带：阴雨天，有人见过梳头的女人，头不在肩上，在手上；亮月下，明明听见林子里到处是抽泣声，却看不到一个人影。

现在，张爷就像一个活的鬼魂在林子里飘忽。他整天整天地在那个江流子出得最多的滩上转过来，转过去，实在转不动了，就靠着树脚溜下去，闭一会儿眼睛。始终不歇的是唱曲：

八月初一去抬埋，
姐在前头端灵牌。
那管别个戳背脊，
无儿无女跪尘埃，
我送我郎上天台。

唱了八月，该唱九月了，却又回到了六月：

六月初一去望郎，
我郎死在床板上。
扯倒凳子床前哭，
我的心肝我的命，
我郎死得不分明。

张爷天天这样唱，唱得几乎没有声音了，只有下巴在动，口水好像也流干了，在嘴角上结了壳。

杨爷起先还有些鄙夷，有些幸灾乐祸，后来也不由得有些怕了：

“老色棍，你成天不吃不喝，只晓得号丧，作死啊？”

张爷不理，只管唱：

七月初一买棺材，
上街买到下街来。
我郎不要松木板，
要买柏木黑棺材。
活不光彩死光彩。

到最后，张爷唱些什么，除了他自己，只有鬼晓得。

五

暮色是一下子就来临了的。林子外面，宽阔的江无声地流。上游的最远处，横着一条条状的金色云霓。巨大浑圆的太阳在那条云霓上面若有所思地注视着将要进入黑夜的世界。一行雁笔直地斜着，在它面前缓缓移过。一片帆长久长久地在太阳的圆心处停着，凝然不动。淡淡的紫色的暮霭从遥远的江面向林子上空弥漫过来，把梦洲笼罩在一片柔和明亮的光晕里。

张爷是杨爷从柳林子里背回来的。放下来的时候就像放下一把干柴，没有一点分量。

“莫跟人说我是怎样死的，要得么？”

张爷一口气弱得像细丝：

“我到底是老革命。”

杨爷不出声地冷笑：老色棍到死还要个鸟面子。这鬼地方除了老子多事，谁管你？

然后，张爷尽力睁眼睃着壁上挂的一个发黑的破棉絮卷：

“那里有钱，原是预备送把她的。她跟我也罢，不跟我也罢，总是我一份心。而今都好过了你个国民党兵痞子。你要肯积德，帮我做两件事：一件，万一她回来，帮我收尸；一件，我落了气，好歹送我回去。你要缺德，就都拿去买酒喝。二回到了阴司我再找你还账。”

临死前，张爷很清楚地叹了口气：

“没想到真的连根毛也没有摸到。”

杨爷从壁上扯下那个发黑的破棉絮卷，翻出一大把钱，骂道：

“老色棍，你真是白活啦！”

杨爷找人给张爷做了棺材，又请了人抬他回南边的老家。造反团没有干涉，因为丧事办得很严肃。吹吹打打请的是造反团的宣传队；奏的曲子都是《大海航行靠舵手》《无产阶级文化大革命就是好》等；抬丧的号子也都是革命口号：

仙人！
旧社会是棵草啊，
新社会是个宝！
仙人！
风吹雨打都不怕啊，
甘当革命老黄牛！
仙人！
一颗红心永不变啊，
继续革命永向前！
……

办完丧事，多的钱，杨爷一文不留，都买了酒，又一口不喝，都洒到江里。一边洒一边嘟哝：

“缺德？你才缺德，老色棍！你不唱曲了，害得老子冷清。”

（2003年）

春　汛

一

桃花水比往年来得早。湾子的水至少提前一个月就跟枯水前一样平了。

油菜花黄了，冬小麦灌浆，棉花苗爬过了脚背。经常下雨，地上吸饱了水，弹性很大。太阳一出来，满地冒出蒸气。影影绰绰的人和牛或别的什么，好像是在冒着气的蒸屉里。这样的日子，人昏昏沉沉的，整个心都在荡漾，无端地觉得喜气洋洋。赤脚走在地上，脚板痒痒的。无论男人、女人都容易动情。

油菜开花黄蹦蹦，
姐俚痒得人要疯，
……

坝里的棉花地，远远的有人在唱，尖细的声音拉得很长。

兔儿当时穿一件腋下开口的士林蓝布大襟褂子，头上包着一条白手巾。这装束跟当地女人没有区别。但郑少强还是一眼就能把她从满船的女人中区别出来。

那船女人一早上去湾子对面的扁担洲抢收冬麦。扁担洲没有圩堤。头年入冬把种子丢下去，来年春上有没有收成全凭运气。今年汛期来得早，就只好在水里抢收，收一把是一把。

湾子并不宽，但一过到对岸，一船女人就像到了另外的世界，一个个放了羊。她们割完了麦装完了船，把满是汗腻的衣服全都脱下来洗完，晾到装了船的麦堆上，然后在水里放肆地张疯。洲上的女人说话粗糙得不堪入耳，平日身上却裹得极严。再热的天、再毒的日头底下，都穿着长衣长裤，扣子一直扣到喉咙眼，从不松开。而今一旦解除武装见了天日，便一个个像瓷人似的白得晃眼。她们尽情地展览自己，又互相羡慕和取笑。一直到总算想起收工，上了船，还闹个不休。

整条船上笑声最响亮的是兔儿。兔儿是分场小学的赤脚老师，学校放农忙假就回生产队劳动。她笑得跟当地女人一样没有节制，老半天缓不过气来，有些没心没肺。

船还没有拢滩，人就一个个跳下来，把滩上的浅水溅得老高。透湿的衣服紧贴在她们身上，像是一群从江里爬起的水妖。

临时借调在场广播站做编播的郑少强没有事的时候喜欢在江边徘徊，一副斯人独憔悴的诗人样子。他先是被江对面那些张疯的女人惹得发呆。船动起来的时候，他巴望船会到他面前拢滩。船果然过来了，他又想赶快走开，却挪不动脚。仿佛冥冥中真有什么安排，在水里活蹦乱跳的女人们只顾嘻嘻哈哈，唯有兔儿突然在他面前站住。兔儿其实也没有注意他，她是因为眼里进了水，站下来揉眼睛。

郑少强一下心慌意乱。他的眼睛一碰上兔儿的脸马上就垂下来，却撞上了她的胸脯。他是第一次这么近距离地看兔儿，几乎是逼近。她的脸薄得像是透明的纸，轻轻一弹就能弹出血来；脖子和脖子下面的一大块胸脯那么白皙，像是羊脂凝结起来的；乳房高挺而浑圆，真像是两只不安宁的兔子。

天上乌云波涌波，
哪有山水不落河，
哪有哥仔不想姐，
哪有姐俚不想哥。
男女心思差不多。

坝里棉花地的那个人还在悠悠地唱。

当地流传的这种“五句头”几乎完全保持着原始的调性，一般只有三个音级。调子的高低抑扬，乐句的长短快慢，全凭各人的本事和当时的兴致任意发挥。郑少强起先一点也不喜欢这种“五句头”。那些用假嗓喊出的高音和颤音就像一个被扼住的喉咙发出的尖叫，对脆弱的神经是一种难以忍受的折磨。但现在，郑少强却忽然觉得心里的什么地方被冲撞了。

夜风从棚顶上卷过去，麦草嘁嘁喳喳地响，然后一切又沉寂下来。只有坝外的江水在单调地反复地拍打江滩。

郑少强初中毕业下乡，青春对于他还是朦胧一片。在泥土和阳光之间，生命是一部打开的书。几年时间里，他很快就读懂了耕和种，男和女：

新打脚车四部头，
架在大姐奶上头。
日里车干姐的水，
夜里车干姐的油。
车得大姐乐悠悠。

在棉花地的艺术里，这是最文雅的了。每次听了没有几段，队长朱时旺就会叫起来："莫唱了莫唱了，说点荤的，带补的，一日不说×，日头不得落西。"一到歇坡，他就钻到女人堆里，这个脸上摸一把，那个身上捏一下，弄出此起彼伏的尖叫。把女人们撩急了，几个泼辣的便跳起来把他围住，当众扒下他的裤子，然后扯手扯脚地抬起来，狠狠地甩到地头上去，惹起一片叫好和怪笑。就是派工，朱时旺也没有个正经："女人回屋里搓索。是搓草索，不是搓这个……"说着把两只手掌合起夹到裤裆中间。自然又是一片哄笑。棉花地散发着清新的、苦涩的、甜蜜的、肉感的气息。人们对性的想象力天生丰富。开荒，播种，挖沟，打井，木匠的榫头，铁匠的风箱，剃头佬的掏耳朵，以至上下两扇磨子，乳白黏稠的浆水，往灶口塞柴，在锅里贴饼……都可以用来调情。郑少强总是会被弄得很不自在。

这不自在反而惹得女孩子喜欢。郑少强的宿舍常有女孩子进来，她们跟房里的其他人说笑，但在屋角看书的郑少强脸上会很清楚地感觉到她们热辣辣的目光；他去水塘洗衣服，水塘边的女孩子便不停地取笑他的笨拙。他晓得她们是想让他请她们帮忙。假使也愿放纵，他可以很容易把一个女孩子带到棉花地深处或是坝外的防浪林子里去。

但郑少强不想那样。究竟为什么，他说不清。总之是他觉得不该那样。他应该一心一意地等待一个人的到来，就像那个人也在一心一意地等待他一样。那个人会是谁，什么时候来，他不知道。但他知道他应该一心一意地等待，应该一心一意地爱惜这等待。一块白布染皂了，就再也洗不白了。

现在这个人终于出现了。

这个夜晚结束之前，郑少强做了一个梦。他梦见一条向他漂来的船被突如其来的风暴掀翻了，他声嘶力竭地哭喊起来，醒了眼角还带着泪痕。他莫名地兴奋起来：梦是反的！

上早工的时候，郑少强听见的头一支歌仿佛是特地为他唱的：

哥是稗子姐是秧，
哥要连姐赶上趟。

呆到别个来薅草，
扯起稗子蓄了秧，
把你丢到干岸上。

这支歌让郑少强的心忽然抽紧了：还迟疑什么呢？

郑少强就在那天上午采取了行动。

二

兔儿是一九六九届下来的初中生，跟郑少强不在一个队——郑少强在场广播站做事，吃住还在生产队，但两个队的知青宿舍紧挨着，哪间屋子的动静都是公开的。人们似乎也不想保守什么秘密。不开工的时候，差不多所有的屋子都吵翻了天。男男女女打闹成一团，时不时就有一个女孩的胸罩甚至三角裤被硬从身上扯下来，旗帜似的从一个人手上飘扬到另一个人手上。但这类事从来没有在兔儿屋里发生过。

兔儿屋里住了三个人，那两个已经有主儿，一有空就各自找地方缠绵去了。剩下兔儿总是在跟当地老职工的女人学绣花或纳鞋底。也许因为她长得过于漂亮，也许因为她父亲究竟当过副市长，让人多少有些怯着，极少有人去骚扰她。即便是死皮赖脸的朱时旺，也很少进她的门，就是去了也不敢在她身上动手动脚，往往狗似的转了两圈就悻悻地出来了。

唯一敢在兔儿屋里坐下的男人是有清。但不是因为胆量，是因为憨。有清是一九六〇年跟娘老子讨饭到洲上来的江北佬。人长得莽长莽大，一身衣服紧巴巴地箍着，到处显短，到处是挣开的缝，胡萝卜似的脚趾头也长长地伸在鞋子外面。巴掌伸开来像蒲扇，两只脚像船。加上内八字，走路很笨拙，一搭一搭，像石磙在往前碾。没事的时候他喜欢到知青宿舍来，见着门就不声不响推了进去，也不管里面的人让不让进。进去就自己找个地方坐下来，眼睛憨憨地看着脚前面的地下，不跟任何人搭话。他脸上的肌肉好像是僵的，极少有表情。别人闹翻了天，他一点反应没有。偶尔却莫名其妙地呵呵一笑，露出一口雪白的几乎没有缝隙的牙齿。坐了一阵又自己站起来走出去，再去推另一扇门，又不声不响坐一阵。次数多了，大家也习惯了，任他来去，不把他当回事。也许是因为太憨，没有人看得上，快三十岁了还没有定亲。他老在知青宿舍转，明摆着是癞蛤蟆想吃天鹅肉，这副熊样还想打城里学生的主意？有人就怂恿说，有种你撩一把兔儿裤裆试试。结果他真的走进兔儿屋里，把兔儿晾在绳子上的短裤抓在手里猛揉了一气，得意地呵呵笑着，龇出一口白牙。

奇怪的是兔儿。遇到这样的事，别人以为她会生气，没想到她竟咯咯大笑。但即便这样，也没有人随便造次。不知为什么，她的笑，有点让人摸不着头脑。郑少强早就注意到她了。他又心烦意乱，又迟迟不敢沾边，都因为她那种没心没肺的笑。

郑少强的行动顺利得让他自己都有些不相信。那天上午他去坝外的水塘洗衣服，听见几个女人说兔儿有一天把一卷饭菜票失手掉到水里了。那个塘子很深，谁也没法帮她。郑少强想：真是天赐良机。中午吃过饭，看看正好没人，郑少强跟着兔儿进了她的宿舍，把一卷用皮筋扎着的湿漉漉的饭菜票交给她：

“这是我在水塘里摸到的。”

兔儿很奇怪地看着他：

“是吗？”

这之前两个人从来没有说过话。

郑少强低着头，不敢正面看她。但心里是下了死不回头的决心的。静默了一会儿，他问：

“今晚场部有电影，你去吗？”

“去。”

兔儿回答得很肯定。

晚上，郑少强早早吃了饭，一个人坐在正对着兔儿宿舍的坝头上，看着她熄灯，关门，跟着几个女伴一起上了坝头。他站起来，默默地跟上。

几个女孩子鬼头鬼脑地笑，加快了步子，把兔儿落在后面。

兔儿显然是有意放慢了步子。等郑少强跟上来，她问：

“你很喜欢看电影吗？”

“嗯。”

“哦。”

兔儿显然有话没有说出口。

郑少强忽然意识到什么，又赶紧说：

“也不一定。”

兔儿在黑暗中笑起来。

郑少强突然说：

“我们回去吧。”

说“我们”的时候，郑少强的脸在发烧。

“好。”

兔儿的声音很小，却清楚。

“谢天谢地！”

郑少强在心里欢呼。回来的路上他很小心地同兔儿保持着距离。手偶尔碰到她，马上就缩回来。兔儿身上有一股淡淡的乳香，在黑暗和静谧中浮动。他咬紧牙关，不时用力吞咽一下。他想，无论如何要把持住自己，不能像条饿狗。

“去你屋里坐？”

快到宿舍的时候，郑少强说。他不敢贸然邀请兔儿去他的屋子，更不敢提议去坝外或是棉花地。他们离那一步还有很远的路要走。

兔儿一进门就拉开了系在床头的灯绳，随后进来的郑少强也就不敢关门，就让它那样半开着。

“谢谢你帮我。”

兔儿在自己的床上坐下。

“那有什么。”

坐在兔儿对面空床上的郑少强干笑了一下。

“你一定很会游泳。”

“还可以。”

“那个塘很深呢。”

“无所谓。”

心擂鼓似的响着。说出的都是没意思的话，有意思的话却说不出。

半开的门忽然被完全推开，门口被一个庞然大物堵住：

“没有看电影啊？”

是有清憨憨的声音，接着他就不由分说地走进来。

兔儿突然爆发出咯咯的大笑。郑少强则又恼火又尴尬。已经自己找了地方安坐下来的有清面无表情地看看他们两个，也咧嘴呵呵一笑，然后就倾头憨憨地专心地看着自己的脚跟前。郑少强恨不得跳过去踢他一脚，但马上就收敛了这个愚蠢的念头。有一次犁地，一头牯牛翻生，不肯上轭头，有清抓住它的角，生生把它按到了地上。

三个人就那样雕塑似的干坐着，又都坚守着。只有兔儿一直在笑，只是从一开始的放声大笑变成了压抑的笑。她不时幸灾乐祸似的瞟一眼郑少强，然后就全身一团乱抖。

直到看完电影的人回来。

三

当夜郑少强打着手电，用被子蒙着给兔儿写了一封长信。下乡之后他帮许多人写过许多情书，现在终于轮到了自己。业务熟练加上激情澎湃，洋洋洒洒写了一个通宵，把口里说不出的都拉稀似的泻到纸上。然后让厨房的吴妈子转交。吴妈子是他的手足，绝对信得过的。信的最后说他晚上在分场小学的操场等她，会一直等到天亮。

分场小学是先前的一幢旧仓库，在屋场和棉花地之间，到了夜里就没有人，却又是公共场所。选择这里约会，既可以免受干扰，又可以让兔儿不生疑心。兔儿昨夜不看电影只能是出于教养，出于对他的礼貌，并不等于说她是那种只要一卷饭菜票就可以跟你上床的女孩。

郑少强匆匆扒了几口饭，也不知道是什么味道，就早早动了身。明明晓得兔儿不可能这么早来，甚至不能保证她一定会来。他浑身就像着了火，死活不得安宁。

操场就是先前的麦场，被一片桑林包围着。桑林后面的屋场偶尔透出一点亮光，一下又消失了。郑少强靠在一个隐蔽的墙角，眼睛死死盯着桑林里那条看不见的路。就像是一个死刑犯在等着判决：要么是执行，要么是特赦。

今天的约会跟昨天有实质性的不同。昨天可以看作是友好，今天则有明确的目的。他在信里把该说的都说了，兔儿应约，就是接受；不应约，就是拒绝。

郑少强尖起的耳朵里忽然响起沙沙的脚步声，他一下屏住呼吸。却蹿出一条狗，莫名其妙地拉了泡尿，又转回去了，惹得他也不禁想拉尿了。

兔儿就是在郑少强尿还没有拉完的时候出现的。幸好他是躲在屋角的阴影里。兔儿走到操场中间的时候他迎了出去：

“你真、真的来了？”

一向伶牙俐齿的郑少强结巴起来。

“你不想让我来？”

“不不，我不是那个意思。你看到我的信了？”

“看了呀。没看懂。”

“为什么？”

“好多字不认得。”

兔儿说的是实话。郑少强心里暗暗叫苦。他只想到卖弄自己的龙飞凤舞，忘记了还有个接受的问题。

“怪我。”

郑少强说：

“你是真没有看懂？”

“真的呀。”

兔儿笑起来。

“你骗我。”

郑少强忽然明白，身子向前倾过去。

兔儿忽然转身，一只手在无意中刚好碰到郑少强早已坚挺勃起的下身。

好长时间，两个人都不做声。彼此听着对方的心跳。郑少强垂着两只手，再不敢靠近兔儿半步。兔儿背对着他，也不敢回头。

远远地有一辆拖拉机从横在学校后面的车路上开过来，突突的声音越来越响，灯光也越来越亮。虽然肯定照不到他们，他们还是觉得心惊肉跳，仿佛是被发现的猎物。

“我们走吧。”

郑少强试探着说。

“好。”

兔儿向桑林走去。

郑少强并没有回去的意思，只不过是想换个不暴露的位置。但兔儿动了身，他只好跟着。

操！难道今夜就要这样结束了吗？郑少强不由得在心里恨恨地骂那辆拖拉机。

“我明天回去。”

兔儿突然说：

“我母亲上午来电话，我父亲病了，从乡下回市里住院。”

“是吗？什么病？”

“跌跤，摔断了腿。”

“要、要我陪你去吗？”

“还是不去好。”

兔儿的犹豫让郑少强心里滑过一丝暖意。

穿过桑林的时候，郑少强小心地牵住了兔儿的手。兔儿很顺从，让自己的手软软地留在郑少强滚烫的手心里。这是两个身体的第一次相互给予。上面的树叶和脚下的草在黑暗中簌簌作响，上坎下坎不时一个踉跄，两个人的手便一下握紧。

兔儿走的当天，郑少强也向场广播站请了假进城。这是昨天跟兔儿分手时就决定了的。兔儿坐的是早上的班船，他坐的是下午的班船，免得兔儿反对。

傍晚的时候找到了兔儿的家。这是一幢“回”字形的围屋，外面四面砖墙到顶，从大门进去，才发现有两层楼。中间是天井，四面是房间。这幢屋子在当地很有名。先前是兔儿家的产业，新中国成立那年兔儿父亲将它连同一个纱厂全部交给了人民政府，成了著名的民主人士，当上了副市长。“文革”开始才成了“反动资本家”。兔儿由学校分配到梦洲插队的头一年，他就带着兔儿的母亲和弟弟下放到一个指定的偏远的山区。兔儿因为要等着学校分配，在城里留了一年。这幢屋子已经没有他们家的地盘，兔儿是借住在他们家先前的保姆家里。

老保姆很热心地把郑少强带到医院。跟兔儿一起围着病床的还有她母亲和挂着红领巾的弟弟。兔儿的父亲服了安眠药，正睡着。

兔儿很意外，脸唰地绯红。

兔儿母亲看看兔儿，又看看郑少强，轻轻说：

“你好。”

她看上去似乎有些浮肿，很疲倦，但还是隐隐透出往日的雍容，让郑少强感觉到一种气质上的压迫。他用力抓着衣角，讷讷地说：

“你好。”

一边的老保姆用巴掌擦着眼角的泪水，嘟哝说：

“几好的伢。”

兔儿母亲说：

“今天我和你弟弟守夜。你回去吃晚饭，晚上就不要来了。”

看看兔儿迟疑，又说：

“去吧。”

“还是你和弟弟回去。”

兔儿很坚决地说，眼睛不由自主地瞟了一下郑少强。

多少年以后，郑少强一旦想起这个晚上，心里还是会涌起一种热热的有些辛酸的感觉。这个晚上，兔儿一家，连同他们的老保姆，都几乎表示了对他的接纳。

这是一个契机，一下子拉近了他与兔儿的距离。先前兔儿对于他只是一个又快乐又漂亮的女孩，出身世家，如果不是“文革”，整个梦洲没有人能攀上她们家的门槛。接近她需要莫大的勇气和心思。而她原来有跟常人一样的苦恼，一样的艰难。现在看来，她那种没心没肺的大笑其实表明的是她的孤单，她的空虚，她的需要同情，需要怜悯。她父亲下放的那个地方比梦洲苦多了，没有公路，没有学校，没有电，到最近的集镇要走差不多一天。她母亲去了以后才有人教书，一间破败不堪的祠堂，一群瘦弱肮脏的小孩，高低年级不分，没有桌椅、黑板。因为严重的高血压，她母亲时常在课堂上昏倒。她弟弟不到十岁，出力的事只有靠父亲。但凭她父亲的生活能力连自己也照顾不了。

“我很感谢你来。”

兔儿看着郑少强，眼睛闪着极亮的光辉。

“可是我帮不了你什么。”

“这就很好了。”

郑少强充满了献身的冲动，而兔儿充满信任。

这天晚上后来的时间郑少强是在病房外的走廊上度过的。护士不允许有两个人陪护，也不允许郑少强在医院里过夜。郑少强坚持在走廊靠墙坐下来，护士赶了几次，赶不走，也就作罢。兔儿不时出来看他，夜深人静，只能默然相对。那一刻，他们开始明白，什么叫作相依为命。

四

郑少强搭了第二天一早的班船回到梦洲。他只请了一天的假，而且只说有事，没有说什么事，他当时也说不清什么事。这趟回来，他想把手头的事做个交代，正式请几天假，明天再返回市里帮着兔儿照顾父亲。

新来的政治部主任先前是兔儿上的那所市中学的老师，加上郑少强老是帮他加班赶材料，很通融，一点没有犹豫就准了假。末了还神色凝重地叮嘱说：

“你要好生待人家。”

“是。”

叮嘱是多余的。那已经是郑少强的一种使命。

兔儿却坐下午的班船回来了。

这次是兔儿约郑少强。事先郑少强一直在场部整理广播稿，准备他请假的这几天的节目。中间匆匆吃过晚饭，又接着加班。来找他的是吴妈子，说，兔儿在小学操场，她有急事找你。

兔儿静静地站在操场中间，月光照着。月光也照着桑林，桑林也静静的，像在听她的心事。

“父亲原来的单位知道了他回市里住院的事，勒令他立即回乡下。并且，除了家属，不允许别人护送。”

兔儿咬着发抖的嘴唇。

郑少强想抱住她，但忍住了。他怕兔儿觉得他趁人之危：

“你该从市里给我来个电话，我会赶去。”

“我慌了，只想到跑来找你。”

兔儿长长的睫毛上晶亮的泪水在月光里闪动。

郑少强感到了身子的摇动，他有些把持不住自己了。似乎是对他的响应，兔儿抓住了他的手，然后拉着他离开操场。

这一次他们走的是跟上次相反的方向。绕过那幢改做了教室的旧仓库，是一条车道。横过车道，便是棉花地。夜里的棉花地好像比白天要广阔，似乎没有了边际，车道和渠边的树行和最远的堤坝都像是灰蒙蒙的一缕烟痕。五月，棉花还只刚过脚背，棉花垄清晰得像一张巨大无比的琴上的弦。

谁在弹琴?

兔儿走在前面，郑少强跟着。整个世界是一片轰然的乐声。

你是天上日头子，
我是地下葵花子，
日头起山面朝东，
日头落山面朝西，
心上有人人不知。

隐隐约约地似乎有人在唱歌。一整天的好日头把棉花地晒得像一张温暖的床，令人不安的骚动的地气氤氲然后弥漫。蕴蓄了一个冬天的生命的活力都在这时候爆发了。棉花地上的阡陌，又有多少枝条绽出鹅黄的骨朵。棉花地深处的水渠，春水盈盈涨起。

在梦洲，相好的或偷情的男女进入棉花地也就意味着要进入对方的身体。郑少强恍若做梦：

“你真的相信我？”

“真的呀！”

兔儿站住并且转身：

“为什么不是真的？我听许多人说过你。你有才华，又很严肃。许多女孩喜欢你又怕你，你看不上人家。你看上了我，我很高兴。那天看了你的信，我觉得很幸福。这是真的，你相信吗？”

兔儿大大的眼睛在月光下清澈见底。

“兔儿……”

郑少强颤颤地伸出手把兔儿拥在怀里。

他们的身体紧贴在一起，兔儿感觉到了什么，并没有回避：

“上午我母亲跟我谈过你的事，她让我自己做决定。她唯一担心的是我们两家的老人政治上都不清白，会连累我们。”

“我们会创造自己的生活。”

郑少强更紧地搂住兔儿，他们将从此共着命运。

“我也是这样说的。我想好了，我们一起迁到他们那里去。”

郑少强的手突然松了：

“你说什么？”

“……”

“你还是不相信我。”

“……”

“要不你就不会这样试探我。”

郑少强两只手移到兔儿肩上，直直地看着她的眼睛。

“我懂了。”

兔儿轻轻地但是坚决地把郑少强的手从自己的肩上分别推下去，后退一步。

很远的地头那边，看不清的一片屋场上响起几声狗叫，随后四下里更加沉寂。

“兔儿。”

“……”

“兔儿你听我说。”

兔儿说：

“请让我走。”

“兔儿我们可以商量的。”

兔儿快走了几步，跑起来。

“兔儿！”

郑少强绝望地蹲下去。

五

兔儿第二天上午走的时候不是一个人。跟在她后面的有清一担挑着她的所有能带走的东西。她似乎很快活，跟见到的所有熟人高声打着招呼，不时发出那种没心没肺的大笑。她在家里下放的那个山区公社落户的手续是有清回来办的。有清也同时把自己的户口跟她迁到了一起。

有清离开梦洲前找到郑少强，没头没脑、断断续续地说兔儿让他带了话：

……兔儿说她不恨你……兔儿说她当时就看出那卷饭菜票不是从水塘里捞出来的，是在水里浸湿了给她的……兔儿说她喜欢聪明，她不能害你……她娘老子也是这样说……兔儿说你比她认得的所有人都会有出头，日后会有许多女人喜欢你……兔儿说你只管忘记她……

郑少强听有清说这些的时候，是在堤坝上。

雨真大。没完没了地下，记不清下了多少天了。农场的头儿慌了，把干部、职工都轰到堤上。一个人看守一段。

天很冷。许多人把准备放进箱子的冬衣又翻出来穿上，在大风大雨里还是忍不住发抖。郑少强却常常在雨下得最暴烈的时候跳到江里去，任从风浪扑打。

……明明暗暗唯时何为阴阳三阁何本何化……哦，生活，我刚刚看到了你的眼睛……你漆黑的眸子……喜悦窒息了我的心……一条金色的小舟，一个漂浮着沉醉着自语着的金色摇篮……时间流向何处……

随风浪扑打的是乱七八糟的咒语，还有兔儿没心没肺的大笑。

最后一次，郑少强没有往回游。他闭上眼睛，随波逐流。他漂了好久，最少应该有大半个夜晚。天亮的时候，他却发现自己躺在江滩上。

这是梦洲的洲尾。

是梦洲下游的回流把他推回来了。守防浪林的杨爷的狗狰狞地舔着他的脸。

（2003年）

立　冬

一

何教授上床好像只有眨眼工夫湖上就起了风，一阵一阵越掀越大，搞得一个何谷岛像水瓢一样晃动。插紧了的窗户照旧咣当咣当响，夹着吓人的泼水声。

下雨了么？何教授把头伸出被窝。

没呢。满妹应了一声。她还在灶下忙着，明天选举委员会全班人马在他们家吃午饭。她说话声细，又缓，何教授没听见，就喊起来：满妹我问你是不是下雨了？

我说了，没呢。满妹提高了声音。

何教授还是觉得没听清楚，干脆爬起来，裹件衣服跑到外面。

天上星斗铮亮，给大风刮过的夜空透明。

何教授松了口气，忽然觉得自己好笑。在湖上住了几十年，怎么跟个城里干部一样？冬冷冬晴，夜里起大风，一定是大晴天。风刮起的湖水跟雨还分不清？事先反复看了天气预报，明明也讲的是晴天。是真老了，疑心重。

闹钟响的时候，何教授正在拉尿，到处拉，一拉好长，却总也拉不完，憋得在人堆里也不得不扯落裤子——人堆里面还站着李秀梅，眉眼直直地看着他。

要不是闹钟响，何教授只怕真会被这泡夜尿憋死。

二

村委会在原址上盖新房子的时候，把广播器材都搬到了何教授家里。房子盖好了，何教授说，莫搬来搬去了，横直是我用。村支书何来庆想想真是这么回事，就让何教授家做了村里的广播室，加上何教授当兵的儿子给他买的电脑，又成了文印室，有什么书面上的事，也都在这里办。

各位村民，各位选民，今天是何谷村神圣的日子。我们要选举新一届何谷村村委会。请你们在神圣的时刻投出自己神圣的一票。

何教授听着自己的声音钻出灰黑的屋瓦，向村子的上空、然后向无边的湖面扩散，很陶醉。他的发声能力是回来好久才慢慢恢复的，依旧是很嘶哑，像从裂缝的老竹竿里发出来的，中气又不足，明显有气无力，但是抑扬顿挫、起承转合、节奏分明，内行人一听就能听出是一个起码有三十年教龄的老教师的声音。

上初三那年，何谷村跟李家边因为争湖打大阵，何教授父亲受了重伤，县医院的急救车没有到就断了气。何教授休学回来下湖打鱼。在湖上漂了两年，还是想读书，老哥见他五心不定，干脆让他上岸。他就跑去找先前的班主任。班主任是老三届知青，现在当了校长，一贯是赏识他的，介绍他到乡中学的附小代课，一边旁听高中的课。过了两年，全国恢复高考，校长考上大学走了。临走前给他转成了正式编制，又把他提到初中教语文。

那是何教授最红的时候。二十郎当岁，意气风发。眉眼最好看的初三女生李秀梅对他特别着迷，上课的时候老是看着他发呆。下课又总去找他问功课。李秀梅上学晚，中间因为家里供不起又休过两年学，就比同班同学大几岁。晓得何教授也休过学，更是有些同病相怜。

何谷村跟李家边是有世仇的，双方都发过血誓永不通婚。他们两个要想做中国的罗密欧与朱丽叶，除非跑去外国——这是玩笑话，根本问题是，老师是以持中秉正为人师表的，跟自己的女学生谈恋爱，成何体统？有个乡中学在湖心，离岸远，教学和财政的条件都差，正缺老师，何教授向县教育局主动要求调去了那里。只是为师道尊严就付出这样的代价，真是“教授”！都什么年代了，到处改革开放，他还这么古板。那时候的教授大家看得很神圣，不像而今传说的“白天是教授，夜里是野兽”。

调动的那年，何教授跟家里早就定了亲的满妹圆了房。多年后，他的喉炎越来越厉害，学校的工资都保证不了发够数，医疗费报销更是难上难。满妹生了个龙凤胎，喜是大喜，负担却沉重。儿女日日见大，鼎罐天天觉小。声带长了息肉，他也舍不得去医院，上起课来声嘶力竭，终至失声。算算够了文件规定的工龄，便提前内退回来。回首三十年光阴，逝如流水，人过半百矣。

何谷村已不是先前的何谷村。年轻人都出去打工，剩下老小。何教授回来，何来庆最欢喜。何教授当过他父亲的老师，论辈分他却是何教授的叔。何来庆原来在村小当校长，前任村支书出了事，乡里让他兼上村支书。上一届的村委会选举稀里糊涂地给几个人操纵，结果没满届那几个人就都犯在前任村支书那个案子里了。有了教训，乡里特别叮嘱：这回看你的本事。

得亏有何教授!

是真的是假的？是真的我就考虑，是假的你就自己忙。何教授脸色铁青。上届的选举他就是作壁上观，那几个人请他写条标语他都说身上不好过，推了。

当然是真的。何来庆嗓门很大。

那就正正规规按章法来。何教授是老师的口气。

对对对，就是这个意思。何来庆自然不敢拿叔的架子。

各位村民，各位选民，今天是何谷村神圣的日子。我们要选举新一届何谷村村委会。请你们在神圣的时刻投出自己神圣的一票。

何教授哑哑的绵绵的声音，在湖上悠悠地飘得很远。老北风忽然间就停了，日头在天水相连的地方亮亮地浮起，有条船在日头前面像是一动不动，两支桨雁翼一样张着。

三

何谷村的田地在对过湖滩的鲤鱼嘴，几十户人家大都聚居在何谷岛上。岛小，除了巷子就是屋，家家开门临水。何教授退休回来，写了副门联：

明明当湖却名何谷
面面临水难分谁家

很是贴切。

这一届村委会选举委员会，村支书何来庆是当然的主任，副主任公推了何教授。吃过早饭，何来庆带上他那拨人去镇上，有十好几户村民在那里开店的开店，办厂的办厂，打工的打工。之后再去鲤鱼嘴，那里也还有属于何谷村的七八户人家。何教授带的一拨人就在本岛。

他们的任务是挨门挨户让选民投票。

何谷村的选民虽不多，但分散，想把人头全聚拢了开会选举根本不可能。虽说选民过了半数选举也可以生效，但何教授坚持，能做圆满的事为什么不做？不就是我们多走几脚路吗？

日头高升，湖面起了烟，村子晒得烘热，石板都有了暖意。门口的竹躺椅上，或者干脆就是门方的石墩上，老倌子刚靠下去不久就响起了鼾声，口涎流得老长。狗也都趴在地上，见了外人最多懒懒地抬一下头就又歪下去。女人都在灶下、菜园或湖边忙着。日头一好，女人就有做不完的事。好几家在兴土木，要抢在年前乔迁，拆老屋的，粉新楼的，一个个灰头土脸，只见眼珠和牙齿。立冬晴，一冬晴；立冬雨，一冬雨。今年老天很讲人情。

每到一家，跟随的几个就去拢人，把屋前屋后、楼上楼下的拢到一块，听何教授讲要求。有在屋顶揭瓦在楼上粉刷的不肯下来，说谁谁在下面，可以代表我。何教授不听：下来，你不下来我就站在这里等你。谁敢让他老人家等，只有从命。

总共是两张票。何教授扬起手上的空白选票，哪怕面前只有两个人，也像是对着一个几十号学生的班级：

一张选村主任，候选人一名，等额；一张选村委会委员，候选人四名，选举两名。两张票每个候选人的名字后面都各有四个框，赞成，反对，弃权，另选人姓名。各人根据自己的决定在一个框里画圈，不可以同时在两个和两个以上的框里画圈，只有反对才可以写另选人姓名，反对一名写一名，不可以多写，可以不写。票进屋去写，写完了折好拿出来，投进这个票箱。票箱是我们选委会共同监制的，等等。

何教授一边说一边比比画画。翻来覆去，不厌其详。总算把票发到写票人手上，人家要进屋写票了，又一把扯住：我真的讲清了？

走了没有几家，何教授的喉咙就哑了，只有让另一个人讲，必须照他讲的一句不少，他在一边盯住人家的嘴，少了一句，马上就做手势：重讲！谁讪笑着想打折扣，他死活不允。一边说话一边眼睛盯定了来接选票的人，一见湿手，泥手，粘了灰拍几下想了事的手，立即拦住，非让洗净擦干了再来。等到写好票的人出来，他摇着手上一张事先折叠好的空白选票让那个人对照，是不是把写好的选票折叠成了他那个标准。他那张是分毫不差地角对角，对折，再对折，这样，一次最多两张选票刚好可以插进票箱口。折得不齐的，想硬塞的，对不起，回屋去，重折，折标准了再来。票箱是他头天当着选委会众人的面一手糊起来的：两只八成新的水果箱，边角和接缝都糊了个严严实实。大家说多余的，还怕选票长脚？他圆睁起眼睛：不糊怎么可以？敞着，怎么能让人相信投进去的选票不多不少？那个投票口留得只有一指长宽，投票必须小心仔细。费事是费事些，保险。

何教授面子最大，谁也奈他不何。

四

待何教授这一拨一家不少地把选票收完，去镇上和鲤鱼嘴的何来庆他们班师回朝好一阵了。何教授家的厅堂里，抽烟的喝茶的嗑瓜子的，乱哄哄地挤满了人。除了何来庆他们，还有村里特为庆贺村委会选举请的串堂班。

早年本县曾是通埠大邑，人烟辐辏，楚骚遗风，扬其善声，给戏曲发展创造了条件。其地方戏，史上曾班社林立，名伶辈出，观者如堵，如醉如痴。“深夜三更半，村村有戏看，鸡叫天明亮，还有锣鼓传。”做屋架梁、婚庆喜寿、建校升学、修桥筑路、参军当官、宗祠开谱都必请戏班。戏目分菩萨戏、谱戏、酒戏、寿戏、庙戏，甚至有赌戏、瘟戏。皆由地方头面人物主持，七天七夜，日演花戏，夜打目连，配道士打醮。

串堂班是其诸多形式的一种。故事成戏曰串，优伶至家表演曰堂会，串堂班兼此二义。

串堂人少灵活，最宜乡村。一伙文场，一伙武场，加起来十来个人光景。文场者操弦管乐，武场者操打击乐，每人又各兼一个或两个生旦净末丑行当，能唱整本或折子戏中的几个角色，既是演员，又是乐工，没一个滥竽充数的南郭先生。又平易近人，上门串户，不须接送，一应器具，各自携带，坐堂清唱，不设台表演，一张八仙桌，几条长板凳足矣，空处都给听众站脚。除只唱不做之外，乐器、唱腔、剧目都与大戏并无二致。乡人于农忙之余，聚集一起，各尽所能，一样的过足戏瘾。

而今自然是当年风光不再，年轻人有几个看戏？但这种串堂班并未绝迹。事实上，当地城里剧团的许多台柱子也是从此发轫的，只不过弃了渡船，上了彼岸就是。渡船照旧在，野渡无人舟自横。

村里请的这个串堂班，是何教授退休回来后拉扯起来的。

何教授父亲是戏迷，上台扮过薛仁贵，跨马横刀，有招有式，声音沙哑浑厚，如家酿谷酒，又有种悲怆，让人伤感，却难舍难离，不知道害得让几多妹子茶饭不思。他最大的理想就是进县剧团，哪怕敲锣打鼓也心满意足。平日走在村中的青石板上，听着谁家飘出戏词，脚就迈不开。若是雨天，那眼里就一定濡湿。实在熬不过去，瞒着老婆，咬牙买了个砖头样的半导体，一有戏曲节目就开着，深更半夜何教授爬起来拉尿，还听见父亲房里的包公在呜呜哇哇地审案。那场大阵打完，何教授母亲把那只收音机放进了男人的棺材。

不光是为了告慰九泉下的父亲，何教授说，一个地方，断了文脉，就不是这个地方了，地方戏就是地方文脉的一种表征。他一家家去凑人，凑齐了倒也不难，虽然荒了多年，手却始终痒着。自此浮于荡荡碧水、藏于森森古樟中的何谷，时有若雨若烟、似有或无的弦索之响，丝丝缕缕的水韵芳馨，令人疑在一个遥遥旧梦。

串堂班管饭管脚钱就行，到哪家都像是走亲戚，在何教授家里就更没有一个拘束的。见到何教授，一起兴奋起来：总算回来了，开饭开饭，吃饱了好开场。

何教授在门口的井边，一边往脸上扑水，一边“唔唔”说行行行，大家只管上桌。

满妹一头大汗把菜都端上桌，很丰盛，鸡鸭鱼肉俱全。立冬与立春、立夏、立秋为“四立”，古时皇帝也要率百官祭祀的。立冬犒赏的是一年辛苦，说的就是“立冬补冬，补嘴空”。一屋子人摩拳擦掌。

何来庆在自己身边给何教授留了个位子，便于交换投票情况。他那拨去的两处，二十几户只缺了两户。那两户人一早去县城了，午后才会回来。投票率在百分之九十以上。何来庆很满意。何教授的眉头却皱起来：既是午后就回，为何不等？何来庆看他神色，紧张起来：就两户，说不定他们本来就想弃权。

弃权也是权，也要表达了才算。何教授把刚刚抓起的筷子轻轻放下，站起，离开饭桌：哪几个愿跟我走一趟？

何来庆连忙站起：你歇你歇，我去。

何教授已经出了门槛。

五

对不住各位了，让大家饿肚子。船离了岸，何教授见一帮人二话没说就跟了来，有了歉意。

好饭还怕晚？就是累死满妹了。几位倒是心宽，依旧兴致盎然。

从何谷岛到鲤鱼嘴并不远，中间隔了个瓢背，行船来去要不了个把钟头。

瓢背是个小岛，像只反扣在湖上的水瓢。岛上除了一个单门独户、比人头高不了多少的娘娘庙，没有人家。整个岛子被厚厚的树和草掩埋着，就是大炼钢铁那个疯样的年头，湖里湖外无数的山剃了光头，瓢背始终是一团锦绣。瓢背是何谷村的风水。心术不正的人，敢冒险去外湖偷鱼，决不敢伤瓢背一草一木。这里的一切生灵皆被视为神物。生灵有知，也把这里当作了天国。何来庆的祖父年轻时在湖上抱回一羽在异地中了鸟枪的白鹤，伤养好后那鹤竟不肯离去。何来庆祖父高寿故世，那鹤日夜哀鸣，直至绝食而亡。瓢背年年有两季候鸟，夏有鹭鸶，冬有白鹤，一来就铺天盖地。鹭鸶来时，瓢背就像是下了六月雪，白得晃眼地浮在深碧的湖水上。白鹤之来就更其壮观。一个又一个从云端钻出的鹤群，长羽临风，翩跹而来；长喙含云，吟哦而来；长跖踏浪，高蹈而来。漫天是惊心动魄的鹤舞和鹤鸣。辽阔明亮的湖面，跃动着千姿百态的鹤影，仙子一样的尊贵，处女一样的纯洁，士大夫一样的优雅。

何教授把这些话写进盘算中的“何谷风景区”介绍的时候，想过，外人看了，会不会觉得夸张？或不通俗？踌躇再三还是未做改动。那些话讲的都是实情，只怕还不能尽意呢。

何教授回村后做过许多盘算：发动村民引资和股份合作，网箱养殖，水产加工，开发旅游。趁年轻出外打工，对多数人来说终究不是一辈子的事。村里有前景，他们就会回来，何谷也就会跟上发达的大伴。但他那些文韬武略只能是纸上谈兵，先前那几个村干部听了说：照你这些搞法，翻翻鸡巴天了光！你等得，我们等不得。“等不得”的结果却是坐牢。

这回村委会选举，几个候选人都很中何教授的意。他们都在镇上有产业，有点家底子，又还讲公心，何教授那些想法，他们也都听得进去，让他们带头，是指望得上的。

鲤鱼嘴的湖滩上也有了鹤群，对一帮下船的人视若不见，或埋头在水里寻食，或专心啄羽毛，或昂首阔步，高视徜徉。几条壮硕的水牛卧在将枯未枯的草丛里，与那些轻盈的白鹤默契着，憨憨地眨着滚圆的眼睛。

中午的日头把万顷湖水照得碧蓝。

何教授不由站住，眯细了眼睛：得天独厚啊。

荒着，是可惜了。何来庆跟着说。

何教授看着远处的瓢背和何谷岛，长长地吁了口气。

远远听见吠声，很快就有一群狗争先恐后蹿到湖滩，人前人后欢蹦乱跳。冬闲，来鲤鱼嘴的人少，偏是今天，才走一拨，又来一拨，狗们又惊又喜。

鲤鱼嘴两户一早去县城的人已经回来了。原来是李秀梅和她小叔子两家。来之前何来庆还来不及说何教授就站起走了，上了船因为何教授一直闷着，何来庆也不知从何说起。李秀梅初中毕业回去嫁了本村人，男人在大队当会计，也算是半个干部了，就是一身老病多年治不断根，干部没有当到头，公社取消前就回了李家边。昨夜病发得厉害，今天一早他老弟就开农用车帮着嫂子把他送去县医院。

李家边地势低洼，多年来陆续在移民。去年又遭了大洪灾，剩下的这几户今年先先后后迁到了鲤鱼嘴。乡里做这样的安置，除了鲤鱼嘴有安置的条件，也有磨合两个村历史仇隙的意义。几户移民里有李秀梅一家，何教授是知道的，毕竟有过师生一场，一直想着过来看看，但又总像是碍着什么，到鲤鱼嘴转过几回都没有进李秀梅的屋。

李秀梅就是两口子，一直没有生育，他们住的是何谷岛上的人来鲤鱼嘴做田堆放农具的库房，属于村里的公产。靠他们自己哪有能力重新起屋。

屋里空空荡荡，腿脚不全的桌椅板凳七零八落。抢眼的就是中堂上供着的一尊观音老母，在贴了壁才能勉强立着的残破香案上，端坐莲花，通身晶莹透亮。

中堂背后的灶间，李秀梅在慌慌张张地烧水泡茶，不断传来磕磕碰碰的叮当声。何教授面对观音老母略略下视的慈眉善目，想起如烟往事，想起人的命运，半天说不出话。

六

一通锣鼓开场，接着是二胡、唢呐齐鸣，串堂班就在何教授家的厅堂，围八仙桌而坐，一个个浑身来劲，唱得高亢明亮：

小尼姑年方二八，正青春被师父削去了头发，每日里在佛殿上烧香换水……

选举委员会一帮人就在后屋统计选票。满妹早把屋子收拾得窗明几净，一尘不染。儿子探亲时从部队驻地带回的上等名茶，一一给各人泡好，端上，就听何教授说，忙你的吧，出去把门带上。

一张硬板老床，选委会的人四面围住。票箱的封口割开，选票倒出，计数：发出多少，收回多少，一张不差。然后一张张展开，开始唱票、记票。

才唱了几张，何教授就喊起来：怎么回事？打住打住！

差不多张张村委委员选票，另选人那一栏必有一个名字：

何蛟寿

这是何教授的大号。

怎么回事？怎么会这样？何教授苦口婆心、唇焦舌燥地一直在讲章法，却出了这种最不讲章法的事。按章法，村主任和村委会委员候选人的产生是本人报名，由大家公推产生的选委会表决审定。何教授这样的退休干部，回村居住一年以上可以有选举权，但不具备被选举权，因此也不具备候选人资格。作为选委会的组成人员，他的责任就是保证选举按章法进行。他所以这样上紧，不就是因为他的身份脱出三界外、不在五行中吗？

何来庆说，不管怎样，先把选票唱完、记完再讲。

唱票、记票继续进行。何教授丢下先前记票的笔，坐在一边，听着唱票的不时唱出自己的名字，不停地摇头，出粗气：哪有这样搞法的？开玩笑！

也未必是开玩笑。记票结果出来，几个人都并不意外。

村委委员那张选票，百分之九十以上的另选人一栏有何教授的名字，还有几张村主任的票也另选了他。

为什么多数人把你写在委员票上，不写在主任票上？不是不想写，是怕你劳累。说明大家还是盘算过的。何来庆说。

我晓得大家的好意，村里的事，该做的能做的我都会做。何教授脸色和缓下来，但是章法不容松动，没有规矩不成方圆。

锣鼓管弦盈耳，串堂班正唱得热闹。

自幼多病、被父母送进空门的小尼姑色空到底受不了“禅灯一盏伴奴眠”的寂寞，趁着师父、师兄多不在寺的机会，终于扯破袈裟，逃下山去：

啊呀，由他！火烧眉毛，且顾眼下……奴把袈裟扯破，埋了藏经，弃了木鱼，丢了铙钵……下山去寻一个少年哥哥，凭他打我骂我，说我笑我，一心不愿成佛，不念弥陀般若波罗……

前面厅堂，门里门外黑压压一片人，都静谧着，整个何谷岛都静谧着，唯戏词和乐声穿墙出户，漾漾没入水天。

（2008年）

立　春

一

何来庆天生一个福相，圆头，圆脸，圆眼睛，圆身子，说话的时候怀了身孕似的大肚子一上一下耸动，打赤膊的时候，女人样软绵绵的两个奶子塌在浑圆的肚皮上。坐在那里像尊笑呵呵的弥勒佛。当了村支书，出去开会，人家一见面就说他撑饱了民脂民膏，不用查就是个贪官。他说，我是长了个犯错误的样，但是不犯错误，不像你们，看着道貌岸然，实际男盗女娼。在学校里，没有一个学生怕他。他说“上课了”，底下也跟着说“上课了”；他说“莫吵死”，底下也跟着说“莫吵死”；他说“我要发恶了”，底下也跟着说“我要发恶了”。事实上他发不了恶，那句话刚出口，他自己就笑起来了。

村小就是一、二年级两个班，加到一块儿十来个学生。两个班一块儿上课，一年级这个班讲一会儿一加一等于二，然后做练习，去二年级那个班讲“李白乘舟将欲行”；那个班做练习，又回这个班接着讲二加二等于四。人少，但语、数、体、音、美一样不能少。何谷村小只有一、二两个年级。离何谷岛最近的一个乡中心小学也在对岸鲤鱼嘴那边。一、二年级的学生太小，来往行船不安全，只能留在岛上。

“‘李白乘舟将欲行’，念！”

底下跟着一片杂乱的嫩秧秧的声音，只有何宝盆的最高：

“李白乘招（舟）将欲行。”

“‘李白乘舟将欲行’。”

何来庆又带了一遍。

何宝盆还是“李白乘招（舟）将欲行”。

“乘舟！”

“乘招！”

“舟！”

“招！”

何宝盆明显是故意捣蛋。

何来庆鼓了两下圆眼睛，想想，喊起他旁边的何引弟：

“何引弟，你来带读。”

还真是怪，何引弟带读，何宝盆马上就老实了，乖乖地把“乘招”念作了“乘舟”。

李白乘舟将欲行，
忽闻岸上踏歌声。
桃花潭水深千尺，
不及汪伦送我情。

何引弟念一句，另外五个跟着念一句，有轻有重，有高有低，有起有伏，清清爽爽，很悦耳。

学生朗读的时候，何来庆在黑板上写出“踏歌”“桃花潭”“汪伦”几个有生字的词，回头让大家在本子上抄写练习。

二

体育课两个班一起上。村小没有操场，下雨天就在室内活动：课桌拼起来，打乒乓球；墙上钉个铁环，投篮球；地上铺上几层防汛用的草包，翻筋斗。天晴就在校门口外的路上，由何来庆领着做操，然后绕着岛子跑几圈。跑着跑着男生就不听口令了，在湖滩上任意胡闹。搂着扭打翻滚的，眯着眼睛四仰八叉在石头护坡上装打仗牺牲的，往湖里扔石子打水漂的，各行其是。

这时候也是何来庆最惬意的时候，他常常看着远处出神。

天和水在很远的地方连接起来。天上一丝云也没有，水被天照出一片白亮，刺得眼睛生痛。飘起轻烟的拖船和后面拽着的驳船、缀了补丁的帆船把那白亮划破。风在水上滑动，淡淡的紫色的雾气弥漫，湖边的泊船轻摇，撞出亲昵的响声。

衣兜里的手机忽然响了。一看是何文勇的电话。

何文勇从小学到高中都跟何来庆同班，毕了业又一起回村，到村小教书。两个人在班上都是高才生，高考离上线就差几分，很是怀才不遇：我靠！考个鬼，不考了！不相信这么大的天下就没有老子走的路了。何文勇是最早离开村小的，也走得最远。几年下来，已经是特区一家星级宾馆的总经理，拿年薪。前些时，他特地打长途让何来庆上网看他开的个人网页，上面有他管的那个宾馆，宾馆外的海景，他的西装革履的工作照、秀健美的泳照，他刚讨的花枝招展的老婆，还有诗，意气风发，豪情万丈。过后又来电话问何来庆的感想：你那么在乎那个穷村官？快些来吧，不讲混出个人五人六，至少比我强。

从决定离开何谷村的那天起，何文勇就从来没有停止过鼓动何来庆。何来庆没有跟他一块儿走，不是不想走，是走不了。父亲一辈子打鱼，风湿和哮喘都很厉害，一年总有半年起不了床。他走了，母亲一个人哪里顾得过来？

“怎么样，还没有拿定主意？”

何文勇还真是一片热心。

“快了。”

何来庆说。

“什么叫‘快了’？是快拿定主意了，还是快动身了？”

“就算是快动身了吧。”

这一头，就他来说，应该没有什么问题了。父母亲都主张他出去，你这个年纪的人，哪个不心活？连你嫁了的姐都跟着男人去大地方打工了。我们把你窝在家里，哪是个事。还有成家，这年头，乡下的好妹子都往城里跑，连个像样的亲也没法提。过年，姑娘来走亲，也说侄子你就放心走吧，你老子有什么事我会过来帮忙照应。姑娘住在县城，姑父已经从机关退休了，儿女上完大学留在外地工作，在家里闲着也是闲着。乡里几个头儿也说通了。人往高处走，水往低处流，应该的。只莫下回见了我们装着不认得。村支书我们先让副乡长兼一下，村小先请村里退休的何老师代课，一边去县里招人，不相信这么大个县就找不到一个愿来何谷村做伢儿头的。

何宝盆从护坡上飞跑下来，一头撞在何来庆屁股上：

“老师老师你快去。”

何宝盆气急败坏：

“引弟一个子，在哭。”

何来庆本来给撞得一头莫名火气，一听是何引弟的事，马上就冷静了，任从何宝盆拽着裤腿把他拉到何引弟身边。

何引弟坐在离大家老远的地方，两只手抱着腿，头埋在膝盖中间，肩和背很厉害地耸动，但听不到哭声。

“哦——嘀嘀嘀嘀嘀嘀……”

湖中间的一条船上，村上最快活的何神仙在叫喊。他每天一早起来就喝酒，整天酒气冲天。还远不到热天，就脱了赤膊，虾一样赤红精壮的肉巴，在白亮的日头下闪闪发光。

天上星子朗朗稀，

莫笑我穷穿破衣。
山上树木有长短，
湖中涨水有高低。
是人都有出头时。

尖细蛮野的叫喊和湖歌悠然绵长，渐渐消失了，却又被远处的山撞回来，是快乐的歌，又像伤心的哀号。

何引弟的事是个挠头事。何引弟的父亲何良材靠做木匠的手艺和人脉在镇上开了家装修店，接着跟何引弟母亲离了婚，找了个新女人做老板娘，老板娘早就怀上了，到省城找何良材父亲帮忙在医院做过B超，是男孩。何良材当初给女儿取名“引弟”指望的就是这个，但何引弟母亲被男人的长年冷淡和花心气不过，不打招呼就去医院做了结扎，何良材知道以后就更不把她当回事了。他在生性风流、不负责任这一点上像全了他父亲，他父亲调到省城不久就抛弃了老婆、儿子。那年何良材刚念完小学，娘改嫁，他不肯跟走，死活赖上村里几个出外搞基建的人，几年下来，学了一手好木工。人聪明，手艺好，长得又清秀，一年到头四处走，断不了花花草草。总算成了家，一样不知道爱惜，依旧一年到头在外面做花脚猫。离了婚，何引弟的母亲只有回外县的娘家，娘家人说你总不能在娘家里过一辈子，总要再嫁的，拖个油瓶，还是个女儿，如何嫁？何良材想想，只有送人，找个说得过去的亲戚领养。后妻说，你憨不憨？养成这么大个女孩，做什么便宜了别人？把引弟带到镇上来，我们儿子生出来，正愁没有帮手。何良材说，对头，我怎么就没有想到！回村办离婚手续的时候他跟何来庆打招呼，开春就把何引弟带到镇上去。

何引弟跟何良材去镇上，无疑就是失学。

“你能不能保证她不失学？”

何来庆忍不住说出了自己的担心。

“她是我女儿还是你女儿？”

“我就是想知道，引弟跟你到了镇上还能不能继续上学？”

“你这叫咸吃萝卜淡操心，狗捉老鼠多管闲事，鄱阳湖打篱笆管得宽。”

何良材伶牙俐齿，就是不肯正面回答。

“何引弟是未成年人，有未成年人的权利。你是她家长，有责任保障她的权利。”

“什么权利？”

“眼面前最起码的是义务教育法给她的权利。”

“我就是搞不懂了，这里头究竟有你什么事？”

“我是她老师。”

“那又怎样？要不，照老话讲的，一日为师终身为父，干脆让她去你家，你养她！”

何来庆噎住了。大不了就是不走了，大不了就是一辈子不讨老婆了，发个狠就真把何引弟领养了！

他发得了那个狠吗？

三

拿起粉笔，何来庆忽然想起法国作家都德的《最后一课》。本想在黑板上写下这几个字，还是放弃了。要跟下面这几个小学二年级的毛孩子讲清个子丑寅卯，还真不是件容易事。又有什么必要往这么阳光的地方添堵？真要讲清了，留下的阴影也未免太过凝重了。

但他马上就发现，其实用不着他说什么，今天的气氛已经够凝重了。叫过“老师好”重新坐下之后，所有人都规规矩矩地反背了手，挺直了身子，眼睛一眨不眨地看定了他。何宝盆那张仰起的黑脸上，一条晶亮的鼻涕越过门牙残缺的半张着的嘴巴，就那样悬着，要在平日，他早伸舌头舔了。

他们都明白，这是何引弟的最后一课。

临上船前何引弟听见何来庆吹的上课哨子，忽然在跳板上站住，说：我想去，就一堂课。她直直地看着还站在跳板下的何良材，口气很绝。何良材的心里一动，说：那你去吧。

“今天我们复习上一课，”

何来庆说：

“默写唐诗《赠汪伦》，大家默写得出来吗？”

“默——写——得——出——来——”

“那好，来一个同学在黑板上写，其他同学在练习本上写。谁上来？”

何宝盆自己不举手，也不管别人是不是举了手，噌地就从座位上跑出来，冲到黑板前面。

李白乘舟将欲行，

忽闻岸上踏歌声。

桃花潭水深千尺，

不及汪伦送我情。

何宝盆一笔一画，歪歪斜斜地写着，写得有些吃力，偶尔停下来，挠头，擦鼻涕，再接着写。写完了，一字不差。

“好！”

何来庆响亮地喊。

“老师，我也写完了！”

下面几个都站起来，高高地举起手上的练习本。

何来庆一本一本地看过，说：

“好，都写得好！”

只有何引弟静静地坐着，眼睛里噙着泪水。何来庆赶紧把视线从她脸上移开。

窗外，一只水鸟在那条泊船的桅杆顶上打了个趔趄，翅膀散开来，拍了几下，重又站稳。然后就神气活现地站在那里，不时勾下头，啄一啄羽毛。

“何老师，还写吗？”

何宝盆问。

何来庆忽然惊醒：

“哦——”

何良材出现在窗子外面，勾着手指敲窗玻璃：

“来庆，你能不能快些下课啊？”

何来庆不搭理，只对自己的学生说话：

“同学们，大家都知道了，引弟同学今天——马上就要离开我们。我们现在不写了，一起来背诵《赠汪伦》，送她，好不好？”

“好！”

“李白乘舟……乘舟……踏歌声……踏歌声……深千尺……深千尺……不及汪伦……情……情……”

一出教室，节奏就乱了，重重复复，参差不齐，何来庆不纠正，就任它那样杂乱着，抓着何引弟瘦小的手，想说什么，又什么也说不出。

何良材没好意思跟大家走在一堆，快跑几步先上了船。何来庆等何引弟上了跳板，拉着的手快够不着了，才不得不放开。

这回的寒潮还没有过去，半上午，湖上的风煞气很重，直往骨头缝里钻。近岸的水里，经过冬天的芦苇稀疏了很多，但毕竟立春了，苇丛里不时响起低低的鱼跃声，芦苇跟着摆动。几只水鸟被惊动，吆吆地鸣叫起来，拍着翅膀，从苇尖上掠过，消失在阴沉沉的天空。

冬天才过，水还枯着，湖湾浅，船抽了跳板之后，一直靠篙子撑着湖岸缓缓向湾子的出口移动。何来庆领着几个学生也就一直在岸上跟着。

“老师，莫让引弟走！”

何宝盆忽然揪着何来庆的裤腿尖叫了一声，几个人都跟着喊起来：

“老师，莫让引弟走！”

看看何来庆没有反应，他们又一齐转身，对着快要荡出湖湾的船大喊：

“引弟，你莫走！”

何引弟从走出教室后就再没有出声，在跳板上也没有回过头，到了船上，死死地抱住桅杆，既不看湖滩上的何来庆他们，也不进船舱。何良材从船舱里探出身子扯了她一把，她一扭身挣脱了。

篙子也收起了，响起如丝如缕的橹的“欸乃”声。出了湖湾的船，船头对准了茫茫水天。摇橹的人，挡住了船篷，船篷挡住了前面的何引弟，只露出被何引弟搂着的桅杆的尖头。

湾口的水大多了，一阵一阵细细的涌浪噜噜地上了滩，又噜噜地下了滩，听起来就像叹息。船渐行渐远，后面留下一湾豆绿的、澄澈的湖水。篙子提起的一刹那，何来庆记起一个关于篙子的谜语：

曾经绿叶婆娑，

而今青少黄多。

莫提起，

提起泪满江河。

“引弟——”

几个毛孩子跳着脚哭喊起来。

“停停！”

何来庆一把按住他们。

“何——老——师——”

何引弟突然开了口，清脆的凄厉的声音，在风中颤抖。

何来庆三下两下把自己扒剩了一条短裤，说：我去带引弟回来。你们莫乱动，就在这里等我，宝盆你负责！然后一头栽进湖水……

（2009年）

//立　夏//

一

李玉生在酒桌上很斯文，不是他做东他从不招惹别人，如果是他做东，他就最先站起来敬一次酒，此后就只看别人闹。别人要闹到他头上，他从不推三阻四，来一杯干一杯，微微一抬下巴，一杯酒就落了肚。到最后，那些招惹他的人，一个个都醉翻到桌子下面了，他依旧纹丝不动，最多是脸上的酡色厚了一点。

萧光明到哪里都要宣称自己的“酒精考验”，论喝酒，敢说打遍天下无敌手，差不多走遍了中国、外国的好地方，从来都只有他搞醉别人，没有被别人搞醉过。

“玉生，这回到了你的地盘，莫舍不得酒。听说过你的酒量，莫跟我装孙子哦。”

萧光明还没有坐下，就说。

“我尽力就是。”

“嚯，口气不小。”

会吃鱼的讲究湖水煮湖鱼。一条十好几斤的深湖野鱼，用湖水熬出了一大盆奶样的浓汤，热气腾腾地摆在桌子当中。村支书何来庆和何教授是不喝酒的，只跟着一桌人大呼小叫，为村主任李玉生与县旅游局局长萧光明的酒擂助阵。萧光明上了岸，何来庆还临时叫上了摆渡的何神仙，若是李玉生败阵，他就出马。总之是要把萧光明这顿酒陪好。

“怎么喝？一杯杯来还是一碗碗来？”

萧光明叫板。

“听领导的。”

李玉生很恭敬。

“那干脆这样，一人一瓶，喝完数瓶子。”

“行。”

喝的时候，李玉生不做声只看着萧光明，萧光明喝多少他喝多少，只慢不快，不抢先。

两个人面前的酒瓶很快都见了底，萧光明打了个嗝，问：

“怎么样？还来？”

“听领导的。”

李玉生还是很恭敬。

“那就——来。”

萧光明用力咽下一大块没嚼烂的鱼肉。

一边的何来庆和何教授对了一眼，何教授说：

“萧局长，先吃点菜，歇歇。你这样的海量，我看着脚肚子都抽筋。”

“歇？歇——什么歇！”

萧光明眼睛发红，拿筷子指着李玉生：

“问他，要——不要歇。”

“玉生哪是你的对手。”

何来庆插进来。

“你是不是没酒——了？”

萧光明眼睛一斜。

“我是说——”

“你说什么？你有什——么资格说？是不是对——手让他自己说。”

“听领导的。”

李玉生还是那句话。

“那就接——着来。”

第二瓶喝到一半，萧光明盯住李玉生，像是要从他脸上看出什么动静。李玉生斯斯文文坐着，浅浅地笑。

“看样——子，要来第三——三瓶。你准、准备好——好，这回要——要让你何谷破——破产。”

萧光明把脸转向何来庆，又一个嗝，把一大口从胃里翻上来的东西强咽回去。

何来庆赶紧说：

“不瞒你说萧局长，我还真没有准备那么多烧酒。”

“什么？没有准——备？没有准备还请——请我——来？不——不行！现——现在去办也——也不——不迟！”

“萧局长，我这里还有半瓶，我肯定是喝不动了，我认输。你没喝够，给你吧。”

“你真认——认输？”

“认输。我哪是你的对手，我只是喝酒不上脸罢了，再多一口就栽了。”

“该认输——输的是我。酒醉心明，别——别以为我不——不知道，你们是在给——给我台——台阶——阶下。”

萧光明在村委会会议室的长椅上睡了一个大头觉，一醒来就往外走，临上船抓住李玉生的手用力晃着：

“行，交个酒友！”

又对何来庆、何教授他们说：

“事情就按你们的报告说的办！”

二

何谷村委会给县旅游局的报告是要求把何谷列进旅游线路，让游客在何谷上岸用餐。萧光明这次来，就是实地论证。

事先已经开过会，征得大多数村民同意。萧光明一走，先前静办的何谷就忙乱起来：除了保留少量的鸡、狗和屋前屋后的菜地，岛上的猪、牛都迁去鲤鱼嘴；各家各户大清大洗，把多年堆满岛子周边的垃圾，一船船运到鲤鱼嘴去沤肥；李玉生和几个也在镇上有企业的捐了几万块钱，加上县里的拨款，建了环岛水泥路；有条件的村民办起渔民酒家或是小卖店；村委会帮几个困难户在信用社贷了款，让他们跟着做点以游客为对象的小生意。

把开发何谷旅游的想法逐步落实，这是李玉生当选村主任的第一个承诺。

事情进行得很顺利，中间只出了一个小岔子：前任村支书何立淼保外就医从劳改农场回来，不好意思住县城他儿子的家，回到村里的老屋。那天上午，他不知为什么非要在三眼井杀狗。

三眼井是何谷最老的“古迹”：井口与井台平，井盖是块一丈见方的青石板，上有三孔，每孔适容水桶上下。老人说这口井宋朝就有了。井在湖滩上，涨水的时候会被湖水淹没，湖水一退井水很快就清澈见底，跟没淹过一样。平时大家都有些敬畏，家里出了什么蹊跷事半夜会去烧香上供。这回办旅游也把三眼井做了整修，周围砌了矮墙，墙里种了竹子，竹丛设了石凳，地上铺了细沙子，井台几处破损得厉害的地方换了老砖。

何立淼带着几个人杀狗，把到处弄得狗血淋漓，没有干透的那几处台面都给踩烂了。

李玉生得到报信匆忙赶来，连叫了好几声“何书记”，蹲在地上的何立淼才抬起头：

“你喊我？”

“是。”

“我不是书记。”

何立淼重新低下头。

“何叔。”

李玉生的声音不轻不重。

“你不是在街上开馆子店的吗？来这里做什么？”

“我现在也是村主任。”

“哦，是村主任？得罪啊村主任，有什么事？”

“我想请你莫在这里杀狗。”

“这么大个湖你们连根葱都不准洗？我不到井上来到哪里去？不要人活了是不是？”

“何叔，村上的决定讲得很明白的，村民公约也都议好了的……”

根据村委会决定和村民公约新增的条款，为了保证废水和丢弃物的集中处理，村民不再下湖洗濯衣物。在已经开工的统一供水管道完成之前，各家用水先靠肩挑手提。

“我是劳改犯，不晓得什么决定和公约。”

“何叔，要不你把狗交把我，我来帮你杀。只要你信得过，我做熟了端到你桌上。”

“操！以为回来自在，没想到还不如劳改农场。”

何立淼说归说，还是带着几个人叽叽咕咕着走了。

跟着李玉生来的几个气不过，对着何立淼的背瘪嘴，啐痰。何立淼好歹是何谷的长辈，不是一房也是一族，当面谁也放不下脸。但李玉生犯不着来这里看人脸色过日子。他高中毕业去杭州打工，在一家大酒店的厨房做下手，不声不响地学了几年手艺，回到镇街上自己开了一家餐馆，生意很火，县里天天有人成群结伙往这里赶饭，到后来，甚至有了专程从省城寻来的食客，他的店面越租越大。镇政府看出了前景，主动提出给他在镇街上划块地，让他建个像模像样的餐馆，既增加税收，也增加这个湖区小镇的知名度。村里的何教授却找上门来了，希望李玉生答应当这一届村主任的候选人。何教授当校长的时候，李玉生的父亲在他手下当教工，很照顾的，现在老校长求上了门，哪有回绝的理。钱赚不完的，李玉生父亲说，店先让你婆娘看着，我也会帮着照应，扩建的事搁年把再说，先帮帮村里。从李家边迁到何谷鲤鱼嘴的那几户人家，李玉生家是其中一家。政府这样安置本来就有让李家边和何谷亲善的意思，让李玉生出头为何谷办事，也是大家看得起，应该的。

李玉生如果不当村主任，哪里用得着受何立淼的鳖气，几个人很是为他不平。

“没有事，何叔还是通人情的。”

李玉生说。

三

过了立夏，来瓢背看夏候鸟的游客渐多。线路安排得很巧，游船绕瓢背鸟岛转完一圈，差不多就是中午，游船泊到何谷，游客上岸在“渔民酒家”吃中饭，饭后三三两两在村子里转悠，听串堂班唱戏，买零食和小纪念品。各家各户也就从中得到收益。

原本是皆大欢喜的，忽然有了一种议论，说是李玉生跟县旅游局的萧光明合伙，要在何谷的旅游开发中大捞一把。

事情是由开发鲶鱼头引起的。

瓢背既被视作神山，久已封禁。若要从高处观鸟，唯一的位置是离瓢背最近的鲶鱼头。鲶鱼头从来是何谷人的柴山，山林权落实在各家名下。现在，县旅游局要在这里修环山游步道，建山顶观鸟亭。因为不是所有游客都一定会上山观鸟，这条线路的收费也就不包括在鲶鱼头上岸，游客有想上岸的另外买票。

私下传言，李玉生日后就是要从这笔收入中提成。

放着镇上的生意不去做大，原来是看中了村里的油水！大家恍然大悟。

大清早，一帮村民就吵吵嚷嚷地把何来庆堵在村委会门口。

何来庆的大圆脸涨得通红：

“你们瞎吵什么？玉生不是那样的人！连村里请萧局长的那顿酒都是玉生出的钱。”

“他那是吃小亏占大便宜！”

声气越来越高，像是抓住了十足的把柄。

何教授单薄的身子挤进人堆：

“各位讲话要负责任，切不可听了风就是雨。”

众人不敢当面顶撞何教授，说：

“何教授，你是菩萨心肠，太善了。我们当初就是信了你才选了一个外姓当村主任。这么大个何谷，哪里就没有一个出得了头的！”

“也是，无风不起浪。”

两个何姓的村委嘀咕着帮腔。

何教授嘴唇乌青，瑟瑟发抖：

“你们是村委，怎么也跟帮？讲句不好听的，这是拿小人之心度君子之腹。”

“好了好了，各人先回各屋。”

何来庆忽然看见了人群后面的李玉生，脸色突变。那帮人也意识到什么，顺着何来庆的视线回头，一下住了口。

李玉生看着众人从身边散去，进了会议室，坐下，始终一言不发，等主持会议的何来庆开口。

何来庆和村委跟着坐下，何教授是村民理事会会长，也留下了。几个人你看我我看你，大眼瞪小眼，一时无话。

昨天就议好了今天开会的，许多事都着急要定。旅游开发是李玉生主抓，没想到一早出了这样的事。何教授说过，当初李玉生老子就有言在先，玉生是个心重之人，冷饭冷菜吃得，冷言冷语听不得。

这帮人这样瞎闹，若是他一甩手走人，那何谷的旅游开发搞不好刚见一点起色就黄了。

“开会吧。”

何来庆憋红了脸，眼睛却看着何教授。

“那帮人是没谱的。”

何教授清了清嘶哑的喉咙：

“那些不着四六的混账话，玉生你莫往心里去。”

“何伯你放心。”

李玉生说：

“该怎样我会怎样。”

何谷先前给县旅游局的报告里并没有开发鲶鱼头这一条，现在的想法是根据游客的要求提出来的。萧光明把李玉生找了去，说是个好主意，县里的投资他来负责，李玉生回去做村民的工作：县财政也不宽裕，什么时候收回投资再与村民分成。

“同不同意，大家定。”

“大家议议。”

何来庆说。

“这还用议？县里出钱，村里出地，就是合股，就要分红，明摆的事。”

两个村委的意见一致。

“你看呢？”

何来庆问何教授。

何教授说：

“先听听玉生的想法。”

鲶鱼头这样的岛子，存在了亿万年。没人动它它就是死的，有人动它它就会活，活了就会有利。利有近利和远利。眼前要动它缺的是钱，让出钱的得了近利，我们就能得远利。那些钱丢下了是带不走的，何况，花样多了游客也就多了，我们也不是没有一点近利。若是不肯让利，出钱的也就不肯出钱，那就什么利也没有。

玉生轻言细语。

“什么利也没有就没有，宁肯鲶鱼头死在那里，也不能好过了外人。”

两个村委很倔。

“你们？！”

何教授乌青的嘴唇又抖起来。

话说成这样，局面也就僵了。两头牛顶架，制止的最好法子只有打岔。何来庆说：

“今天就先议到这里，各人回头再想想，想清楚了再来定。”

又叫上李玉生和何教授：

“我们去趟鲶鱼头，看看到底要花多少钱。”

四

早间的雾还没有散尽，在被云霞照得斑斓的湖面悠长悠长地漂浮。天边，山是一抹淡淡的烟痕。鲶鱼头脚下，毛色油亮的牛在湖滩的浅水里打着响鼻。风吹着呼哨，在苇丛上掀起涟漪。隔年的枯草里，素净的白蒿、翠绿的笼帚菜、肥硕的铁扫帚、柔韧的马鞭草和纤细的碎米花，一堆堆地汹涌绽放。生命萌动的气息四处弥漫。像是近在咫尺的瓢背，不久就要像大雪一样覆盖瓢背岛的夏候鸟还在孵化期，不时有三三两两的白鹭从密不透风的树林中飞起，在瓢背上空盘旋，忽而钻进云端，忽而贴近水面，最终又消失在密林中。

这是中国的第一大淡水湖，上吞五水而下纳长江，大气磅礴以波动日月。将近一千年前，遭了贬谪的范仲淹攀上瓢背，举目四顾，长啸浩叹，一吐积郁，挥笔题下“小南海”，他后来写《岳阳楼记》，其中涌动的未必没有这里的烟波。在这里操练的兵甲曾令天下鼎立三分；在这里厮杀的豪强曾立大明江山于一统；在这里汹涌的鲜血、浮沉的尸骨和萦绕不去的湘军和太平军的悲歌曾使历史瞠目结舌；在这里驻足和歌吟过的有李白、苏东坡、范仲淹这样中国最优秀的诗人和文章家。这里是云的故乡，水的故乡，生命的故乡，神话、英雄和诗歌的故乡。

上学的时候，李玉生常常独自跑来这里，在山头一坐老半天，一遍遍地数山下湖上过往的船帆，过去一拨，又是一拨，怎么也数不尽。船帆像宽阔的鸟翅，在烈日下闪着白光，无声地在绸缎般的波浪上飘忽。常常地，他一直坐到夜晚也不肯回去。湖上四十八大汊，七十二小汊，汊汊有人家。到夜晚，远远近近、大大小小的湖汊里，泊船纷纷亮起船灯，跟满天的星斗互相照应，让你明明白白地入了梦境，分不清是星斗落在了湖里，还是船灯点在了天上。而今，这些都成了记忆。有了发动机就不必再挂船帆，有了更赚钱的去处就不必再点船灯。

这里成了世界上最后的最大的一湖清水。

人们向往外头的精彩，感叹里头的无奈。

其实最无奈的是人心。

李玉生仰面躺下，含一根狗尾草在嘴上，呆看着极蓝的天空，一朵一朵的云缓缓移动。

“你是何苦呢？店开得好好的，跑去当村主任，若是人家信你，没有话说。现在呢，好心不得好报，烧香惹得鬼叫！”

妻子性急，白天在店里听了话，晚上李玉生一进门就是一通劈头盖脸的埋怨。

他也不知道他是何苦，他只知道，他从小多梦，但从没有开餐馆和当村主任的梦，他的梦大多跟这片没有边际的、飘浮着云朵、船帆和鸟岛、活跃着几百种水族、变换着日月星辰的湖有关。

说他跟萧光明勾结在何谷旅游开发中间谋利，是何立淼放的风。他一点不想跟何立淼计较。何立淼其实也是个背时的人：几个人下湖偷鱼，拢共卖不出几千块钱，结果丢了村支书，丢了上万块钱网具，还判了几年徒刑。心里有气，总想找个缝发泄，是情理中的事。村民相信何立淼，是因为本身有相信的理由。

“有句话我不知该不该讲。”

坐在一边的何来庆说：

“真要开发鲶鱼头，投资规模不会小，若要等他们收回投资再分红，村民怕是真等不得。”

“叫花子烧粑等不得热，也是没法子的事。”

何教授也叹了口气：

“何谷太穷了。”

“好不好再跟萧光明商量，一开始就分红？县里总比我们有办法。我们对村民也好有个交代。旅游开发的效益虽说不是一朝一夕的事，但村民眼面前的利益照顾不到，再好的事也会办不下去。”

撑过岭来撑过江，
撑过高山出湖荡。
前面分出两条路，
行左行右难主张。

鲶鱼头脚下，在渡船上等着的何神仙咿咿呀呀地唱。

“我试试。”

李玉生从地上爬起来。

何教授定定看着他，哑声说：

“玉生，难为你。”

五

李玉生从小怕羞，脸皮子薄，见人就脸红，两只女人样水汪汪的眼睛一动不动地瞪着，再多的话都憋在肚子里，大人说他棍子都打不出个屁。但这回他好像是要把一辈子没过的嘴瘾补回来。

萧光明一上来就说，这回不上你的当了，要喝就是我一瓶对你两瓶。不然你日后说我舍不得酒。我知道上回是你出的血，这回我来出血。酒醉英雄汉，饭撑糊涂神，你我兄弟一场，不干不明不白的事。

喝酒是最见性情的。萧光明这个人跟他的名字一样，开朗敞亮，光明磊落，李玉生心里欢喜，只是嘴上不说出。

“随你。”

李玉生眼睛眨都不眨。萧光明自从那次在何谷醉过之后，记住了李玉生，一喝酒就想起他，只要场合和机会合适就一定把他拉上。他好酒，最佩服的就是酒量比他大的人。

这回的酒本来是李玉生请的。何谷的旅游开发总算搭起了架势，是得了县旅游局的支持，旅游局支持了何谷，首先是支持了他，因为担子主要压在他身上。他请萧光明把局里其他几个头儿一起邀上。

萧光明二话不说就答应了。其他几位也雀跃着，来看热闹。

李玉生是喝到第三瓶的时候话多起来的：

“听说——过卡、卡尔——多标、标准吗？”

“什么狗——屁标准，我一瓶，你两——瓶就——就是标准。”

萧光明的舌头已经发直。

“听、听说——过卡、卡尔——多标、标准吗？”

李玉生又说。

任何一个方案要被通过，方案的受益者都要给方案通过后的受损者足够的补偿，在经济学上这叫“卡尔多标准”：一个决策可以给100人中一个特定的人带来200元收益，而让另外99个人每人损失1元钱。从福利经济学的角度看，决策通过福利会增加200元，损失99元，两相抵消，仍有101元净福利；如果不被通过，大家就谁都得不到什么，净福利为0。然而，一旦真的交由投票表决，结果肯定是1票赞成，99票反对。为此，决策者的最佳选择是通过协调，让收益的那个人从其200元收益中拿出108.9元，补给另外的99人每人1.1元，不仅弥补他们每人1元的损失，还让他们每人净得0.1元，使他们给方案投赞成票。这样，受益者虽然收益减少，但最终仍有91.1元的净赚。

李玉生的餐馆置了个小书吧，这是他从打工的那家大酒店学来的，有闲的时候他自己也喜欢从中找本杂志翻翻。这个“卡尔多标准”就是从一本时尚杂志上看来的。昨天从鲶鱼头回来，他找出那篇文章，背了个滚瓜烂熟，今天拿来说服萧光明。

“你是来喝——酒、酒的还是来——说、说事的？”

萧光明的眼睛已经迷糊。

“都、都——是。”

“都——是？就你那、那点墨——水，跟我——讲经——济学？”

“那又——怎，怎——样？”

“嚯！还牛——了，你！”

“牛——牛？”

李玉生大口喘气：

“牛——又怎、怎样？”

“那你知——知道希——克斯标、标准吗？”

萧光明讲的“希克斯标准”是指一个方案出台，只要收益与损失相抵还能增进国家整体的福利，决策者就该设法让这个方案通过。

“稀——客？你——要讲稀、稀客，那大家都——光、光卵一条、条绳！”

“那你想——怎样？”

“补、补一个共同开——开发鲶——鱼头的分、分——红合——合同。”

县旅游局开发鲶鱼头想在投资收回前单方收费，萧光明他们本来犹豫过的，只是没有想到何谷村民的反应会那么强烈。县里参与投资的几家已经合议过，一旦项目完成，收费的头一年就开始跟村民分红。

“行，我看你是、是条汉——汉子，那就听——你、你的！不、不过，现——现在你——得听、听我的！”

“你只——管说！”

“说，‘我醉了。’”

“我没醉！”

李玉生一梗脖子。

萧光明没轻没重地把李玉生面前还剩大半瓶的酒呼啦啦倒进一只大碗：

“没——醉？那你把——它干、干了。”

李玉生噔地站起，端起那只碗，一仰下巴，咕嘟咕嘟灌起来。完了，前后一晃，又一把撑住桌子，站住。

“说，‘我醉了。’”

萧光明不依不饶。

“我没醉！”

李玉生清清楚楚地大喊一声，忽然一个激灵，身子一缩，弯下腰大吐特吐起来。

（2010年）

立　秋

一

窗户还没有大亮，屋外响起扑扑的拍翅声。起先都以为是哪条早发的船惊醒了滩上的宿鸟，后来响声越来越激烈，还夹着细弱的尖叫，家狗青混也越叫越厉害，何神仙两公婆才觉得不对头，赶紧披衣爬起来。大门一开，不由又惊又喜：牵挂在柚子树之间的渔网上，一只孔雀样的大锦鸡一头钻在网眼里，怎么也挣脱不出来。青混摇着大尾巴在它身后乱蹿。

何神仙脚没有抬够，身子先出了门槛，一头栽在院子里，就那样连滚带爬地扑过去，一把搂住那只锦鸡。

“手脚轻些！”

何神仙看着老太婆一点一点地帮锦鸡把头退出网眼，心痛得不得了。

脱出了网眼的锦鸡伸直颈子，张开翅膀，只一晃，就往一边倒下了。

刚才他们只顾了锦鸡的头，锦鸡真正受伤的地方是脚。那只脚血糊滴答，骨头露出惨白的裂口，一看就是中了埋伏的夹子。

“狗屎！”

何神仙牙骨咬得剥响。

偷猎明令保护的禽鸟，原来只听说是外湖的事，现在内湖也一日日多起来。何神仙骂娘最狠的话是“狗操的”，但是骂这帮人改成了“狗屎”，他觉得这帮人连狗都不如，最多是狗屎。这帮人包括偷猎、买卖以及烹吃明令保护的禽鸟的所有人。

好在伤口不深，小心在意地一点点洗净，让老太婆找出女儿留在家里的西药和纱布，敷上扎好，何神仙才轻舒了口气。

锦鸡摇晃着，踮了踮，总算站住，畏畏缩缩地傍在何神仙胸前。何神仙蹲着，一遍遍地抚着它的颈子、背脊，捋它的五颜六色的大尾巴，半天舍不得站起。

也是有缘。何神仙白天摆渡，夜里巡湖，睡在船上，昨天夜饭酒又喝多了，一觉睡过了头。到底年纪不饶人，越来越不胜酒力了。一条船上巡湖的好几个，并不在乎少他一个，只是他自己一夜不去就会不过意。巡湖的收入别处是按出工的日子算的，他们这条船从来就是平分。一条船上吃喝，一条船上睡觉，一条船上拉屎拉尿，闹不好还一条船上跟人玩命，计较个卵！只要不是家里实在有离不开的事，谁都不肯随便缺工。

“不要圈，就随它在院子里自在。青混看着，莫让生人、野物碰它。若是它想走就随它飞走。”

何神仙一边交代老太婆，一边拍青混的大头：

“夜里我会回来，它要出了事，我就要你的命。”

“只管走你的，老不死，流涎。”

老太婆挥了挥手上的围裙。

青混很讨好，摇着尾巴把何神仙送到渡口。

二

哦呀呀喔！

哦咿呀喔哦！

呃嘿也哦也喔！

嗨也嗨呀！

太阳一出把船照哟，

大叫一声把橹摇哟，

嘿嗬！

把橹摇来把橹摇哟，

把船摇到湖中间哟，

嘿嗬！

船还没离岸，何神仙就咿咿呀呀唱起来。

“这么快活，女儿又搬了‘郎酒’来啊？”

有人问。

何神仙做了一辈子酒神仙，天生有喝酒的命。女儿长得像个明星，在省城当护士，女婿是在外国留过学的外科大夫，很有点名气，收不收红包不晓得，烟酒横直多的是，自己又烟酒不沾，就都送把了老丈人。“郎”就是女婿，“郎酒”就是女婿送的酒。女儿每次回来都带着一大箱。

“街上的酒，我才不作兴。”

除非请客和做客，何神仙自己从来喝的都是湖里土灶烧的谷酒。说着话，何神仙腾出一只摇橹的手，从屁股上抓过那只瘪水壶，仰面咕嘟了一大口，酱红粗壮的颈上，老大的喉结猛烈地一抽。

三面朝水哟嗬嘿，
一面朝天呀嗬嘿，
顺风那个又顺水哟，
赛过神仙罗嘿嗬嘿。

何神仙每日睁开眼就开始喝酒，身上永远挎着一只瘪得不成样子的老式军用水壶，一天到晚醉醺醺的，说话、唱歌口里都像咬着卵子，咿咿呜呜的听不明白。他矮矮墩墩，本身就像一只酒坛子。有一回过年待客，喝到中间酒没有了，何谷那时没有商店，他驾起船就过鲤鱼嘴去镇上打酒。从镇上返回，摇船过渡的时候，他却又把那坛刚打的酒喝了个精光，又再回头。酒喝够了，他就是真神仙。再吓人的天气，他都敢驾船。船上说话有许多忌讳：不说“帆”，说“篷”；不说“翻面”，说“调边”，他什么忌讳也没有。一天到晚口边不离“要死卵朝天，不死万万年”，只是从来也没有人见他卵子朝过天。在风浪里钻了一辈子，只翻过一回船。但那回说是出事，不如说是出风头：他先是攀在桅杆上，随后顺势从桅杆跳上露在水面的船帮，再从船帮走到翻出来的船底。等船被风打到岸边，他连鞋帮都没有湿。

船到鲤鱼嘴，上来一帮照相的，县旅游局从省里请他们来拍风光。一上船，这帮人就嗷嗷乱叫，照相机嘁嘁喳喳乱响。何神仙很得意，扯起喉咙唱起来：

造起船来哪个划？
八洞神仙请上船。
左边摇橹曹国舅，
右边荡桨汉钟离。
拐李就把水来踩，
采和就把纤来拉。
果老就把风来看，
仙姑就把舵来掭。
洞宾就把帐来管，
湘子测日划龙船。

唱得兴起，何神仙一下敞开了胸脯，酱红色的干巴筋肉跟刚用桐油油过的船身在日光里闪闪发亮。那帮照相的一下注意到他，纷纷转过镜头。吓得他一把丢落了橹，赶紧把散开的大襟重新扣起。

“别别，就那样！”

那帮人大喊。

何神仙不理，把扣子上上下下扣了个严严实实，连颈子上那个一向扣不上的也硬扣上了。然后身子挺了个笔直，微微抬头，高瞻远瞩，神色庄严，像电影、电视上的好汉就义。

“老大，你好不好随意些啊！”

何神仙身子动了动，却比先前站得更直，脸上也跟着动了动，像笑，又像哭，最后又绷回去，比先前还僵硬。一个人递过去一顶草帽，指望加个道具能让他的形象多少活跃些。他接过去抓在手上，两只手依旧是笔直垂着。

“把草帽拿起来！”

众人有些急了。

何神仙把草帽换到另一只手上，还是笔直垂着。

“何神仙你这个样子不像神仙，像《红灯记》的李玉和。”

一船人笑起来，何神仙也笑，眼睛眯成一条缝，露出雪白坚硬的牙齿。

船到湖心了。

哦——嗬嗬嗬嗬嗬嗬——

远处的一条船上，起了号叫，何神仙立刻响应：

哦——嗬嗬嗬嗬嗬嗬——

何神仙渐渐放松，橹似摇非摇，手指指点点：近处是虎山，远处是蛇岭；这里是飞燕投水，那里是老龟出洞；前面山上树丛里有座庙，真命天子朱元璋就在那里钻过供桌，蜘蛛在供桌脚上结了网，躲过了陈友谅的追兵；对面山头有块望夫石，真命娘娘陈友谅的老婆就是在那里看见男人的队伍倒了旗，投水自尽。事先约了，只要见倒旗，那就是败了，她就以死殉夫，绝不落到朱元璋手上受辱。其实那一仗陈友谅赢了，倒旗是因为掌旗的洗脚，插在地上的旗被风吹倒了。而今那座山叫名“美女现羞”，就是她的身子。

说话的何神仙眉飞色舞，整个人一下就极为生动了。一船的摄影家都静下来。何神仙以为这帮人给他的话迷住了，愈加来劲，口水四溅，一张脸绽开了花。湖上这一类传说大同小异，哪里都有，那帮人其实是铆足了劲在抓拍他，一边拍一边止不住嘟囔：太好了！真绝！

何神仙久经风波雕刻的渔民形象很上镜，体格强壮，轮廓分明，加上动作，格外有神采。等何神仙发现自己没摆好架势就让人照了相，那帮人已经很是心满意足了。其中有一张是所有人公认最好的：没说的，百分之百又要获世界大奖，搞不好就是金奖！拍这张照片的人好几年前获过一次国际人物肖像摄影大赛的银奖。

“真要获了奖，首先得感谢你。你可以做波湖形象大使的。”

那位对自己的成功很有信心的摄影家很认真地看着何神仙。

这是一个极愉快的上午，所有人都兴高采烈。接下来发生的事谁也没有想到。

船接近瓢背鸟岛，摄影家们要求下船上岛。按规定是禁止的，但县里陪来的干部小吴说，摄影特殊，不下去怎么能拍到好照片？县里干部开了口，何神仙只有听，那帮人一个一个抓着他的手下船的时候，他一个一个细声叮嘱：手脚轻些，轻些，莫惊了鸟！

何神仙忽然明白过来时，事情已经晚了：开始他看见下了船的人中间，有一个抱着一只大纸箱，在滩上放下后从中抽出了一长串像是红带子的东西，接着就看到了火苗。等他跳下船头，爆竹已经震耳欲聋地炸响。何神仙向那只已经炸散的纸箱猛扑过去，在一大片腾腾的硝烟里爆竹一样蹦蹦跳跳，想踩灭火头：

“世界奖！世界奖！世界奖！”

何神仙疯样地蹦跳，疯样地叫喊，全不顾爆竹和火花的迸溅。

瓢背鸟岛，从来没有被侵扰过的肃穆的鹭鸟王国，先前自在、悠闲、骄矜、尊贵的主人，从浓密的树丛中间轰然而起，遮蔽了瓢背的上空，惊恐的失魂落魄的鸣叫揪心断肠。

摄影家们则进入了极度的亢奋，湖滩上只听见一片嚓嚓喳喳的快门声。何神仙疯样的蹦跳和叫喊，他们全不当回事。等他们终于不得不面对何神仙的时候，忽然傻了：停止了蹦跳的何神仙挥舞着带铁头的粗长的船篙，对着他们所有人横扫过来——

“世界奖！世界奖！世界奖！”

刚才让摄影家们喝彩叫绝的那个“神仙”，那个“波湖形象大使”，成了凶神恶煞。

“何神仙你疯了？！”

小吴喝道。

“世界奖！世界奖！世界奖！”

何神仙蛮横地挥着船篙，对那些不放下相机的人，见一个是一个，兜头便打。

小吴打手机让何谷村支书何来庆另派条船来。等船的时候，何神仙两只手横抓着船篙就那样站着，虎视眈眈地盯着那帮照相的，谁一动他就跟着一动。那帮人一个个像中了毒的鸟，张口结舌。

“你晓得他们是什么人？”

小吴怒吼。

“……”

“就敢动手打？！”

“……”

“我回县里要去告你！”

“……”

“要法办你！”

“……”

何神仙石头一样站着，一百二十个不理睬。他不想吵，吵了又会惊鸟。法办就法办，要死卵朝天，不死万万年！

何来庆和李玉生一块儿带着船来了。何来庆让李玉生送那帮人去鲤鱼嘴，自己随何神仙回何谷。李玉生会不会代表村里向那帮人道歉他不管，反正他不想说客气话。他不觉得何神仙有错：

“法办？有那么容易？大不了就是我这个村支书不当了，我还回去教书。”

“我才不在乎。就是这世上作恶的狗屎，越来越狠，越来越多。”

何神仙跟何来庆说起一早落到他院子的锦鸡。

坐在船头上的何来庆两只手在后面撑住，想起祖父年轻时在湖上抱回一羽在异地中了鸟枪的白鹤，伤养好后那鹤竟不肯离去。祖父高寿故世，那鹤日夜哀鸣，直至绝食而亡。不由朝天长叹了口气。好山好水与其被糟践，倒不如任其荒着。天地也是父母，对不起天地，就是对不起父母。

三

锦鸡的伤脚恢复得出奇快，没有几天就行走自如了，毛色越来越滋润，油光水滑。院子里有人就咕唧咕唧在人前人后跟着转，没人就飞到柚子树上，安安静静地朝湖上张望。一见到何神仙就张开翅膀，脚下踏出一溜烟，飞扑过去。何神仙一伸手，它就跳到他掌上。那时候，青混就在何神仙脚下扬起头，酸溜溜地眨着眼睛。

何神仙几次三番把锦鸡带到湖上放飞，眼见它飞远了，飞进了瓢背的树丛，燕投山的树丛，老龟山的树丛，虎山甚至美女现羞的树丛。何神仙吁口气，发阵呆，以为再见不到了，可是一回何谷，系了船，上了岸，远处才现家门，那只上午已经放飞的锦鸡就从他院子的柚子树头上钻出来，直接落到他的肩膀上。爪子抓得铁紧，像是生怕他跑了。

“不走就不走吧。”

何神仙终于放弃了放飞锦鸡的打算，抚着它的冠，抚着它的颈子，抚着它的背脊，抚着它五颜六色的大尾巴，心里欢喜得直颤。

多次放飞的结果是锦鸡习惯了跟何神仙上船，随后就每天跟着他摆渡，站在船头上，站在船尾上，站在船篷上。有人逗它，它就一飞冲天，在半空打个旋，又飞回来，落在何神仙肩膀上或是头顶上。

有一天从鲤鱼嘴上来了两个生人，说是想到这湖心一带收购野鱼，从老鳖、银鱼，到米虾、泥鳅，只要是野生的，都要。他们看见高翘着五颜六色的大尾巴在船篷上跳来跳去的锦鸡，眼睛发绿，一个问，哪位老板的？卖不卖？何神仙答，不卖。又问，要是价钱出得高呢？又答，也不卖，再高也不卖，就是出一船金子也不卖。另一个冷笑：犯不着买。有一回我一石头就砸死一只比这还大的。

何神仙对那两张黝黑的瘦脸重重地挖了一眼。

瓢背脚下出现漂浮的白鹭的尸体是那之后没有几天的

事。滩上和坡上的树缝中间，留着拌了毒药的鸟食的残渣。

“狗屎！狗屎！狗屎！”

何神仙连连跳脚。

瓢背叫名“鸟岛”，其实该叫“鹭岛”。白鹭该是这一方水面的王者。湖里各种白鹭应有尽有，而瓢背多的是最好看的黄嘴白鹭，何谷人叫它“白老”。白老像白面书生，又傲气又文雅。嘴、颈、脚和身子，都又瘦又长。额边细长的冠羽，像对细软的辫子，飘然摆动。颈根丝线一样的蓑羽一直垂到下胸。胸口、腰边和大腿根，有种羽毛能随生随长，毛尖不断地碎成粉粒，把沾上的污物清得一干二净，难怪一身白毛从不见腌臜。寻常时候，白老一只脚站在水里，一只脚缩在肚下，头颈一扭三弯搁在背脊上像个驼背，一站老半天。一旦走动，步子轻巧稳当，晃着长颈和长腿在水边和田地优哉游哉。飞起来两脚向后伸直，远远超过尾巴，两扇宽大的翅膀缓缓鼓动，从从容容，气度非凡。

各种白鹭都上了世界濒危物种的名单。黄嘴白鹭更是国家重点保护的禽鸟。它纯白的毛状羽和蓑羽是极贵重的装饰品，偷猎的越来越多，种群数量越来越少，许多地方已经难得一见了。

省里有个写书的说，光是为了白鹭他就值得请求借住何谷。何神仙听他念过自己写白鹭的文章，他说有一个大文豪说白鹭是一首韵在骨子里的诗。这诗没有花花草草的辞藻，没有红红绿绿的装扮，是朴素和高洁的形象化。丽日之下有白鹭翩飞，蓝天便有了心跳的动静；细雨来时水田里站了一两只白鹭，水田便成了一幅玻璃的画框；山岩上有白鹭群立，山岩便登时有了蓬勃的生气；夕阳里有成行白鹭低飞，更是乡间日子的一种恩惠。这些话何神仙没有听得太明白，但是晓得意思，那意思都讲到了他的心里。

像是迎接一场世界大战，何教授打开高音喇叭，何来庆和李玉生反复喊话，让何谷各家出人，轮流去瓢背值夜，守偷鸟贼。各家也都没有二话，摩拳擦掌，踊跃上阵。

将近一个月过去，瓢背平安无事，偷鸟贼的影子都看不到。值夜只能在暗中枯坐，瞌困来极了就闭会儿眼睛。除了交替带班的何来庆和李玉生，都是花甲上下的老倌子，长年抹牌、晒日头打发日子，哪里经得起这样整夜整夜的苦熬。眼见得就立秋了，湖水开始凉得沁骨，湖上的夜风有了越来越重的煞气。鹭鸟纷纷动身南飞，留下过冬的没有几只。值夜的意义也就不大了。何来庆和李玉生本想说再坚持几天，终开不了口。

值夜一撤，何神仙急了。他不知为什么觉得，那些偷鸟贼就躲在附近什么地方，只等着这一天。鸟岛上只要有一根鸟毛他们就不会放过。他跟夜里一条船巡湖的几个商量，他去瓢背过夜，巡湖就请几位代劳。几个说，我们没有事，就是你值不值得。偷鸟贼要是不来呢？你值夜值到哪天是头？

“这帮狗屎，会来的！”

何神仙好像闻到了他们的气味。

吃过夜饭，巡湖的船就泊到瓢背山脚，几个人陪着何神仙，让他睡一觉。过了上半夜，他们去巡湖了，何神仙就独自留在滩上。天亮后他们再来接他回何谷。

出事在好几天之后。连着几天大家都在劝何神仙莫那么倔，就是铁打的也要生锈。那天几个说笑：今天就是最后一回接他了，他要再值夜，就让他留在这里做鸟食。

湖滩上没有见到往日等着的何神仙，下船才走几步，就看到何神仙终日不离身的瘪水壶，带子扯断了，很凄惶地歪在一堆乱石上，还散着酒香。

四

李玉生还没有到，他和老婆、孩子住在镇上的店里，当了村主任以后，每天一早骑摩托从镇上到鲤鱼嘴的老屋，然后搭何神仙的船过渡到何谷。何来庆带着几个巡湖的先去了何神仙家。老太婆一见他们就哭起来：

“鸡狗一下半夜都不安生，早上我一开门鸡就扑出去，眨眼就没影了，青混一直闹到现在，我就晓得老不死坏事了。”

何来庆说：“莫急，我是来告诉一声的。我们就去找，也向县里报了案。”

人们说话的时候，青混一直在脚下狂叫乱钻，见没有反应，咬住何来庆的裤脚，拼命往外扯。

“青混，你要晓得就带我们去！”

众人意识到什么。

青混松开何来庆的裤脚，转头往船上跑。上了船，青混只对着一个方向喊叫。船也就朝那个方向加速。

前面是与瓢背隔着一个汊子相望的老龟出洞。

船还没有靠岸，青混就一跃而下，回头喊了一声，就往老龟背上飞奔。

山洞就在老龟背后面，一帮人从坡上跌跌滚滚地滑下，跟着青混钻进去。洞里又高又阔，大得吓人的石头横七竖八，底下泉水哗哗作响。

“汪，汪汪——苦……汪，汪汪——苦……”

洞深处传来青混欢天喜地的呜咽。

所有的打火机都亮起来。

何神仙手脚被索子捆着，夹在一条石头缝里。那只锦鸡唧唧咕咕地拍着翅膀，在他头两边的石块上跳过来，跳过去，一刻不停。青混埋着头，拼命撕咬捆着何神仙的索子。何神仙不知什么时候已经醒了，看见众人，咧开满是血的嘴。何来庆俯下身子，隐约听他说：

“我就晓得我命大。要死卵朝天，不死万万年。”

（2010年）

妖母娘娘

一

萧光明和送他的同学把一只齐膝高的香烟包装箱好歹弄上了车，一屁股坐下来，直出粗气。同学下车的时候他只摆了摆手。他们都没有注意到，刚进站就给几个乘警盯住了。车开了不久，列车员、车长、两个乘警忽然出现在他座位边的过道上：

“这是谁的箱子？”

一个乘警踢了踢萧光明塞在座位下面的箱子。

看着这帮人像是蛮有把握逮着要犯的样子，萧光明忽然有了一种恶作剧的心情，他看着车窗，装没听见。

“谁的？”

踢箱子的乘警加大了力度。

“请小心点，东西很贵重的。”

萧光明回过头。

“是你的，对吧？”

“对呀，怎么啦？”

“拉出来。”

“我刚放好的，干吗跟自己过不去？”

“那我们就不客气了。”

“东西很贵重的啊，最好别折腾。”

“别跟他啰嗦了。”

另一个乘警早按捺不住了，弯下身子把纸箱强行拖了出来。

纸箱捆扎得很密实。两个乘警倒是有耐心，一个结一个结地细心解开，敞开箱盖，里面是满满一整箱大小不一的纸包。

硬座人多，这时候都纷纷挤过来看热闹，面对面的座椅靠背上趴满了人头，看警察怎么查违禁品。

一箱子纸包都一个一个打开了，在地上码了一堆：都是些乱七八糟的石头。说是“石头”并不准确，准确的该怎么说，在场没人知道，萧光明说是“海洋杰作”。那些“杰作”什么颜色、什么形状都有，就是一文不值。

两个乘警面面相觑，又扭头往上看站着的车长。车长对他们和列车员说：

“你们忙去吧，这里我来。”

两个乘警在众人的笑声中悻悻离开。车长蹲下来，开始把那些“石头”重新包好，放回纸箱，一面向萧光明道歉：

“对不起，打扰了。”

“没事，你们很敬业，我感动。”

“别嘲笑了行吗？我已经道歉了。”

车长很严肃。

“真的没事。您也忙去吧，我自己收拾比较好。”

萧光明说。他是真的没有生气。男人都贱，在漂亮女人面前没法生气——穿着铁路制服的车长好像更适合走T台。

“真的？”

“当然真的。”

“行，那谢谢了。”

刚转身，又好像下定了决心似的忽然回头：

“想问一下，您是经营工艺品的吗？我想跟您买一件。”

正在收拾的萧光明立刻停下来：

“看来我遇到知音了！你喜欢什么只管拿，我不做生意。”

“真的？”

“当然真的。”

“那您可别心疼。”

车长返回来，捡起一枚比拇指略大的海花石：雪一样洁白的一个兔子的头部，长耳朵，眼部一个小红点，张开的鼻孔和噘着的嘴，活灵活现。

“就这？还喜欢哪些您尽管拿啊。”

“我可没那么贪心。”

车长的对讲机响了，匆匆离去。一直到第二天早上下车，萧光明才在站台见到她。他让几个接站的人先走，自己向她走过去：

“早上好！”

“您好！”

车长明媚一笑：

“昨天很对不起，都来不及说声谢谢。那个小兔子太可爱了。”

“您也喜欢石头，我很高兴。这是我的名片，我们那儿好石头有的是。”

名片上最醒目的字是一副对子：

九曲三湾溪作伴

流风余韵水名村

这是他头一次到九流村认路后写的，他很得意，就印到名片上了。

“什么意思啊？看不懂。”

“写的是我们九流村。”

“你们九流村？你是农民？”

“是啊。”

“骗人！”

“我没骗您。欢迎您、还有您的朋友和家人有机会去我们九流村观光，一定不让你们失望。”

“您很敬业，我感动。”

这是萧光明前面说过的话。萧光明自然听出了嘲讽的意思，宽厚地笑笑，挥一挥手：

“再见。”

二

萧光明大学毕业，到波湖县九流村当村官。在县里报完到，去了一趟九流村。

波湖县是个湖区县，百分之七十都是水面，靠水吃水。九流村恰恰在那百分之三十的山区。这些年封山育林，年轻人又都外出打工，剩下一些面色枯黄的老人和拖鼻涕的小孩，很萧瑟。

九流村给萧光明最突出的初次印象是蔽塞。走到跟前才见到硬化的村道口，就那么一小截，拐个弯就不见了。要是没有人领着，很难想到那条深入密林的路还有老长老长。寻常农家的竹篱泥墙、屋顶上的青石板或老树皮半掩在错错落落的石坡下；多少年前的大户人家的高屋大宅，空寂、潮湿、腐朽、阴森，但裸露在朱门花窗砖木上的精雕细刻依旧清晰，除了岁月的摧残，几乎看不出人为的伤害，不知是怎样躲过了一场场劫难；连接各家各户的麻石条路高低曲折，拐弯抹角时见石磙、石磨、水车、油榨、酒缸。一切都封闭在可以追溯至最远的原始状态，恍若方外。自然有耳朵长鼻子尖的文物贩子来窥视打探过，但还没有来得及开口就被轰走了。萧光明不知怎的忽然想起房龙的一句话：在无知的山谷里，古老的东西总是受到尊敬。然而，也正因为这样，九流村才有了别处无可比拟的生态价值。

在山上山下转了个来回，萧光明临走时在已经给他收拾好的村委会办公室留了那副对子，“九曲三湾”说的是绕村而过的九流溪，“流风余韵”指这个千年老村的人文。回到省城就把它印到名片上了。九流村的旅游资源相当不错，只是像许多类似的地方一样，养在深闺人未识，想引起注意，要在宣传上下许多功夫。

正式上任前，萧光明利用这辈子最后的学生假，去海南和几个回到当地的同学做了一次自驾环岛游。那天在一个被海浪扑打的礁洞里待了差不多一上午，那一大箱宝贝，就是那个上午的收获。

除了酒，萧光明另一个嗜好是石头。海南的那个礁洞，就像个天然工艺品仓库，随手捡起一块就舍不得放下。他从礁洞出来的时候，身上只留了一个小裤衩，其他的衣裤都扎起口子装了宝贝。

萧光明嗜好石头是受父亲的影响。父亲自称当代“石痴”，一到假日就到野外、河沟去捡石头。书架、书桌、窗台不用说了，家里大凡有一点空白，尽被石头占领。走路，清扫，都极不便。最烦的是父亲大学同学的母亲，唠叨不已。父亲于是侃侃而谈：宋国有个人在梧台的东边得到一枚燕石，把它当成宝贝收藏起来。周围人听说后很好奇，要求见识。主人斋戒七日，穿礼服、戴礼帽、杀公牛祭祀，用十整条丹黄布包裹了石头，又套上十个皮箱。客人看了那石头，掩口而笑：“什么燕石？跟瓦片差不多。”主人说：“你们不过是只认识钱的小商人罢了！”

故事出自春秋时期集录纵横家言论的《阙子》。这说明，两千多年前就已经有人收藏石头了，并且以神圣的礼仪来供奉。一枚燕石在他的眼里已经远远超过一头公牛和十袭布的价值。

收藏和供奉石头，是一种文化心理需求。石头首先是物质的，大者为山岳，小者为泥沙，一旦承载了欣赏者的文化内涵，也就承载了大千世界和无尽人生，欣赏石头就是在与神灵对话。

又扯出宋代的石痴米芾。米芾因为醉心奇石而荒废公务，几次遭到弹劾，却不思悔改。任无为州监军，口口声声喊衙署里的一块立石为“石丈”，手握笏板跪拜；城外河边有一怪石奇丑无比，他让衙役搬进府衙，跪拜大呼：“我欲见石兄二十年矣”；得到一块端石砚山，一连三天抱着入睡，又求苏东坡为之作铭；听说安徽灵璧产奇石，便请求到灵璧的临县为官。到任后玩石玩得神魂颠倒，有时一连几日不理公务。上司杨次公下来勘查，正色批评：“你身为朝廷命官，岂可整日赏石？”米芾从袖中取出一块石头，炫耀说：“这样的石头岂可不爱！”如是三回，石头一块比一块奇巧。杨次公森严的脸色突然一变，说：“如此奇石，岂可你一人爱！”从米芾袖中抢出那三块石头，抱在怀中转身登车而去……

母亲只好由他：我说不过你，我是只认识钱的小商人，行了吧？

他于是干脆跟着米芾把家里叫作“与石居”。

“文革”时，省城的中学都被赶下乡，萧光明父亲教书的那所中学迁到一个乡镇上。父亲不愁，反倒多了惊喜。镇子就在庐山脚下，一条涧水流成河，长长地一直蜿蜒到镇上，大大小小的卵石填满了河床。他所有的空闲时间都流在逝在这河水里了。

镇上有过一座很著名的“神石寺”，后来只是留在人们的口头上。一旦说起，便有无限遗憾。

很多年前，一场暴雨过后，几个人发现了一桩奇事：出镇街，过桥，路边有一块卧牛石，在一个如水中浮出的世界中，竟滴水不沾，仿佛是在暴雨过后才长出来的。然而人人记得，这块卧牛石在他们出世之前，就早已在这里了。

上面还有似乎刚刚刻出的四个字：“紫气东来”——以前是连一点影子也见不到的。

神灵于昏天黑地的暴雨中，借这块冥顽之石示谕此方百姓，是无疑的了。

一时之间，四乡轰动。远远近近，人似潮般涌来。跟着一镇人，对这块卧牛石膜拜不止。当时，镇外一带禾田被踏得锃光如镜，无人痛惜，只当作是对神灵的供奉。

万众倾倒的时候，镇上最受尊敬的一位老者威严地捋着一部美髯，号召乡邻捐款为神石建庙，立神位，以谢天意。只听四下响应之声，排山倒海。

神石寺迅即巍峨耸起——据说是巍峨得很可以的。其规模，几近江南三大名楼。

自有神石寺，小镇终日车马塞途，烟雾弥漫，香客络绎不绝。车马店、香火店，乃至花楼赌馆，如雨后春笋一般。一年间，把个历来无名的镇子像面团发酵一样一下子胀大了好多倍。紫气东来家家满，一镇人得天独厚，自然是感恩不尽，皆不知祖上积了什么大功大德。

忽然有一天，一位秀才从此路过。他进京赴考，名落孙山，正在归途。路上见往镇上去的香客熙熙攘攘，十分惊奇。问其故，原来是去朝拜神石寺。从京城返故里的途中，他已风闻神石寺，颇纳闷。一年前路过此地，尚地僻人稀，几近不毛。怎么转瞬就成江南名镇了呢？

等到进了庙门，看见那块卧牛石，又谨慎仔细问明庙主，这位秀才不禁哑然失笑。

一年前，下那场暴雨时，乃是他撑伞驻足卧牛石，踌躇满志之间，想起老聃当年出函谷关，关令尹见紫气东来，知有圣人过关。果然见到骑青牛的老子，便再三拜揖。老子遂写《道德经》传诸万世而不朽。秀才于是信手拾枚锐石，刻“紫气东来”于卧牛石上，颇有些以圣人自命的意思。没有想到，他把一团紫气带给了这一方草野之众，背走了他们的晦气，他不仅没有做成圣人，反而落入窘境。他想想气愤不过，疾呼道：何神石之有，见你们的鬼去也！然后他备述年前避雨的详情，并当即再书“紫气东来”四个字，与神石上的字迹比较，显见是出于一人手笔。

所有在场的人受了惊吓似的怔了一会儿，忽然猛醒，一声发喊，蜂拥上前，捉手捉脚，几乎要把个文弱秀才撕成碎片。

幸亏镇上那位最受尊敬的老者喝住，说明该书生因落魄而至疯癫，列位蒙神石灵光所厚，正该积德行善，送他就医，怎么好跟他拼命呢？神石的创造者于是捡得性命，落荒鼠窜而去。

神石寺以后毁于战乱。毁得很彻底，连一块瓦片也寻不到。那卧牛石也随着紫气遁去，不知所往。

每遇灾祸，如饥荒，如“文革”，镇上人便嗟叹不止，怀念卧牛石。嗟叹之中，不免咬牙切齿地咒那个疯秀才。他的癫狂，惹得神灵恼了火。神石寺的毁掉，毕竟是在他走后发生的事。这些，当然是世俗之见，不足为训。萧光明父亲听说了这座已无迹可寻的神石寺，倒很是振奋：自然界中奇石存量不多，有如此故事者就更其难得。不过，找一块一把伞就能遮住的卧牛石并非难事，神石寺应该重建。那既是本地文化曾经辉煌的一个佐证，镇子又仍会因此成为一处名胜。镇干部大都赞成，只是那时候这样的话题有点奢侈。后来省城中学恢复，萧光明父亲离去，但在镇上的这段经历是他这辈子最大的得意之一——多年后，那个乡镇终于根据他当年的建议为一块卧牛石建了一座“神石亭”，卧牛石正面刻了“紫气东来”，背面则刻了神石寺兴废的故事。还真应了他的预言。许多来庐山旅游的人，就是为了一睹这块有故事的石头特地在那个镇子落车。

父亲退休后，把“与石居”的石头全部无偿捐给了省城博物馆的奇石馆，只给萧光明留下了搜集石头的嗜好。萧光明跟父亲不同的是有同好但不刻意为之，走到哪儿，见到石头，用脚踢踢，发现有点样子的，就揣一块在兜里。他觉得这事自有缘分，得失其实都在有意无意之间。往往别人四处摸爬翻寻得大汗淋漓，他随便弯腰捡起的一块就让一帮人个个眼红。正所谓踏破铁鞋无觅处，得来全不费工夫。

父亲对萧光明最大的影响是做人的淡泊。大学学哲学的父亲最认同的哲学家是德国的荷尔德林。

荷尔德林深刻地预感到现代人的处境和现代人应该趋向的未来，高古的心灵无法在一个失去“神”性的世界中栖居。中年罹患的精神病反而保护他不受俗世的浸渍，得以潜心于自己的神灵之乡。

他倾听自己内心和自然中与神性同在的声音……那难以言说的围绕着生命本身的永恒节律的诗。同是诗人的哲学家海德格尔说他是“真资格意义上的诗人之诗人”。

一百多年前，荷尔德林就预感到了这种灾难的出现：技术、功利、实用把人引离故土，抽掉人赖以安身立命的精神根据，人百般努力创造出来的东西，却是与自身神性本质相异的东西。冷冰冰的工业环境取代了天地人神四重结构的生存空间，冥思被遗弃，神性被逐出内心，人离弃了给人类行为以力量和高尚的神灵，离弃了充满神性的自然，失落自我，没有归属，成为无家可归的浪子，流落异乡。因此畏惧死亡，为牡蛎般的生活而甘受耻辱。

荷尔德林企求一种诗意的社会理想。在他看来，重要的在于确立人类本性中的“神”，确立“美的爱”，没有这“美的爱”，国家和个人都只是没有精神的骨架……人类必将重返故里，重返童贞。

父亲对萧光明大学毕业报名当村官大为赞赏。特地抄了荷尔德林的一段话给他送行：

> 只要良善、纯真尚与人心同在，人便会欣喜地用神性度测自身。人诗意地栖居在大地上。

在九流村住下之后，萧光明的生活自然就离不开九流溪。九曲回肠似的从山上下来的九流溪里，全是各种各样被冲刷了亿万斯年的石头。风起云涌的城镇化，给观赏石带来了巨大的需求，运作得好，这些石头分分钟就可以变现。跟几个村委商量好了，萧光明把退了休的父亲接到九流村住了几天，粗略地对九流溪表层的奇石资源大致摸了个底，受到评价最高的是“妖母娘娘”。

当地人说的“妖母”就是美女。“妖母娘娘”一人高，端坐在溪水中央，灰绿色，光洁滑腻，发髻、眼鼻、下巴、脖颈、胸、腰、侧向一边的腿，稍稍分辨就能看出个大概。头上，岸边一株千年老樟伸出巨大的伞盖，使她显得格外的雍容华贵。

老人眉飞色舞："这不就是中国的美人鱼吗？！丹麦的美人鱼是人工雕刻的，我们的美人鱼是鬼斧神工！"

真是服了！萧光明头次来九流村就看过这块石头了，怎么就没想到美人鱼呢？显然，把名片上的那句广告词换成"中国美人鱼之乡"，会响亮得多。

那天晚上，萧光明很兴奋，给从海南回来时在火车上见到的那个车长回了微博，附了张妖母娘娘的照片。车长在他回来不久发了微博给他，把他送的那个"超可爱小兔子"替换了自己先前的头像，把先前的昵称也改成了"小兔子"——她就是属兔的。萧光明当时正开会，会一散就接着跑落实，把"小兔子"丢到后脑壳了。现在，他真想让全世界都在第一时间里看到"中国美人鱼"：

"小兔子你好！照片上是我们这儿的中国美人鱼，我们喊她'妖母娘娘'……"

下面的话不用说，小兔子的兴奋可以想象得到。

萧光明没有想到，妖母娘娘让他栽了一个大大的跟头。

三

接下来的日子，萧光明为九流村的旅游开发跑规划，跑立项，跑投资，引起了县里头头的注意，说，这样的人才，一个村子不够他施展的，先借到镇上试用一段，干得好，就转成镇长助理。九流村所在的那个镇，正需要这样一个有想法又能拳打脚踢的干部开发旅游经济。一个镇活了，镇下面的村自然也就带动起来了。萧光明于是很快被借调到镇上。

镇子的出口与国道“丁”字形相接，在那个接点上安放一个标志，也就把镇子的品牌形象一下推到了国道上。

九流村的妖母娘娘无疑是最佳的选择：基座上是“中国美人鱼”，基座朝国道的一面刻“中国美人鱼之乡”，那么，“中国美人鱼之乡”就不只是一个村，而是一个镇！

起先一切都进行得很顺利：雇了壮劳力，为起重吊车修了一段连接村道和九流溪的便道，妖母娘娘被起出水面的时候，更是给了大家意外的惊喜——原来水面下的部分比水面上的部分大得多，再没有比这更好的基座了。一切都像是为萧光明而生，只等着他有一天出现。

妖母娘娘已经吊装上大卡车了，突然出现了土地公。

土地公先天失明，被外乡进山烧炭的父母遗弃在九流村半山上曾经有过的一座老庙门口，在庙里长大，矮矮矬矬，像个土墩。“文革”庙毁，他流离四处，算命为生。后来走不动了，回到九流村，村人给他在那座老庙遗址盖了间茅屋，他从此就独自守着，坐等给各处寻来的人掐八字。他掐八字很灵，常有坐各种小车的人来找他。车子停在村委会院子，下车步行，翻过山背，再爬上另一面山的半山腰，才看到他那栋老屋，颇不容易。人谓“文官要下轿，武官要下马”。最神的是，有时候他根本不问八字，照样一说一个准。有一回来了一个由副省长和县、乡一把手奉陪着的人，没进门，就听他在里面说，那位不必进来，再多钱我也不收。是福不消问，是祸躲不过。不管外面的人怎样说好说歹，领路的村长急得要哭了，门就是不开。那位当时脸色煞白，回去不久就从电视上看到他被“双规”的报道。

土地公拿棍子敲着地，一跌一撞地走到卡车跟前，两只深不见底的眼睛冒着寒气：

“敢问哪位是萧公社？”

早年，当地人喊干部，一律喊“公社”。

萧光明在九流村待的时间不长，原是计划好了一家家走访的，没有完成，镇上借调的通知就来了，对土地公，只闻其名，不见其人，第一次见到尊容，还真有些吃惊，说：

“您老找我吧？我叫‘萧光明’，喊我‘光明’好了。”

土地公仰起脸对着萧光明：

“萧公社，我只说一句话：莫把妖母娘娘请出九流村。”

九流村很分散，山前山后好几个村民小组，起运妖母娘娘的时候，只有很少的一些老人和小孩站在坡上或蹲在溪边，很平静。把妖母娘娘运到镇上，不是无偿的，镇上给了一个好价钱，等于借这个机会给九流村拨一笔改善村子环境的款子。事先跟所有村委和村民代表都沟通好了，萧光明以为不会有任何问题，却忽略了土地公。不管怎样，土地公在当地的影响都是不该忽略的。但事已至此，如果因为他一个人的意见就全盘否决，那也说不过去，只好回头慢慢给他做工作。镇上好，也是村上好，他一生走南闯北，这个道理不会不懂。

土地公并没有纠缠，说过那句话，真的就转身走了。

等土地公的身影渐渐在山那边消失，萧光明才招呼开车。土地公是地方名人，不能当场抹他的面子。

妖母娘娘运到镇上的次日，镇政府举行了热闹的迎接仪式，特地到山外去请了本县最有名的何谷村串堂班来唱戏。

当地做屋架梁、婚庆喜寿、建校升学、修桥筑路、参军当官、宗祠开谱，都必请戏班唱菩萨戏、谱戏、酒戏、寿戏、庙戏之类。串堂班是其诸多形式的一种。故事成戏曰“串”，至家表演曰“堂”（堂会）。文场操弦管，武场操击乐，拢共十来个人，每人又各兼一个或两个生旦净末丑角色，能唱折子亦能唱整本，既是乐工，又是演员，不须接送，不须设台，一应器具，各自携带，一张八仙桌，几条长板凳足矣。而乐器、唱腔、剧目与大戏并无二致。

正唱着《刘海戏蟾》。

一个“丑”角扮月宫玉兔（白）：

“哥呀，这等我要唱《刘海戏蟾》了。”

（唱）

“任你歪缠，缠不过我腰间一串钱。笑你三脚香炉贱，遍体丁疮可厌。嗏，敢是老婆禅，满口流涎，胀气胸脯喧。我好似昔日螳螂来捕蝉。”

分管旅游的副县长一早就从县城赶来了，由镇上几个头儿陪着看戏，完事后要代表县领导表示肯定和褒扬。具体操办其事的萧光明人前人后忙着，唯独他没有闲空。

场子忽然乱起来，九流村的几个村委跳下一辆破破烂烂的中巴，一路“萧镇长、萧镇长”地高喊着，冲进人群，一把捉住满头大汗的萧光明：

“出事了，不得了了！”

几个人气急败坏，面如土色。

四

是个极澄澈的冬夜。天极深，月极明，星极亮，天地无言，树草凝然，丝风不起，万籁俱寂，唯可感到清辉的流动。九流村沉入夜的深海。天明前，一声巨大的闷响将几乎所有村人从梦中惊醒。响声过后，一切又归于静寂。有人懒起，有人披衣出门复又回到床上，有人终是放心不下，去寻那响动发生处，顿时目瞪口呆——

九流溪上，那株先前以树冠遮挡妖母娘娘的千年老樟，齐根倾倒，横断溪水。从地下拔起的万千虬根，怒指苍天。

九流村瞬间锣声一片，喊声一片，悲声一片。

没有地震，没有风暴，没有爆炸，没有刀斧，一株枝繁叶茂、凛然如帝王、十人方可合抱的巨树如何就如此决绝地轰然倒掉？

六神无主中有人忽然想起土地公。

土地公脸上的两只空洞漠然看着茅屋顶，长叹了口气：

“我昨天已经说过了。”

村人恍然大悟，老老少少一声发喊，如疯似狂地朝镇上扑去。村委中有一个是跑镇上和九流村客运的，赶紧发动了那辆早该报废的中巴，拉上其他几个村委，扬起一片混浊黑烟抢在了前头。

后来的传言很多，最有鼻子有眼的是说自己跟土地公一样，妖母娘娘起运的头天夜里，得到了那株老樟的托梦，称自己与妖母娘娘原是千年连理，求他们设法阻止妖母娘娘的起运。

土地公有没有说过老樟托梦？会不会真有这样蹊跷的梦？村人是怎样演绎出来的？等等，追究这些并无意义。重要的是，事情已经发生了。

怎么会搞成这样？不是说做好群众工作了吗？为什么欺骗上级？一块石头弄成一场群体事件，谁来担责？

副县长毛了，对镇上几个头儿一通怒吼。

几个头儿噤若寒蝉，一齐看定了萧光明。

萧光明是头一次碰上这么严重的局面。刚听完几个村委的报告，他的头就像爆炸似的一声巨响。现在看到几位上级的恐慌，他身上反而有股热血汹涌上来：

“领导放心，错是我犯的，我担责！”

又对九流村的几个村委说：

“我们回去。”

萧光明说完跳上九流村来的中巴。中巴一阵嘶声轰响，绝尘而去。

他们在半路遇上了那个拖得老长却个个奋勇的队伍，萧光明跳下车，喊：

“各位叔伯婶娘，我做错事了！天大的罪过我一人担当，请你们不要去找政府的麻烦。妖母娘娘是我请走的，我送她回来。以后的事回头再说，该怎么办就怎么办，听凭各位发落。”

看着这个声声哭腔的白面书生，众人愣愣的，先前满肚子的怨恨和火气忽然不知该不该发泄。九流村自家的青壮年都去了城里，这个总是兴冲冲的后生，大学毕业从省城跑到九流村来，每天山前山后，上坡下岭，见谁都亲亲热热喊长辈，再涩的茶也一口喝干，再臭的被窝也倒头便睡，图的什么？就图一尊妖母娘娘？在他眼里那不就是一块有些模样的石头吗？再说他是把妖母娘娘请到了镇上，并不是搬到自己家里，更不是拿去做买卖——跟那些时不时窜到山里来贼眉鼠眼地打量老屋、老家什的贩子一样。

妖母娘娘的善后，一切按照九流村的众议：

离开镇上时，炮仗铺了一地，车上搭了彩蓬，一路鼓乐跟随。到了九流村，从村口到九流溪，更是香烛如林，九流村老老少少跪在路边，弯腰磕头，恸声盈野。

妖母娘娘被起重吊臂小心翼翼地重新放回九流溪原位，紧挨着那颗倾倒的老樟。安放妥当后，萧光明就那样穿着衣裤鞋袜直接蹚着冰冷彻骨的没膝溪水，走到妖母娘娘面前，两只手抚着横在面前的老樟，长跪不起。

岸边的村人霎时停止了哭号，有些不知所措。

头一个说话的仍是土地公，他摸索着挤出人丛，走到水边：

“萧公社你起来！天有眼的，不是我这样的瞎子。我瞎子都晓得，你没有坏心。”

五

对萧光明的试用刚开始就要结束了。县领导很惋惜，处理时征求他本人的意见，他说，我想回九流村。我对不起他们，我不想逃避。

领导说，行，在哪里跌跤就在哪里爬起。

父亲在电话里说：这样好！你的路还长得很。你对乡村懂得太少了。

那些糟心的日子，小兔子的邮件偏偏密集，萧光明后来做了个长长的回复，把这些当故事讲给了小兔子。小兔子一面觉得新奇，一面很为他抱不平：凭什么呀？！

萧光明一时想不出怎样解释才好，随手抄了荷尔德林《悲壮的还乡》中的几句话：

那么，圣洁浩瀚的水波，
请赐我以双翼，
让我满怀赤诚衷情，
返回故里。

“还乡？什么意思？”

“就是返回神灵的近旁，享受亲近神灵的快乐。”

“奇怪，您到底是农民，还是诗人啊？”

“您的问题才奇怪，是农民就不可以是诗人吗？”萧光明回复。

（2013年）

附录　获奖作品

小镇上的将军

在我们这个偏远的小镇上，任何一点极细微的变化，都会引起人们莫大的关注。

“喂，哪位晓得啵，癞痢山脚下，喏，就是看守所右面，又在做屋。这是哪个单位的基建呢？莫非又扩大看守所么？”

离小镇中心约二里许的癞痢山，实际上是座长满了乱石头的大土堆。

“看你们，真憨。”随着一声讪笑，出现了剃头佬那秃了顶，但剩余的头发梳理得油光水滑的脑袋。

他是本镇的骄傲，是那种土话叫作“百晓”的角色。所谓“百晓”即“天知一半，地下全知”是也。那些从中学毕业回来的人，则用新闻界的语言称之为“消息灵通人士”。他在理发店里，把握着全镇的脉搏，以及它同外部世界联系的最新动向。从上街头到下街头，经常传着“剃头佬说……”之类的最新要闻。当然，他决不满足于用一种刻板的方式，来处理分量差异极大的各种消息。碰到令人耸听的超级新闻，理发店这个不足十平方米的新闻中心就未免太狭窄了，他就会像现在这样，跨出门槛，来到十字街口这些五花八门的摊子中间。

“你们都不知道吧？那是给一位将军做的屋。他就要到这里来，跟我们做伴了。”

“什么？将军？将军要住到我们中间来？”这个消息立刻就引起了不小的震动。我们这样的小乡镇居然会降下这样大的喜讯，这对我们是多么大的荣幸啊。在我们看来，不论一位将军还是一位国家元首，他所给予我们的神秘感，是没有什么太大的差别的。街中心好像起了一阵旋风，人们都像树叶一样，被卷到这个了不起的剃头佬身边。

“可是你们不消高兴得过头了。事实上，没有什么值得欢喜的事情。”剃头佬清了清喉咙，给喜形于色的人们，兜头泼了一瓢冷水。但是，这反而更加刺激了他们的好奇心理。人们一下伸长脖子：“为什么？”

“为什么？哼！说给你们听，可别乱传，这事是由内部掌握的。他早就给拉下了马，受审查。现在，是来这里充军的！”

“充军？为什么充军？”

“他是叛徒。”

“啊？！”人们张口结舌。这对于刚刚浮动起来的虚荣心，不啻一声晴天霹雳。大家觉得失望，有点泄气了。

“不过，他是挂了个休养的名儿来的。将军，倒还跟先前一样是将军，没有变。”剃头佬真不愧是天生的宣传家。谁见了这种峰回路转、波澜起伏的宣传手法，不惊叹佩服呢？！差一点就要涣散的注意力，马上又被高度集中起来。而他也更加压低了声音：

“告诉你们，在处理他的时候，让他留一个籍。哦，不说你们不知道：像他这种人，都比我们多两个籍。我们只有个家乡籍，他还有一个党籍，一个军籍。那么，各位说说看，除家乡籍外，他该留哪个籍呢？”剃头佬突然把话打住，出其不意地提了个问题。屏声静气的人们一下子面面相觑起来。

“我看，应该保留党籍。在党光荣。”小镇搬运队那个莽后生把板车丢在一边，挤进人堆里打破了沉默。很多人跟着一迭声附和他。

剃头佬不以为然地撇了撇嘴。

“依我说，”这是老裁缝小心翼翼的声音，“还是留军籍合适，总要糊嘴呀。要是没有军籍，凭什么拿钱呢？没有钱怎么糊嘴呢？他未见得有什么手艺，难道还做得动田么？”

“哎，这就算得有点经济头脑了。”剃头佬一巴掌拍到老裁缝的肩上，一团白沫从他松黄的牙缝里，飞落到老裁缝红红的鼻头上。老裁缝受宠若惊，脸涨得通红。

“上面正是这个意思，留个军籍，让他养老了事。”剃头佬说到这里，拿眼睛瞄了瞄那个后生，接下去说，“嘿，你们晓得啵，军级干部，一个月二百多块哩。”

这又引起了一阵啧啧声。剃头佬忽然由此想起自己一上午的生意还没有开张，拔脚就走。

有人拽住他的衣角：“哎，你知道他何时来么？”

“哎，你们真憨。”剃头佬有点不耐烦，“不会看那屋子么，屋子何时做好，他不就何时来了么！”

于是，人们恋恋不舍地散开去。嗡嗡地，营营地，把对这位背时的将军的种种猜测、种种预见、种种嗟叹，带到每个角落。

这个新闻是这样惊人，以致吸引住了我们全部的听觉和视觉。现在，趁着人们散去的时候，我们来浏览一下这个可爱的小镇吧。

镇子上有两条呈十字状交叉的大街。这两条街宽得足以驰过一辆吉普车，加起来足有六百米长。零零落落地嵌着青石板的路面（青石板据传是明代官道的遗迹），以及从两边的门头上伸出来的、油漆斑驳的小吊搂，都在向人们炫耀着自己的长寿。

一条小河环绕着这美丽的乡镇。它所以叫作河，是因为它具备河的一般特点：有从地面凹下去的河床，还有水。这些在河床中间弯弯曲曲地流淌的河水，足以浸过你的脚背。这条河，给小镇的人们带来了无穷的好处。比如，把垃圾倒在这里，那是再方便不过的了。美中不足的是，如果每年春末夏初的山洪，没有咆哮着把这些垃圾冲干净的话，那么，一到干燥的刮风天气，垃圾就飞扬起来，同从路面上卷起来的尘土一起，在小镇的天空上，快活地旋舞着，然后纷纷扬扬地又落回到各家各户的门前、院内。

老天做证，我决不是一个吹牛好手。当我似乎有点言过其实地描述着我的家乡的时候，读者们千万不要以为我使用了文学的夸张。对于那个即将来到的倒运的将军，有这样一个豪华的舞台，恐怕已经是他的幸运了。

啊，真太出人意外了。

人们第一眼看见将军的时候，都吃惊得呆若木鸡。不约而同地在心里叫起来："难怪，他这个样子，怎么配做一个将军呢！"

将军是什么样子？我们虽然没见过，可谁也骗不了我们。将军应该是那种有着可敬的白发，威严的剑眉，魁梧的身躯，腹部腆起……总之，是威风凛凛的样子。而他，这样矮小干瘪，一脸打褶的老皮，身子佝偻着，还跛着一条腿！

也许是不愿向不争气的命运低头吧，他似乎为了弥补这种仪表上的不足而很注意打扮自己。当然，如果我们不用这种刻薄的语言，从善意的角度上去认识这一点的话，那也可以说，这是使他牢固地保持着军人风度的唯一的方式：他出现在街头的时候，一身军服从来都是笔挺的，几乎没有皱褶；帽徽、领章鲜艳夺目；不管天气多么炎热，从不解开风纪扣；尽管跛了一条腿（那显然是战争留下的标记），但脚步却始终保持着均匀的节奏。而这些，恰恰使我们时刻都感到，他是个不幸的人。他这个将军，似乎不是真实的，只是在领军饷的时候才有意义。不过，在公开或私下的谈话里，我们仍然把他称作"将军"。

我们就用这种既不敬畏也不轻视、既好奇又冷淡的眼光，满不在乎地打量他。而他对这些毫不在意。从到我们这儿来的第二天开始，他就不知疲倦地在我们小镇各处走来走去。

他拄着一根闪闪发亮的茶木拐棍，一瘸一跛地迈着节奏均匀的步子，从这条街的东头走到西头，又从那条街的南头走到北头。或者，在满是砾石的河床中，长久地徘徊。他这样不停地运动，有人挖苦道，这可能是因为他曾经用双脚丈量过全中国的土地，而形成的一种惯性。

逐渐地，不管人们是否愿意，他对我们已经幸福地生活了多少年代的小镇，发表起种种不客气的议论来了。比如，“你们不能花点钱，铺两条水泥路吗？”“不能在河对面的田里挖个窖，把垃圾送到那里沤肥吗？”等等。而被问的镇上的干部，也就用我们小镇人特有的机巧和智慧，客客气气地回答他：“哪来的钱呢？我们都是低工资啊！”或者：“哪有那么多闲工夫呢？”于是，围成一圈听着这类问答的人们，也就聪明地笑起来。因为，除非呆子，才会听不出这种回答下面的潜台词呢。

对这个古怪的将军，我们的感觉是复杂的。他是一个受着处分的人，但是又领取高薪；谁都怕同他过于接近，但又觉得，他力图干预我们的生活，是出于好心好意。总之，我们不打算解除心理上的戒备。好奇而不轻信，原是我们小镇人的天性。

他显然很快就觉察到了这一点，不再使慎于防范的人们为难了。但是，他又无法离开这个古旧的、嘈杂的、灰蒙蒙的乡镇。于是，他在镇上给自己选择了一个固定的立足点，就是十字街口剃头铺对面那棵被雷轰了顶的老樟树下。他常常拄着拐棍，挺直身板，不断地眨着那双有点昏花的眼睛，一声不响地在那里一连站上好几个时辰。既不同谁交谈，也不知在想些什么。

这副神态，使人觉得好笑。那蹲在他附近摆摊子的人，不时抬头看他一阵；打街上走过的人，要过好长时间才把眼睛从他身上移开。而剃头铺的玻璃窗后面，剃头佬则饶有兴致地同人们讨论着，这样呆立在尘雾中的将军，有什么可以相比呢？“像站岗的”，剃头佬摇摇头；“像城里的交通警”，他还是摇摇头。撇着嘴唇品评了好大一阵以后，他才郑重其事地开口道：“你们到过汉口么？汉口三民路口有一尊铜像，站得笔挺，拄着拐棍，就是这个样子。对了，全像，不走二样……”

时间长了，站立在老樟树下的将军，好像真的成了汉口三民路口的铜像，不再引人注目了。人们习惯这点，就像习惯十字街口每个突出的墙角前，都分别有一个铜匠、鞋匠、白铁匠一样。如果一连几天没有见到他，人们反而会觉得少了点什么。

但是，他毕竟不是铜像。他有血有肉有思想。而人们有一天终于看到，他还有很厉害的火气。

那一天是个假日。在开得刚刚能伸进一只手臂的肉铺门前，人头汹涌，乱轰轰地吵得震天响。一些把恶作剧当过年的后生，把菜篮斜挎在背上，在人群里横冲直闯。那年头，人们习惯了“乱中求治”的新秩序。

将军站在老樟树下盯着这一切，额上的青筋扑扑地跳，按着拐棍的手微微地抖。突然，他跛得很厉害地穿过大街，走到沸腾的人群后面，举起那根茶木棍，在一个穿着绿军装的人背上敲了敲。这个满头大汗的人，大声嚷嚷着，想从人群中分出一条路来。他是按照优先权领取机关配给的。现在他猛一回头，看到了一双血红的眼睛，马上就从人缝里退出来。“老，老首长，有事吗？”他刚入伍到此地不久，根据一般的常识来断定将军的身份。

“整好军风纪再说话。”

这个一脸孩子气的小兵，惶惑地看着将军，迅速戴正军帽，扣起风纪扣，捋下挽起的袖子，最后垂下眼睛看自己的脚尖。

“哪个单位？干什么的？”

“驻军炊事班的。”

一阵沉默。

“立正——”将军突然一声大喊。这完全规范化的严厉的口令声，一下就压倒了整个街口乱嗡嗡的噪音。人们蓦地回过头来，看着这两个精神高度集中的军人。

口令继续从将军急迫的呼吸中迸发出来：

“向左——转！”

“跑步——走！”

将军对着小兵跑去的方向，以标准的立正姿势挺立着，胸脯强烈起伏。

十字街口霎时鸦雀无声。好像出现了一股神奇的约束力量，刚才忘我地拥挤着、冲撞着、喧嚣着的人群，鱼贯地排起了队形。

人们忽然之间，感觉到了这个曾经号令千军万马的人的赫赫声威。

不久，镇上发生了一桩极其重大的事件。这桩文化大革命中本镇建立新政权以来最富爆炸性的事件，简直就等于一次“暴乱”。而经过这次“暴乱”，总是把怜悯放在失败者一边的小镇人，忽然觉得，有一个“位置”应该调换过来。

像将军这种年龄、这种经历的人，患有某种严重的痼疾，是难免的。对此，除了由跟他一起离职的老婆子（她在这之前是某军区医院的护士长）日常护理以外，按宽大为怀的慈悲规定，他还能定期到离小镇五十里开外的一家军医院诊察。如果毛病突然发作，没有药，也可临时到镇医院就诊。

那天，他就遇上了这种情况。当他蜡黄的脸上淌着冷汗，由老婆子搀着就要走进镇医院的诊疗室的时候，门外长椅上呆坐着的一个农村妇女突然拉住他，哀求道：“解放军老伯，救救我的伢吧，我赶了三十里路，天没亮就到了，可现在……”走廊里黑乎乎的，人的面孔很难看得十分清楚。将军伸手触到孩子的额角，立刻缩回来，喊道：“快，快把他抱进来。”随着，他自己一阵风似的扑到医生的桌前：

“医生！急诊病人！”

桌子后面，本镇最高贵的女人、镇长夫人、医院负责人、主治医生，无论从职业、地位和派头上看都毫不逊色的本镇皇后，正在给一个远房的亲戚听诊。这位亲戚正眉飞色舞地给她数着一笔账——他女儿这次订婚的收入。女医生听得如此入迷，以至于听诊器老半天没有挪动了。听见将军的呼喊，她斜了一下眼："再快，也得挂号。"马上又正视着眼前的交谈者，舒开了满脸笑纹。

"挂号了，她早就挂号了。"

"挂号了也要排队……哦，这么样养女儿倒也值得。"

"她挂的是一号！"

女医生狠狠扭过头："小王，一号你喊了吗？"

"洞洞幺（○○一）？当然喊了。"一个正弯腰打针的小护士应道。

"喊过了，她不在，得从头来。"

"谁说我不在哩，唔唔……大队医生说，伢儿得的是急性肺炎，不是痛痛腰。唔唔……"抱着孩子的妇女，不知是紧张还是失望，哭起来。

"你该明白了，她没听懂！"将军吼道。

"那就更得让她学会照章办事。国有国法，院有院规，不然，还得了？"女医生把听诊器往桌上一摔，阴沉地乜了将军一眼。

"照章办事就好。我问你，这个人挂的几号？"将军指着女医生的远房亲戚。

"嘀嘀，你今天是专门寻老娘的烙壳来了啊。我问你，你是这伢子的公还是爸？”

“无耻！”

“什——么？我无耻？你这个不识趣的老东西！我无耻什么？我反党了吗？我是叛徒吗？嗯？”

唰的一声，将军挥起了他的茶木拐棍。

狂妄的女人尖叫一声，抱起鸡窝似的脑袋。

诊疗室里静得连银针落地的声音都听得出来。除了那个惊呆了的女医生的亲戚外，屋里的人，没有一个打算从将军手上夺下拐棍。拐棍在半空中巍巍地颤抖着、颤抖着。人们巴望它痛痛快快地落下来，猛击到那个布满了肮脏雀斑的塌鼻梁上。

但是，拐棍终于没有落下来。将军伸出另一只手，抓住拐棍的另一头，紧接着咔吧一声，结实的茶木棍断成两截。

将军艰难地转过身，问自己的老婆子：“家里有药么？”

老婆子明白他指的是治孩子病的药，点点头。

于是，将军对那位农村妇女颤声问道：“你，信得过我们么？要信得过，跟我们走吧。”

这件事，立刻就传遍了全镇。一向树叶掉下来也怕打破脑壳的小镇人，脸上居然也有了一种不怎么安分的愠怒之色了。

是的，尽管我们孤陋寡闻，胆小怕事，但这也正使得我们爱凭直觉来做种种判断。如果一个“叛徒”以救人于危难为己任，而一个“共产党员”却置人民于死地，那么他们的位置，不是正好应该调换一下吗？

一连几天，街口的老樟树下，没有出现将军的身影了。人们开始用一种莫名的焦虑和怜悯，暗中议论他。有消息说，他病倒了。可是自从那次对镇长夫人“行凶未遂”以后，用镇政府的吉普车送他上军医院的优待取消了。

一群热血汉子，由那个曾在街头上说“在党光荣”的搬运队莽后生领头，在一个漆黑的夜晚，悄悄摸到二里外癞痢山上那个孤独的新房子里，把将军扶上担架，连夜抬往五十里外的军医院。

人们也许从来没有见过，一九七六年那个令人难以忍受的年头。它一开始，就用阴霾、严寒和泥泞把小镇掩埋住了。本来就不怎么景气的小镇，好像一个奄奄一息的垂暮者。

但是，小镇上的人似乎得天独厚。恶劣的气候给他们带来的，并不都是坏消息。

这天，剃头佬又神气活现地来到了五光十色的十字街口，清了清喉咙，拿出了架势。毫无疑问，将要听到最不寻常的消息了。街口的人们立刻振奋起来。

“告诉你们，将军，已经不是叛徒了，他的问题，搞清了！”

“真的？你听谁说的？”

“我的话还会假么？”剃头佬不屑地瞪了那个提问者一眼。他生平最恨的，也许莫过于对他的新闻的可信性表示怀疑了。不过，他还是接下去解释说：“你要不信，问他。”

“是我说的……”搬运队那个莽后生脸一红，他不像剃头佬，不习惯在大庭广众前说话。“在军医院住院的时候，将军原来的单位来了两个人，他们说，将军参加红军正规部队前的历史查清了，没有叛变行为……”

“哼，让老革命背黑锅背这么久。”剃头佬一下把话头截过来，继续他没完没了的述评。“我早就说嘛，把将军从脚板看到头发梢，也找不出一丝孬包的影子来呀！真……”

“真是，贵人多磨……”人们好像自己身上卸掉了什么负担，兴奋而又不免唏嘘感叹将军受过的委屈。

“那么，这一来，将军不是很快就得走了么？”这是老裁缝小心翼翼的声音。

真是深谋远虑。这个顺理成章的问题是这样令人猝不及防。大家心里咯噔一响，都沉思起来。

“咳，是也是，我们小镇庙小，怎么装得下偌大个菩萨！”剃头佬搔了搔稀疏的头发，叹了口气。这在人们中引起了一种莫名其妙的伤感情绪。

通常是这样的：当你将要失去什么的时候，你才忽然感到了它无上的价值。

“看你们！党、国家，有许多事在等将军……成天巴望人家交好运，现在好了，你们又……真是……自私！”搬运队的那个莽后生忽然愤愤然地责备起来。

什么？自私？是自私。将军有将军的岗位。那个岗位，重要极了，了不起极了。一句话，总不能叫他做我们的镇长吧？他要走了，这是值得庆贺的事。

于是，大家伸长了颈，眺望将军每天从那儿走来的路口，希望他能像以前一样，到街口这棵老樟树下来。人们觉得比任何时候都更想仔细地看看他。如果将军不见怪他们先前的胆小怕事，他们还想同他攀谈。

要同将军亲热的欲望是这样强烈。忽然有个人提出来：将军昨天才出院，一时不会出来走动，我们为什么不可以去呢？

对，为什么不可以？完全可以。于是人们一呼百应，向镇外二里的癞痢山拥去。

荒凉而寂寞的癞痢山热闹起来。

这个只有黑色的岩石和杂乱的荆棘丛的荒坡，原是小镇人最忌讳的地方。这儿打柴无树，牧牛无草，古往今来，一直是死囚葬身之地。据说阴雨晦暗时，还听得到怨鬼的啾啾悲声。这么个晦气的地方，小镇人即使路过这里，也宁愿绕个大圈子避开它。

可是现在，山上这所与牢房为邻的“新房子”，成了一座香烟鼎盛的圣庙。人们朝圣来了。

当人们拥上台阶，一眼看见精瘦、佝偻的将军时，突然收住了步子，谁也不敢第一个迈进门槛。人们的心头交织着羞赧和敬畏。伶牙俐齿的剃头佬，如簧巧舌也好像失灵了。但是，许多人在背后用手捅他的腰眼，他慌乱而笨拙地用自己也没有听清的声音喊了一声：

“将军！”

有好大一阵子，将军吃惊地睁大着昏花的眼睛，说不出话来。后来，他明白了。枯黄的脸上，两行浑浊的老泪，顺着密集的皱纹，弯弯曲曲地流下来。

癞痢山同小镇相隔二华里，并存了无数个年头，而小镇人现在才第一次用喜悦的目光来光顾它了。

人们最先惊喜地发现，将军在屋后坡上的石头缝里，挖了许多树洞。

“打算栽这么多树吗？将军！”

“是的。我想在见马克思之前，至少治好这个癞痢头。可惜，这石头壳上种果树希望不大，只好种松树。”

“莫非将军先前想在这儿隐居一辈子？”

“隐居？”

“是呀，就是像晋朝时候，离这儿三十里开外的石阳山下隐居的陶公渊明先生哪。他先前是彭泽县令，后来不为五斗米折腰，弃官归田，就像这样。不过，你种的是松，他喜的是柳，光门前就种了五棵柳树，故号‘五柳先生’。”剃头佬抓住机会，大大卖弄了一番。

“哎呀呀，你扯到哪里去了。人家是古代名士，我算个什么？儿喝，儿喝……”将军放声大笑，呛得直咳嗽。“我最大的奢望，就是让山上的树早点成林。以后有了机会，大伙动手把山脚下的那条河改造一下，给它筑上几道拦洪坝，蓄洪水。那样一来，附近农田得到灌溉之利不说，小镇也就有了有树的山，有水的河，再弄点花呀草呀，鸟哇兽哇，不就成公园了吗？！然后，我呐，就来做个看公园的老家伙。那时候哇，小伙子！”将军举起巴掌在搬运队那个莽后生厚实的胸脯子上拍了拍。“你就领着你的美人儿，尽兴儿在这里逛吧，我老头子保险不提前关门！”

“要是他们躲在你屋子后头亲嘴，你老见了，可别拿茶木棍子打他的屁股啊！”人们笑得上气不接下气，剃头佬还在火上加油。

啊，笑吧，将军！好多年，你没有笑得这么畅快了！

笑吧，小镇人！但愿你们笑得永远这样高尚！

小镇到处都在盘算和议论着，怎样像模像样地给将军送行；送给他点什么和让他留下点什么永久性的纪念；今后怎样同将军保持联系；等等。有几个人，还为争给将军饯行的先后次序，吵了起来。

但是忽然之间，一个巨大的阴影，笼罩了整个小镇。

敬爱的周总理——这个寄托着人民全部希望的伟大生命，在人民最需要他的时候，消逝了。当这个令人难以置信的噩耗宣布的当天上午，将军由老婆子搀扶着，突然出现在街口的老樟树下。

太阳升起来，苍白而无力。天气出奇的寒冷。小镇更加灰暗、沉闷、悄无声息，仿佛在严寒和悲哀中僵木了。

在料峭的冷风中，将军显得异常的憔悴。深陷的眼睛周围蒙着一圈黑晕，脸上闪着铁青的冷光。但是，他站立得比任何时候都挺拔，更像一尊铜雕。

“同志们……”他喊着，喑哑的声音听起来觉得陌生。人们默默站住了。他弯下腰，吃力地拉开一个硕大的提包拉链，露出了一整袋黑纱。然后，他又抬起头，突出的喉结艰难地抽动了一下：“请吧……”

不需要解释。人们不假思索地一个跟着一个，从将军脚前的提包里拿起黑纱，佩戴起来。

“谁叫你这样做？”镇长的一只被香烟熏得焦黄的手，从后面按到将军的肩上。

将军一声不响。

“我们已经传达通知，基层和民间一律不搞任何形式的悼念活动。你这样做，目的是什么？”

将军纹丝不动。

镇长暴怒地转过身，面对街口，大喝一声：

“你们都给我站住！把黑纱摘下来！”

人们站住了，但谁也没有动手摘黑纱。

“你们要造反吗？老裁缝，你先摘！”

老裁缝打个愣怔。看看臂上的黑纱，又看看镇长的黑脸，身上又抖了一下。

早上天没明，将军敲开了他的门，把一大卷黑布交给他。当时，那个巨大的不幸使他一下子感到全身冰凉。立刻，他就同将军一起，带着一种痛苦的庄严，忙碌起来。

现在，这个咆哮着的掌权人，强迫他做的是：把自己虔诚的良心，丢到街口的灰尘中，当众践踏。还有什么比这更使人感到屈辱？！在这个小镇上，他生活了大半辈子，他精明、谨慎、安分守己，从来没有妨碍过别人。尽管如此，他还是有过被侮辱与被蔑视的痛苦记忆，但是，他觉得，面前的这场屈辱，特别不能忍受。

他的目光碰上了镇长身后将军的目光，那两团无声但炽烈的火苗，使他火辣辣的心口更加灼痛起来。他嘴唇抽搐了一下，缓缓说道：

“莫非给周总理吊孝，犯了王法么？算啦，反正到哪里也一样，天下饿不死手艺人，你看着办吧。黑纱，我是不摘的。”

“给周总理吊孝不犯法！”

“不摘黑纱！不摘！不摘……”

小镇上，这些个在灰蒙蒙的岁月风尘中，从来是逆来顺受、庸庸碌碌的小百姓们，真的发疯了，真的造反了！他们的首领，是一位被放逐的将军。他唤起了他们心灵深处的正义力量。这股力量，把他们自己传统的怯懦和自卑，打得粉碎。

镇长惊惶地朝将军转过身来。将军连眼珠也没朝他转一下。他脸上有一种漠然的平静，这种神情，有点像他在视察一场由他指挥的战役。

但是，只有一个人，就是他的老伴知道，精神和肉体的巨大痛苦，正在残酷地折磨着、摧残着这个衰老的病体。冰冷的虚汗，已经浸透了他的内衣。他全部的神经和肌肉都在紧张地痉挛。他顽强地挺立着。老婆子不敢惊动他，但她的心在暗暗地哭泣。

“你这样做是要付出代价的！”镇长扭歪了嘴脸，呻吟似的说道。紧跟着，他从街口消失了。

一直到完全看不见镇长丑恶的影子了，将军突然张开嘴，艰难而紧张地喘息起来，然后，颓然倒下了……

几天以后，剃头佬又得到了一个惊人的消息：将军要永远留在小镇上当他的“名誉”将军了。因为他给自己惹了新的麻烦。剃头佬有生以来第一次将这件新闻闷在了肚子里。他不能站到街口去说，那样不会给他带来一点心头上的舒畅。

小镇人的心情，就像这早春的天气，才晴几天，又阴了。

癞痢山重新被一片死一样的寂静包围了。虽然每天都有络绎不绝的人群来看望将军，但他们脸上不再有笑容。

将军从那天倒下去以后，再也没有从床上爬起来。他在昏睡中，体温有时候升得很高。这时候，他无神的眼睛就直定定地瞪着天花板，时而狂怒地吼叫，时而梦呓般呢喃。突然有一天，将军完完全全清醒过来。他轮流巡视着一张张悲伤、呆滞而忽然现出慌乱神色的脸，一边喘息，一边微笑，用十分清晰的声音，艰难地说："你们，不要赶我走……我要在这儿看园子……不过你们得种树……修路……挖河……你们不会赶我走吧？啊，这就好……"

将军死了。他把崇高的荣誉，永久地留给了小镇人。立刻就传来了上面的指令：将军的遗体，就地火葬；不通知亲友；不发讣告；不举行任何形式的吊唁。但是，这种自信，实在愚蠢极了。因为，他们企图左右的这件事，根本就没有他们插手的可能。

小镇人用一种沉着的蛮横和平静的狂热，垄断了将军的后事。人们一下子就把治理丧事的领导班子推举出来。这个班子立刻就做出了决议：依照最古老、隆重的传统乡土风俗，为将军举行葬礼。这个决议没有遭到任何异议立刻就被大家接受了。

哀悼一个最现代的革命者，要沿袭最古老的传统，最蒙昧的迷信方式，对此，我不敢妄加评论。赞成吧，有复旧的嫌疑；如果反对，那简直就要冒被本镇人当作仇敌的风险。

镇上一个最老的长者，献出了整个小镇唯一的一具柏木棺材；老裁缝连夜赶制了全套的寿服寿被；遗体入殓的时候，焚起了高香，点亮了长明灯。因为剃头佬整容整得太慢，这个工夫花得很长。“八仙”由搬运队十六名彪悍的后生组成。起棺的那一刻，他们宰了雄鸡祭杠。那个被将军从垂危中挽救下来的孩子，由他的父母领着，从三十里外赶来，担任了将军的孝子之职，披麻戴孝，向所有来吊孝的人，下跪叩头。停丧的日子，癞痢山突然生出了一片“森林”，这是小镇人和小镇周围四面八方的乡村送来的孝幛和花圈。由那个将军呵斥过的炊事班小兵送来的当地驻军的巨大花圈，显得特别引人注目。

出丧是在一个阴暗的早晨。整个小镇和四方乡野，天低云垂，悲声大恸。尽管按照将军的遗嘱，他的墓茔就落在癞痢山上，但浩浩荡荡的送殡队伍还是来到小镇的街上。“八仙”们抬着将军的灵柩，依次经过每家每户门前。每经过一家，就停顿下来。等到这一家长长的一串“千字头”炮仗响完，再移向另一家。这就使得丧队的行进近乎蠕动。全长不足六百米的两条街道，竟走了整整一个上午。灵柩最后在街口那棵老樟树下，将军一向站立的位置上停了很久。人们一个跟着一个泣诉了满含着忏悔、悲痛、追挽、誓言的悼词。

对这次最肆无忌惮的“复旧”行动，加以强烈反对的主要代表者有两个：一个是将军老伴。她一再劝阻说，将军是共产党人，是革命军人，他有遗嘱，要火化，不要打扰大家……小镇人没有等她说完，流着泪哀求她：将军懂得我们，不会生气的。火化的事，我们同意，但以后再说，先让我们遂顺遂顺一下心愿吧。将军的老伴只好用力合起眼睛，尽力不让泪水流出来。另一个反对者是镇长。不过他全部的反对行动，只是半掩在办公室窗前的布帘后面，瞪着一双冒火的眼睛，把牙齿咬得咯吱咯吱地响：“等着吧，等着我来打发你们！”

历史有个坏脾气，喜欢嘲弄极力要驾驭它的人。这一年十月发生的那场惊天动地的巨变以后，的确有一些人被打发了。不过，不是镇长所预言的剃头佬、老裁缝们，而恰恰是镇长本人和同他一起靠打、砸、抢平步青云的权贵们。

当小镇人按照新世纪的蓝图，着手小镇建设的时候，首先想到的，是把将军的夙愿付诸实现。

在十月以后的这一年最后三个月里，癞痢山以及附近的几个山包挖满了树洞；镇外河岸边的垃圾堆清除了；镇上的两条街铺上了水泥；河的改造也列入了小镇附近社队的水利建设规划，几千名劳动力在春节前完成了第一期工程。

这一切进行得就像新婚典礼一样热烈，偶然也发生了一次不幸的争吵。这次争吵爆发得很激烈，引起了全镇的震动。

争吵是由要在街口老樟树下，为将军建立一个纪念碑的提议引起来的。搬运队的后生们以那个莽后生领头，竭力赞同。剃头佬则模棱两可。最后，老裁缝在人们争得不可开交的时候小心翼翼地挤到圈子中间，把他枯瘦的手颤巍巍地举起来，指着那棵老樟树，说：

“好人们啊，什么纪念能比得上它呢？它老皮斑驳，叫雷轰了顶，但它根不死！看看吧，这碧绿鲜亮的新枝枝、新叶叶……”

在老裁缝哽咽着说完这些话以后，人们忽然觉得这棵树变成了将军：一身笔挺的军装、鲜艳夺目的帽徽领章、风纪扣扣得紧严。他拄着茶木拐棍，挺直身板，不时眨一眨有点昏花的眼睛，一声不响地注视着小镇的种种变迁。

谁都确信：这不是幻觉。于是，争吵停止了。

（获1979年全国优秀短篇小说奖）

惊　涛

一　宿　怨

傍晚，七里圩终于决口了。

圩子里是被江水分隔在公社之外的整整一个生产大队。尽管这些日子干部们劝说动员得连喉咙都哑了，还是有许多人不肯离开屋场。他们不相信圩堤会破。以老九元为首的几个老头子凑钱扯了两丈红布，做了一面大大的令旗，挂在圩子中央老九元门口的一棵大树上，一天几次焚香叩头，似乎这就是最可靠的保障。

现在，洪水正用最充分的激情，向他们表示自己的感激。

公社党委书记带着几条大船在决口外的江面上团团打转，眼睁睁地看着从决口涌进圩子的洪水，一筹莫展。大船无法进入圩子，一条从决口上空横过的十一万伏跨江高压线妨碍了他们。而临时向外地求援调集的汽船和小划子又没有赶到。

就在这个时候，春甫的小机船钻出雨幕和浪谷，出现在江面上。

“靠过来！”公社书记大喊。他想要跟这条船进圩子。

小机船插到了几条大船中间。

“靠过来。”公社书记看着这条略略减速的小船，喊声轻了些。

可是他没有想到，驾驶舱里的春甫在着着实实地跟他打了个照面之后，突然喊了一声：“全俥！”然后，一弓腰打了个满舵，擦着他的船舷，一下就闪了过去。

“混蛋！”公社书记从腰里拔出手抢，把一长串子弹全部射进铅灰色的云层里。

春甫没有回头。

他叉开腿，把身子挺得更直了些。枪声那么微弱、沉闷，就像一串受了潮的鞭炮。在巨大的轰轰作响的雨声和涛声里，这样警告显得有些可笑。春甫的脸上浮起一种捉弄过别人的满足和轻蔑神情。他可以想象得出公社书记气得扭歪的脸和发抖的手，想象得出那几条大船上的所有的人那种目瞪口呆的样子。这一切，使他感到一种有些恶毒的快意。他是从几百里的外省赶回来的。在北岸他的船曾被扣住。那里的人让他把船上的货卸下来，去给他们装运护江堤的沙石。他成功地逃走了，只是丢了那船货，损失了好几百块："你以为我白丢了几百块，是为了来听你的支使么？做梦！"春甫恶狠狠地对窗外啐了一口。

春甫早就希望有个机会，能像现在这样对这些"当官的"公然地表示自己的蔑视。干得漂亮极了：人们需要他的帮助，求他，威胁他，可是他完全出乎意料地拒绝了他们。

事实上，这种情况应该由这些"当官的"自己负责任。你们平时一心为自己谋私利，到了关键时刻，谁愿意为你们卖命？春甫当过三年兵，并不缺乏服从命令的习惯，但是，一个人要是被伤透了心，那就一心希望报复，也就谈不上什么习惯了。

春甫曾经是一个非常快活的人。那次，他复员回来，穿着一身只洗过几水的军服，背着行李卷，站在大堤上，对堤下几个正撅着屁股割油菜的人高喊：

"喂，老乡！"他用的是悉心模仿了好几年的"北方话”——这是他当兵期间最大的收获之一，“你们在割啥玩意儿呀？”

离他最近的一个人从油菜丛里直起腰来，抹了一下汗水淋淋的额头，定睛看了他一眼，忽然吼道：

“死崽，老子割你舌头！”

恰好是老九元，他老子。

这一父子对歌，很久以来，一直成为七里圩的绝唱。

春甫当然并不是当了几年兵就连村上的田地都忘记了，更不至于连油菜也认不出来了。他只是要向人们宣告，他整个地换了一个人，不再是当年那个因为想就近弄清火车轮子究竟是铁的还是木头的，被司机突然鸣笛吓得休克的乡巴佬了。他带回许多神话：试管婴儿，太空人，不用营业员的超级市场……与此同时，他也带回了许多不满：他不再能安于这个同沙地一样贫瘠的七里圩。在复员回来的头一个月里，他几乎每天都去公社请求给他“分配工作”。终于有了一个机会，县里从复员军人征招公安警察，已经让他填表了，事情突然起了变化：公社书记的儿子也复员回乡了。

春甫永远不会忘记公社党委秘书那张油滑的、皮包骨头的脸：“这是没有法子的事，等下一次吧，啊？”

很难有什么“下一次”了，春甫心里明白。因为谁也不能保证，下一次不会再出现一个书记的或是别的什么主任的儿子。

春甫像石头一样沉默了。

“靠墙墙倒，靠壁壁歪，靠自己吧，自己手上的锄把子最稳当。”父亲回避着儿子的眼睛，悲伤地说。他觉得内疚，似乎儿子没有当成警察，是他的过错，是他没有尽到为父之道。他从来没有为自己的任何事去恳求过谁，同谁说过好话：以前即使去领回供粮，他也总是让老婆和儿子进去，自己则站在粮站外头。春甫回乡以后，只要他肯请大队几位干部吃顿饭，给春甫在大队的小学或是碾坊安排一脚差事，不是没有可能的。但是，老九元无论如何不肯这样做，不是舍不得。他宁肯让儿子做田，也不肯低三下四。他不谋求任何不是命定属于自己的东西，不指望任何人的帮助。他好像是一个人在这个世界孑然生存。他只相信自己，自己的力气和自己的运气。他这种孤立主义在实行了责任制之后，有了赖以生存的土地。

老九元两父子像两头无言的牯牛一样，专注有力地拉着他们的犁，一心一意地同诚实的土地打交道。实行责任制的头一年，他们把老屋翻修一新；第二年，他们买了这条载重三吨的机动船。

他们终于有了自己殷实的家业，只要肯下力气，这份家业就必定还会有长足的发展；终于肯定地不需要脸上火烧火辣地拿着借钱的纸条或是领回供粮的空布袋，去看任何人的脸色了。过年的时候，老九元不取儿子的嘲笑，在新星子的中堂，供起了“天地君亲师”位，以重礼请人书写了楹联“奉赵天菩萨命”“执九位尊神旨”“发家致富”。

与父亲不同的是，春甫不认为这一切同“赵天菩萨”或是“九位尊神”有什么关系。也许应该为那些制定政策的人烧一炷高香，可是他们又不一定对这类顶礼膜拜感兴趣。而那些成天巴望别人给他烧香的人，又不配歆享香火。不，他不欠谁的情，不需要对他看得见的什么人感激涕零。自从那次满脸晦气地走出公社，春甫心里就认定，今后除了自己的利益，他不会做任何牺牲了，公社书记和他的儿子推翻了一切高调。既然一个公社书记都只是像一个自私的农民那样差火，那又凭什么让一个农民高尚得像一个无私的公社书记呢？

春甫让船沿着横贯圩子的大路笔直地驶向自己的屋场。这条路现在已经深深地淹没在洪水底下。圩子里的水在迅速高涨。整个圩子在大水里悲哀地挣扎。远远近近那些被水淹得只露出屋顶的村庄，就像一些互相拉扯着以图免遭沉没之祸的船队。时断时续的呼救声隐隐约约地不断传来。路两边的那些大树的树冠就像水草一样在水面上摇曳。树枝上爬满了蛇、老鼠、鸡、鸭，甚至还有小猪崽。它们在狂暴的风和雨里畏缩着，惊恐地看着那些从它们眼前混浊的水面上不时漂过的牲畜的尸体，折断的树枝和散了架的屋梁、门窗、家什。所有人为的和自然的沟壑都消失了，天地之间只剩下一个差别：生存和死亡。

在远离了决口的那群人之后，春甫驾驶的这条啪啪作响的小船，在这个充满了死亡气息的圩子里显得又凄凉又孤独。他是头一次见到这样大的水。一九五四年的那次决堤，他只是听父亲讲过。春甫心里有些发紧。暴雨和不断上涨的洪水以及那些呼救声好像从四面八方挤压他，使他惶悚得透不过气来。也许应该把船交给公社书记，应该首先去援救那些最需要援救的人。在这个时候只顾自己，无论如何是有些可耻的。

两边的像水草一样的树突然中断了，春甫的船头前出现了一片开阔的水面，越过这片水面，在越来越重的暮色中显得黑乎乎的那一片就是他的屋场。春甫记起来，这片开阔的水面以下，就是他父亲承包的鱼塘。这个发现，一下熄灭了春甫心里刚刚冒出来的一点温情。

不，他没有理由一定要做一个大慈大悲的菩萨。难道有什么人关心过他们的命运么？相反，一连几年，人们都在寻他们承包的这口鱼塘的烙壳：偷捕，挖口子，丢炸药。老九元万般无奈，听任儿子把官司打到大队。大队的干部笑着对春甫说：“这怎么可能呢？先前大队经营的时候，从来没有发生过这种事呀！”

“老子——”春甫把已经出了口的粗话强吞回去，也换成了冷冷的一笑，“要是鱼塘到现在还归你们经营，那他们还糟蹋个鸟啊！”

他老子曾经是这口大队鱼塘的看守人。

老九元开头怎么也想不通，干部们怎么会有那么多会议非要到这个大队鱼塘边上的土坯屋子里来开。他默默地下网、剖鱼、烧火，跑几里路外打酒，进进出出地上菜，然后洗锅刷碗，抹桌子，扫鱼骨头。那些人吃完了，红光满面，饱嗝儿连天，有的人还跟他握个手，搭讪几句，有的人干脆一心剔着牙缝，连头也不点一下就从他面前走开了。

那年春节分鱼，鱼塘的水还没有抽干，就从公社到县，开来了各种各样的大船小船。清塘以后，两斤以上的花色鱼被这些船搜罗一空，守了几年鱼塘的老九元，最后只分了三条不到一尺长的清一色的鲢蓬头。老九元什么也没有说，不声不响地卷起铺盖回到了生产队。

等到几年之后，老九元承包这口鱼塘，重新回到这里来的时候，塘里头想要抓一条泥鳅都很不容易了。老九元在两年里头，就让这口几乎枯竭的鱼塘恢复了生气。但是这里的好处却只有他们一家独享了，大队和公社曾打算在这里开一次专业户致富现场会，动员了几次，都被老九元一口拒绝了。他不需要什么现场会，他不想摆阔露脸，他不求别人，也不愿意别人打扰他。

那就对不起了，你好自为之吧。

官司继续打到公社。公社干部摊开手："如今这样的事，就是天王老子也管不了。法不责众啊。群众对你们承包鱼塘是有意见的。"

这并不是托词。有些人对老九元一家的发迹，忽然生出了一种莫名其妙的敌意，他们要求重新订承包合同。

"好吧，那就让天王老子来管。"春甫咬咬牙巴骨走出公社大院。等到有一天夜里又有几个人来鱼塘撒网的时候，跟父亲一起睡在鱼塘边的土坯屋子里的春甫，像一头发情的公牛一样向那几个人猛扑过来，用鱼叉柄当场把其中没有来得及避开的两个扫倒在鱼塘边上。

法律被惊动了。县里派了人来，却正好是那个抢了春甫饭碗的人，公社书记的儿子。他有一张让春甫觉得厌恶的像女人一样清秀的脸。

公社书记的儿子煞有介事，一本正经地听着被害者的哭诉。他们不承认在老九元承包的鱼塘里撒过网，春甫完全是恃强行凶。

“请你谈谈事情的经过。”公社书记的儿子对春甫说。

春甫不屑地把脸偏到一边。

“你应该协助我们把事情搞清楚。这对你是有好处的。”公社书记的儿子努力装出一副老练的样子，好像他在一百年前就担任这个职责了。

春甫转过脸，挑战似的眯缝起眼睛，突然吼了一声：

“你给我死远些！”

公社书记的儿子呆呆地对春甫涨成紫色的脸注视了一阵，缓缓地合上笔记本站起来。临离开屋子之前，没有忘记抻了抻制服的下摆和正一下帽檐。

最后的处理是：春甫支付了一笔医药费，至于伤者养伤期间的误工则由他们自己负责。另外，明确指出，老九元同大队签订的承包鱼塘的合同，作为社员的正当权益受到法律的保护。

这个结果出乎老九元和春甫的意料：春甫本来是打算拼命的，而老九元也一直在为儿子的鲁莽提心吊胆，懊悔莫及。

“本来就该这样的。”春甫冷冷地说。他不想认公社书记儿子的账。

这件事情之后，老九元父子在自己做的茧里钻得更深了，同周围的世界更加疏远和隔膜了。老九元日日夜夜地厮守着鱼塘，春甫则驾着机动船跑运输，在茫茫的江面上独往独来，同风、浪、陌生的码头和荒凉的水湾做伴。

天完全黑下来了。

“不，不值得。”春甫咬了咬牙巴骨，用力掀开了探照灯。灯光穿过厚厚的雨墙，一直照到他的屋场上。在一片震天动地的轰然雨声中，屋场上除了齐屋檐高的洪水拍打着那些没有倒塌的山墙的声音外，一点别的声音也没有。人们显然都在大水到来之前转移了。春甫驾着船默哀似的绕着屋场转了一圈，最后在自己的屋门前让船停了下来。

船没有熄火。春甫走到前甲板，用篙子搭在一棵浸没在水里的树干上，让船稳定下来。他看见在自己屋门前的那棵最高的树上，有一块用竹竿挑起来的长长的被截成三角形的布，沉重地摆动着，被大雨打得笃笃作响。在探照灯的照耀下，三角形中间的那个“令”字显得十分醒目，仿佛是天王老子留下的一个笑柄。不用说，只有自己的老子有这种诚心。好在他还没有迷信到死心塌地的程度。

春甫正要抽回篙子的时候，忽然听见有一个嘶哑的声音在喊他：

“春甫。”声音小得像是细弱的呻吟。

“哪个？”春甫心里一惊。

“春甫。”那个细弱的呻吟又响了一声。是从水草一样露在水面上的树枝底下传出来的。

春甫回头把在底舱照应柴油机的水手喊上来，让他把探照灯对准那蓬树枝扫射，终于从发亮的树叶中看到了老九元那张刚刚露出水面的多皱的脸。

“过来。”春甫回头对掌着探照灯的水手喊了一声。等到水手接过了他手里的篙子，他便立刻纵身跳到水里，很快地游到父亲身边。

“来吧。”春甫一只手抓住老九元头边的一根树枝，一只手伸给父亲。

“不行，还有一个人。”

“在哪里？”

“我肩膀上。”

春甫这才发现父亲的肩上扛着一个人。这个人全身都浸在水里，水面上时隐时现地露出他的一点点臀部。

“他死了。”老九元喑哑地说。

“他是谁？”

老九元紧紧闭起眼睛，更加含混地咕哝了一声。

春甫听出来，死者是公社书记的儿子。

“他一直在这里防汛……他让我走，我不肯……后来水来了，他抱我上树，树上挂着蛇，他伸手去抓……”老九元眼泡浮肿的眼睛依然紧闭着，像是在祷告。“要不是我，他就不会……让蛇咬到……”

春甫用力咽了一口。喉咙里干巴巴的，什么也没有。

“你带他走。”老九元忽然睁开眼睛，“圩子里要还有一个人没有从水里出去，你就不用来见我。”

“你呢？”

“我没有脸跟他一起走，没有脸！你带他走吧。不要让他淋雨，把那块红布扯下来，包起他……”

老九元最后指的是那面令旗。

春甫又一次面对面地看见了那张清秀的脸。在探照灯底下，这张脸惨白而瘦削，这还几乎是一张没有成年的孩子的脸，并不像春甫以前感觉的那样像女人。

春甫掉转船头。

从后面传来一阵沉闷的咯咯的响声，然后是砖头和瓦片落进水里的溅落声。他知道，他们盖了没有几年的新屋倒了。

春甫没有回头。

几天以后的一个夜里，春甫翻了船。他和他的船被调去支援杨桥圩抗洪，给他们抢运卵石。他像一个要给自己赎罪的人一样，不顾旁人的劝阻，每一次都强蛮超载，强蛮在大风里开船。那天夜里，雨和风浪都特别大，他的船又装得特别多，结果，没有开出多远，船就被风浪打沉了。船后来在江边的石山脚上撞得稀烂，他也几乎丧命。

二 烽 火

他们离开堤上的哨棚，向江边走去。

滩上的柳树林已经被江水浸到齐腰高了。遥远的地方：夕阳似乎因为被密密的柳树的枝叶掩映的缘故，又圆又大又红，一点也不刺眼。比先前宽阔得多的江面上，流淌着仿佛是夕阳褪下来的胭脂，闪着一缕缕斑斓的光彩。李欣让秋霞抓住自己的胳膊，一起蹚过柳林，爬上泊在柳林外的大船。这条船是县防汛指挥部调到这里来待命的。

上船以后，秋霞在高高的船头上坐下来，毫无顾忌地看着李欣脱下衣裳，露出一身鼓鼓突突的像铜铸一样的健美的肌肉。等到李欣长长的强壮的身子从高高的驾驶台顶上跃下，像鱼一样轻巧地钻进江水里，秋霞的心便像一下提到了喉咙眼上，她屏住气息，两手死命地抓住船帮，目不转睛地盯住江面上李欣刚刚消失的地方。每一次，她都像头一次看见李欣跳水时一样紧张，尽管后来她知道，李欣一定会活着在江面上露出来。

她就是那头一次，觉得自己的魂魄一下子让李欣摄去了的。

李欣是县政府办公室最年轻的干事，全县防汛总动员一开始，他就同县直机关的另外几个人一起被派到杨桥圩这个哨棚上来了。

在这伙人里头最快活的是李欣。他走到哪里都是个宠儿。在机关里不用说。他脑子灵，反应快，能言善辩，还常有几首小诗在报刊上发表。领导赏识，同事眼红，进机关才一年多就成了预备党员，不到二十五岁就当上了干事。到了这个全县最边远的公社，他的年轻、聪明、好长相更是一下子就成了注目的中心。哨棚刚搭起来没有几天，那些有事无事从棚边走过的当地姑娘，总是要偷偷地朝里面看一眼。

第一个越过羞涩这道防线，大胆地走进棚子的是秋霞。她十九岁，据说是整个杨桥圩里的一枝花。李欣他们在杨桥圩跑了一圈之后，也确认了这一点。

秋霞走进县防汛工作组的哨棚，是在李欣大显身手的第二天早上。

头天傍晚，李欣跟同来的几个县里干部在江边洗澡。李欣涂了满头的肥皂沫子，从船帮子上一头栽进水里。等到他从水面上露出头来的时候，船尾巴上那几个只敢用提桶从江里提水洗澡的干部怂恿说：

“跳得真不错啊，敢不敢从再高些的地方跳？”

“这里根本就没有高地方。”李欣爬上船，撇了撇嘴说。

“怎么没有，敢上驾驶台顶吗？”

李欣看也没看他们一眼，就上了货舱篷顶，然后又爬上了驾驶台顶篷。这里离水面顶多不过五米，比起他在游泳池跳过的十米跳台，简直就是一个小台阶。这对李欣根本算不了什么。读中学的时候，体训班的老师就一再鼓动过他——如果不是从事行政工作更有兴趣，他是完全有希望成为一名相当优秀的跳水运动员的。他一弓腿，往江面一跃，在半空中两臂紧贴胯骨，转体三百六十度，快要接近水面的时候，才舒展双臂;然后并拢，像一只掠过水面的燕子一样，轻轻地消失在水面以下。

在堤脚边洗衣服的女人都“啊”地惊叫起来。李欣入水以后，老半天也没有浮起，一时间江边上出现了紧张的气氛。可是，李欣却从大船下游那一边老远的地方爬上了岸。他沉着地沿着江岸走来，半裸着的矫健的身子在温柔的夕阳下闪闪发光。他微笑着，充分意识到自己的表演所产生的影响。岸边所有的人都回转身来看他。他好像在检阅由一支崇拜者组成的仪仗队。

当时，秋霞就在这支崇拜者的队伍里。她痴痴地看着李欣从自己身边走过，然后上船，穿上衣服，然后同那几个干部一起下船，唱着歌穿过柳林，回到堤面上的那个哨棚里。一直到身边有人用棺棰打她的腿肚子，跟她说她洗的衣服要被江水漂走了，她才突然像是从梦中惊醒过来。

第二天一早，她走进了哨棚：

“你们有衣服要洗么？”她面朝那几个年纪大些的干部，眼睛却不由自主地瞟着李欣，“队长让我来问的。”

队长就是她父亲。

“有啊。”棚子里一片欢呼。这些暂时离开了贤妻良母的人，最头疼的就是洗衣服。

可是，下午，秋霞把叠得整整齐齐的衣服送回来的时候，却引起了一阵不快。

“见鬼，你把我的衣服给染过了吗？”李欣接过自己的白衬衫的时候叫起来，眉毛像牙痛似的皱到一起。

“怎么？”一直在等着李欣说句好话的秋霞陡然变了脸色。无疑，李欣的这件衬衫她是洗得最精心的。

一件洁白的衬衫洗过之后几乎变成了米黄色。这是混浊的江水犯下的罪行。

“怎么能把它拿到江里去洗呢？”李欣抱怨说。

怎么不能呢？秋霞迷惘地眨着噙满了泪水的眼睛。自她第一次挽着竹篮去洗衣服开始，不都是在江里洗的么？她的祖宗八代，她周围的所有的人不也都跟她一样么？

“在你们这个地方，应该用明矾澄清后的水洗白衣服。”李欣感觉到自己有些过火，缓和了一下口气解释说。

秋霞一把夺过李欣手上的衬衫，一扭身跑出了哨棚。

李欣心疼不迭的那件衬衫用“明矾澄清后的水”重洗了一遍。秋霞还跑了五六里路去公社供销社买了漂白粉给它漂白了一次。这使得李欣又感动又有些羞愧：

“我只不过是说说罢了，你怎么就当真了呢？”

“‘说说罢了’？你那副样子只差没有把个活人吞下去。”

“真是对不起。谢谢你。”

“‘谢谢’？谢谢值多少钱一斤？”

“那，那我就给你唱支歌，要不，给你表演一次跳水？”

秋霞笑了。泪水却在眼眶里打转。

秋霞几乎成了这个哨棚的一个新成员了。一有空，她就到这里来。她包洗了干部们的衣服，还不时给他们带来花生米、爆蚕豆、小干鱼和家酿酒。

“这一切，都是托你的福啊。”秋霞不在的时候，另外的几个人一边津津有味地呷着酒，一边不无醋意地恭维李欣说，“你是我们的骄傲，我们的幸福。”

李欣笑而不答。富于魅力，难道不值得骄傲吗?

秋霞每天傍晚都来邀李欣到江边去。她一边洗衣服，一边看他跳水、游泳。而今天，她来得比往常早些，并且没有带要洗的衣服。吃晚饭的时候，她听当队长的父亲说，担任全县防汛总指挥的县长从公社来了电话，让李欣明天跟他一起去跑九个汛区公社检查抗洪措施的落实情况。水情正在日益严重起来。根据最近的气象预报，今年长江的水位很可能超过新中国成立以来最高的一九五四年。秋霞匆匆吃了一碗饭，就马上跑来找李欣了。不知为什么，她突然觉得心里乱极了，好像生活里有什么最重要的东西，将要永远失掉似的。

李欣从水里爬上船之后，秋霞让他坐到自己身边。

“今夜里，你们不开会么?”

“不开。”李欣说，他知道，即使开，也没有关系。

他们对他不会那么认真的。

“哦。”秋霞低下头，把辫梢放到嘴里。

李欣并没有注意秋霞的表情有什么异常。他无忧无虑地唱起歌来。

“我站在高山之巅，望黄河滚滚，……”

他不像当代的许多时髦青年那样喜欢唱流行歌曲，他讨厌港台音乐那种靡靡的俗气的调子。他唱的是壮阔豪迈的《黄河颂》，这很符合他此时此刻的心境。

夜来了，江面显得更加宽广而深远。对岸那些淡青色的小山坡，就像浮在水面的雾气里若隐若现的岛屿。山脚下，闪着一明一灭的火光，那是停泊着的渔船上在生火做夜饭。

李欣的歌声在无遮无拦的江面上传得很远。他的声音浑厚、洪亮，情绪也掌握得相当好。江中间一条拖着一长溜木排的拖船上，有一个人发出了一连串“哟——嗬嗬嗬嗬”的吆喝声，显然是对李欣的喝彩。

“……多少英雄的故事，在你的周围扮演。……”

李欣更加起劲地唱起来。他的自我感觉太好了。的确，无论从哪方面来说，他都是这样完美。

他突然停下来，他听见秋霞的哭泣声。

“你怎么了？”

“不怎么，我很高兴。”秋霞慌张地赶紧咬住辫梢。

“高兴还哭什么呢？真怪。”

“你唱你的嘛，莫管我。”秋霞摆动了一下身子，可是，又忍不住接着说，“不晓得怎么搞的，我忽然想起我那个冤家来了。过端午他来送节，说是今年下年就要接我过去。”

“他是谁？”

“你去过七里圩么？”

“去过。”

“听说过一个叫春甫的么？驾船的。”

“没听说。”

“那老九元你也不知道么？”

“不知道。”

“出了名的古怪人。爷崽两个一个样，又自私又孤僻。”

“你说得这么绝对，就没有一点好处吗？”李欣轻轻地笑起来。

“你还笑。见我命苦你开心啊。”秋霞嗔道，接着叹了口气，“好什么，不就是人实在一点么。”

“实在？实在算什么好处？乡下人有几个不实在

的。”李欣同情地说。

“就是嘛。”

“定亲多久了？”

“两年。”

“那总该有点感情的吧？”

“感情个鬼。坐半日说不上三句话，像只瘟鸡。”

“那你当初怎么会答应呢？”

“娘老子定了，由得你么？”

“怎么由不得？包办婚姻是违法的。”

秋霞低下头，又抽起鼻子来。

大暴雨之前的天气闷热得要命，江面上一丝风也没有，稠乎乎的空气好像凝住了。

“烦死了，烦死了，不说这些。”秋霞忽然举起光光的手臂用力擦了一下眼睛，往李欣身边靠了靠：

“你明天一早就走么？”

“是啊，你怎么知道？”

“你莫问，还来么？”

“怎么不来，顶多两三天。”

“两三天？”秋霞眼睛定定地盯着船头前在朦胧的夜色里涌流的江水，“那么长啊。”

水里呼啦响了一声，一条鱼在跃水。

“我会想你的。”秋霞抬起头，忽然说，“你喜欢我么？”

李欣怔了怔。

“你说呢？”过了一会儿，他问。

“不喜欢。”

“为什么？”

“我连衣服都洗不干净，你喜欢什么？”

“洗衣服？这跟洗衣服有什么关系？”李欣声音含混地说，有些莫名其妙。

一只萤火虫在他们面前飞过。

“听说城里人都用洗衣机？”

“也没有‘都用’。”

“可惜，我不会用。你教我，要得么？”

“你打算买洗衣机吗？”

“若是进了城，就买。真的，我想到城里去过日子。你愿意帮我么？”

“要是有办法，一定帮你。”

“怎么没有办法，只要你……”秋霞又低下头，用力咬紧辫梢，她听见自己的心在咚咚地跳。过了好久，她用极低的声音怯怯地问：

“你明天真的要走么？”

“唔。”

“还来么？”

“你怎么了？不是已经说过了吗？”

“哦，对了。”秋霞吃吃地笑起来，“我真怕你不再来。”

李欣捂着嘴巴，无声地打了个呵欠。

第三天下午，县长的船从杨桥圩前经过。李欣同县长和几个干部坐在前甲板上。他们的神情都极为沉重。就在他们进行全县大检查的这两天里，七里圩破堤了，并且牺牲了一名公安干部。

“哎——哎——哎——”堤上有人在叫唤。

“是喊我的。”李欣说，他看见秋霞站在堤坝上对他们拼命招手，见船没有靠岸的意思，又急得连连跺起脚来。“要是船离得近，她真会跳下水来。”李欣又补充了一句。他希望人们知道，他是一个被人热爱着的人。

“看来，你们在这里的群众关系不错。”县长夏邦清评价说。

“恐怕不只是什么‘群众关系’吧？看她，简直是块望夫石了嘛。”另一个干部用手指指堤上的秋霞说。他们已经离开她很远了。她现在正一动不动地站着朝这里遥望。在下了大半天的大暴雨之后，两块乌黑的云中间忽然射出一道强烈的阳光，从她的身后照过来，在她的头顶和肩头勾出一道金色的边。

“那好哇，防汛一结束，我们就有喜酒喝了。”几个干部说。秋霞的出现，仿佛就是那两块乌云中间射出的一道阳光，使船上阴郁的气氛轻松了一些。

“开玩笑。”李欣拖长声音，正色说。似乎大家把他同这么个乡下女子扯到一起，是蓄意贬低他。

大家都不做声了。李欣当然不至于跑到这么边远的地方来找一个乡村姑娘。在县城里，他早已是好几棵白菜中间的一只山羊。他所以没有急于同什么人确定恋爱关系，是因为他肯定自己不会在县里待得太久。他给到县里来检查工作的省里的一些领导干部留下过很深的印象，他们都曾经表示过，希望有机会把他调到身边去工作。他的前途还远远不可限量。

因为赶着帮县长汇总检查的情况，李欣快半夜才沿着大堤从公社回到杨桥圩。

哨棚外的堤坡上有一个坐着的黑影，是秋霞。

"你一直在这里等我吗？"

"鬼等你。刚卸完船，在这里歇脚。"秋霞眼睛看着江水。

她说的并非不是事实。她身边的扁担和箢箕就是证明。

"我以为你死得不来了呢！为什么不在这里下船？嗯？"秋霞的声音有些发颤。

"有事呀。"

"有事？有事就不可以应人家一声么？"秋霞像是受了天大的委屈。接着，她忽然说："我看见春甫了，刚才卸的就是他的船。"她一下从堤坡上站起来，挑起箢箕，狠狠地盯了李欣一眼，一扭头，走了。

"想让我妒嫉。"李欣觉得有些好笑。

江水已经超过了一九五四年的水位。杨桥圩正在连日连夜地加紧抢运卵石。春甫的船就是破堤后被集中到这里来的。由于大暴雨和堤身空洞渗水，杨桥圩出现了好几处大面积塌坡。主要劳动力都去抢救堤坡了，一部分老人和妇女则轮流值勤，不分昼夜地巡视其余的堤段，及时发现新的险情。李欣被安排负责巡视任务。

一段时间来，多少会有些间隙的大雨，现在就像不要命似的不停地下着。像泥浆一样浑黄的江水已经漫到离堤面不到一米的地方了。大风非常轻易地把江水一层一层地掀到堤面上，以至堤坝里面来。走在堤面上，就像走在一条处于惊涛骇浪中的船的甲板上，情景是非常吓人的。一想到江水像一只从四面收拢的巨掌，随时可能把像破蛋壳一样脆弱的堤坝捏成齑粉，你就会觉得不寒而栗。

“拉着我。”秋霞靠紧李欣的胳膊。她牙齿咯咯地响着，被雨水和风掀起的江水淋得透湿的身子在簌簌抖动，“吓死人了。”

那天夜里，秋霞一离开李欣，马上就后悔了。她赌气、发火是完全没有道理的。李欣在忙公家的事情，难道他只是为了你秋霞才到杨桥圩来的么？再说，人家并没有许诺过你什么呀。

第二天一早，她就跑去找李欣认错。

“你没有生我的气么？你不晓得，你走了那几天，我就像落了魂一样。我真巴望我们一天也莫再分开……”她本来想问一句：“你呢？”但是一看李欣板着的脸，又把到了舌头上的话吞回去了。是啊，现在不是时候，水涨得这么厉害，哪个有心思只顾谈情说爱呢？

他们已经不可能再去柳林外嬉水了。柳树林现在几乎被江水淹到了顶。大洪峰到来之前那种暂时平静的有节奏的生活结束了。秋霞常常一整天一整天地看不到李欣，不能像现在这样单独跟他在一起。

秋霞是在值了上半夜的更被人换下来之后，在回家的路上碰到李欣的。李欣正拿着电筒沿着圩堤查哨。“我跟你一起走。”秋霞在大雨里吧嗒吧嗒达地跑到李欣身边。

在电筒光穿不透的无边黑暗里，铺天盖地的大雨哗哗地轰响着，在堤坡上溅得老高的江水不断扑到他们身上。大自然的淫威，在黑夜里似乎加大了好几倍。“我怕得要命。”秋霞更紧地靠着李欣，缩了缩身子。

李欣紧紧地挽住秋霞的胳膊。不知为什么，他现在觉得有些感激秋霞。在这样的雨夜里，要是一个人独自沿着十几公里岌岌可危的大堤踽踽而行，毕竟是有些孤单的。

他们在一个哨棚面前停下来，棚子里一个人也没有，堤面上也没有看到他们的影子。

“该死。”李欣骂了一声。常常有这样的事：下半夜值更的人没有按时来接班，而上半夜的人等不得，跑掉了。

“那是什么？”在李欣用电筒上上下下地照射着大堤的时候，秋霞忽然惊叫起来。她两只手同时抓住李欣捏电筒的手，让电筒的光柱又一次落到她刚刚恍惚看到的可疑的地方。

一个直径至少五十厘米的水柱，正从圩堤里面离堤脚不到十米远的地面冒起来。紧接着他们发现，在这个水柱周围方圆上十米的范围里，还有无数个泉眼在翻着水泡。

“泡泉群。”

李欣觉得自己的头嗡地一响。

“快发信号！”

可是他们在哨棚里什么也没有发现。报警用的枪和铜锣都被带走了。

就在这个时候，他们听见了土块崩塌的声音，同泡泉群垂直的前面不远的堤段在塌坡，陷落，紧接着，江水从陷落处漫过了圩堤。

“天哪！”秋霞叫了一声，举起两只手蒙住自己的眼睛。

“快！点火！”李欣拉起秋霞就往身后不远的一个柴垛跑去。每一个险段的堤面都堆着这样一个柴垛，是用来点燃烽火的。

火柴一根一根地灭了。有时候，柴垛底层的麦秸点着了一片，眼见得就要烧大了，又被风吹灭了。“该死！”李欣不住地咒骂着，手也越来越厉害地抖起来。

“你等一等。”在一边打着电筒的秋霞忽然记起来，离这里不远的地方有一个抽水机房，那里有柴油。她连滚带爬地向堤脚下跑去。

黑暗中只剩下李欣一个人。不远的地方，传来洪水漫进圩堤的轰然声和决口不断扩大的崩裂声。巨大的声响听起来是这样可怕。李欣忽然想起有经验的人讲起过的那些耸人听闻的故事：在洪水涌进堤内的当口，会冲出十几米深的大坑。如果有谁陷在决口里，那就会被冲得连一根骨头都找不到。李欣忽然觉得全身发软，觉得他脚下的堤坝在松动。

等到秋霞提着一大桶柴油爬上堤面，来到柴垛边的时候，李欣已经不在了。秋霞惊慌地大声叫喊起来。

圩子里，至少在两条田埂以外的地方，传来了李欣的回答：

“快来吧，秋霞，来不及了，那里太危险，秋霞——”

秋霞忽然觉得自己什么也听不见了，仿佛世界骤然之间安静了下来。

“那你走吧，快快地，远远地走开吧。”她对着黑暗的远处轻轻地说，心里头涌出一种奇怪的从来未曾体验过的柔情——一个母亲祝福自己的儿子时的那种柔情。

然后，她从容地转过身，把柴油倒在柴垛上，走到背风的那一面，一下就划着了火柴。一直到确信它会烧得很远的地方都能看见的时候，才沿着圩堤决口相反的方向飞快地跑起来。

杨桥圩在天亮的时候灌满了水。水面显得非常平静。连续了几天几夜的狂风暴雨也好像接到了一个强有力的号令一样突然停歇了，似乎它们的目的就是要摧毁这个渺小的杨桥圩，而现在它们心满意足了。

李欣受了伤。他在组织群众转移的时候表现得十分英勇。从决口的北堤一直跑回人口集中的南堤之后，他一口气也没有歇，就立刻跟着那些慌慌张张地抢运粮食和财产的人一起忙起来。一直到一块从倒塌的山墙上分离出来的碎砖头砸破了他的头。现在，他正静静地躺在他刚到杨桥圩来搭的那个哨棚里，接受着人们的慰问，等着送往县城医院治疗。

已经搞清楚了，在决口的那个险段负责值更的两个当地人，是在发现泡泉之后离开的。他们从屋场来时忘了带铜锣，而等他们鸣枪的时候，又发现枪里的撞针断了，根本打不响。眼看着一切已经无可挽回，他们居然不顾一切地跑回了屋场去抢救自己的坛坛罐罐。他们将要受到严厉的处分。相形之下，李欣的形象显得格外高大。人们唏嘘感叹着，向这个了不起的青年人表示极大的敬意和感激。

“当然要给你请功的。”跟李欣同来杨桥圩的几个县里的干部疲惫、憔悴地盘腿坐在他身边。“真要得，小伙子，你是我们的骄傲。”几个人咧开因为上火而干得发裂的嘴唇笑了。这一次，他们是真诚的，没有一点揶揄的成分。

秋霞突然气急败坏地出现了。她一路喊着，一直扑到李欣的身边跪下来。

“伤到哪里了？要紧么？”秋霞不顾有旁人在一边，面对李欣裹着绷带的头俯下身子。

“不要紧。”李欣轻轻地说。把头偏开，难为情地看了看那几个县里的同事。

他们知趣地站起来，钻出了棚子。

“你好吗？”那几个人走出去后，李欣拉过秋霞的手，合在自己掌心里。

“好。”秋霞低下头，哽咽着。

“我一直在想着你，生怕你出事。”李欣伸出手，帮秋霞把垂到眼睛上的几绺头发往后抹了抹。

秋霞的肩膀抖得更厉害了。

“等一下我就要走了。有件事，现在就想跟你说，好吗？”

秋霞拼命点头。

“你不是想要进城吗？我能帮你的忙。”

秋霞觉得自己的脸和耳朵像火一样烧起来：

“现在说这些做什么呢？只要你好，就什么都好了。”她喃喃地说，心里头却巴望他说得多些、更多些。

“不过，你要答应我一件事。”李欣用力揉搓着掌心里的秋霞的手。

“你说吧，我什么都答应你。”

“真的？”

“我何时骗过你？”

“那好吧，事情也很简单。现在，大家都说昨夜是我点火报的警。我希望……你也这样说。你能给我这样证明，是吗？”

“什么？”秋霞睁大眼睛，脸一下变得煞白。她把手从李欣的手掌里抽回来，搁在自己屈着的膝头上，“你说的是这个？”

“你不答应吗？嗯？”李欣的嘴可怜地翕动起来，抬起身子重新一把抓过秋霞的手，“答应我吧，秋霞……你知道，我入党还在预备期。再说，再说……我喜欢你呀。”

“我答应你。”秋霞低低地、一个字一个字地说。听任李欣把自己的手重新抓过去。

李欣难以觉察地舒了口气，却又隐隐约约地觉得像是失落了什么东西似的有些惆怅，有些懊悔。“她真是迷上我了。这一下，要拒绝她，就真不那么容易了。真是活见鬼，这场该死的洪水，这个倒霉的破圩子。”他忽然在心里诅咒起来。

可是，吃过早饭，上船的时候，送行的人中，李欣却意外地没有看到秋霞。

秋霞在另外一个地方上了另一条船。她是去七里圩看春甫的。

春甫的船就是在昨天夜里翻的。他不知道杨桥圩已经决口，仍然从对岸的石山往这里抢运卵石。翻船后，他被人救起，送回了七里圩。

（获1984年全国优秀短篇小说奖）

镇长之死

一

十几年前，我们小镇文化馆一个面黄肌瘦的年轻人，因为写作了一篇小说改变了默默无闻的命运。那篇小说获了那一年的全国文学大奖，他后来也因此被调到省里去做专业作家，自然是很扬眉吐气的了，整天一副天才在思考的深沉样子，在镇子里走着，觉得一切都那么琐屑和肮脏，心里充满了悲悯。没想到有一天却遭了一个人的当头棒喝。

那天他在镇中学里跟一班崇拜者讲了奋斗史回来（他调省的调令已经来了，这些日子许多单位都抓紧请他讲演），过河的时候，忽然看见对岸的镇长。镇上的河水浅，河上删节号似的横了一串大卵石，便是桥。他看见镇长时，已经走过一大半卵石了，镇长就在卵石后头站着。过了桥，他本来打算侧着脸从镇长身边擦过的，镇长却喊住了他。

“那个写小说出名的，就是你么？”

镇长光头底下那张尽是疙瘩的脸绷紧了，让他有些发毛。他垂了头，四处张望，惊怕地发现自己孤立无援。

“人倒霉，盐罐子生蛆。如今是人是鬼都往我头上扣屎盆子。你这小子只顾自己出名，就不管别个死活了。我一个小镇长，迫害得了那么大一个人物么？如今你小子是行了时了，老子却是永世不得翻身了！”

镇长话说得咬牙切齿，却并没有什么进一步的行动。说完了就沿了那串卵石一跳一跳地走了，再没有回头。等他过了河，年轻人才缓过神来，回头看定镇长那一撅一撅的屁股明白自己再没有了危险，怒火便一点一点在心里升腾起来。一再下决心追上去，朝那屁股上踹一脚，终是隐忍住了。他气得还不至于失去理智，真是要打起来，镇长的两只手指头就可以捏扁他的。

当时的镇长早已不是镇长了，被停了职，在镇上的蔬菜大队劳动，待分配工作。他的被停职，当然不是因为那个年轻人写的小说的缘故，但那小说跟他却不是没有一点关系。小说里写了一个级别很高的老干部被流放到小镇来，镇上以镇长为代表的恶势力给了他许多的迫害。倘若不是因为镇长的处境，小说作者肯定不会把反面人物安排成“镇长”的。

二

那年轻人的得奖小说里写到的镇政府当时叫镇革委会——听说有些读者曾就此提出质疑，说作者违背了历史的真实。这意见并不错，只是少了些幽默感——当时的镇革委会倒是很革命的，就在镇口的大路边上，先前是本地一个大姓宗族的祠堂，多年失修，破烂不堪，四墙裂了缝，已经歪斜了，屋头上长了草，衰败成灰色；祠堂改成办公室后开的窗子上，没有玻璃，蒙在上面的是包装化肥的透明塑料袋。“文革”的时候才在满墙刷了红漆黄漆，不是为了维护屋子，是为了写语录。红红黄黄的颜色像在一张苍老的脸上化妆，不仅是难看，简直是狰狞。屋子里也几乎没有一样完整的东西，桌子要互相靠着才放得稳，椅子要靠了墙才敢坐，会计的算盘和圆珠笔上都包扎着医院用的胶布。镇上原本就穷，再经了几年革命洗礼就更清白了。不过，再穷也有穷开心的法子。镇长到小镇上任，开第一次镇革委领导班子会，就领教了这开心。

乡镇上从来没有按时开会这一说。人总是先先后后参差不齐，说是九点开，十点人能坐拢就不错。等人的时候，先到的人就讲笑话打发时间。领导干部又主要讲的是跟领导干部有关的笑话：上级来了一位领导，大会上做报告，首先宣布来意："我这回，是专门来搞妇女"，顿一下，才说"计划生育工作的"，接下来就自谦，"我是个大老粗，有多粗呢？你们妇女主任知道。昨天晚上，我们摸了一下，一直摸到下半夜……"等等。在这类笑话里，开心的对象总少不了妇女主任。说多了，就觉得是老套子，没有新意。这一天，有人出了个点子，对另一个人说，我们莫总是图嘴巴皮子快活。今天不来素的，要来就来点荤的。你平日跟妇女主任眉来眼去，今天敢不敢当大家的面，在她胸口抓一把，也给我们开个眼界。

大家就起哄，一致说："好！"一片山响，如同誓师。

妇女主任是六八届下来的知青，很积极能干。下来不到一年就入了党，成了知青模范。镇革委筹办妇代会时被抽上来，以后就留下来当了新生的妇代会主任。镇上的知青有"五朵金花"，最好看的两朵都进了镇革委。一朵是镇广播站的播音员，一朵就是这妇女主任。妇女主任是工农兵型的，很丰满壮实，胸脯特别高，让许多人垂涎。

被提议的那另一位是镇革委副主任（也就是副镇长），妇女主任就是由他发现推荐上来的，两人的关系自然也就不一般。私底下有人问他跟妇女主任是不是有事。他总是反问：你看呢？分明是得了手的神气。只是大家还没有看到公开的证明。

妇女主任总是最后一个到会。一是因为来早了，会让这些臭男人没头没脑地打趣；二是因为当了干部，又碰到场面的事，一个女人上下总要收拾得光鲜些。那天她穿了件短袖衫，那衫子很薄，其实遮掩不住什么，里面肉色的胸罩远远看起来跟没戴一样。（这其实是镇上人的看法。妇女主任的穿着还是很得体的，只是因为带着些城里人的趣味，镇上人觉得有些惹眼就是。）

妇女主任高耸着那似乎没有戴胸罩的胸脯，大踏步地走进来。她走路的步伐和声响，跟她说话做事一样，都是很轰动很壮烈的。相反，屋子里倒是显出格外的安静。一向高声大气的男人们都凝了神，似乎在深思国家和世界的前途。这使妇女主任有些意外，有些奇怪，又有些泄气。回回，她总是最招人注意的，这回却遭了冷落。

“出什么事了么？”

她也不由得放轻了脚步，走到副镇长身边推推他的肩。

先前闷头抽烟的副镇长慢慢地把吸剩的烟头在一块西瓜皮里揿灭，忽然一扭头，伸出那只粘着瓜汁的手，一把抓住了妇女主任的一只乳房。

屋子轰的一声像是突然坍塌了。先前一个个做出深沉样子的男人们一齐爆发出哄笑，有人笑岔了气，连同椅子一下仰翻在地上。

妇女主任并不示弱，劈头盖脸地同副镇长揪打起来，一片“死鬼、畜生”地乱骂，脸涨得通红。但听起来，只有三分恼怒，却有七分快活。

终于平静下来，副镇长宣布开会。镇上原先的镇长调走了，一直由副镇长主持工作。副镇长原以为自己这回填镇长的空是没有疑义的，没想到县里却又派了新镇长来。

“今天的会，就是欢迎新镇长。”

副镇长懒洋洋地说，瞟了一眼在对面角落里坐着的一个人，又懒洋洋地举起手带头拍巴掌。好像他刚刚想起来屋子里还坐了一个镇长。底下的巴掌跟着响了几声，稀稀拉拉也是懒洋洋的。副镇长是本镇人，从读书到工作——一直没有离开镇子。镇政府也大都是跟他一起共事或由他提拔起来的熟人。大家都看他的眼色行事。在他上面，镇长换了好几位，都待不长。但是上面也绝，宁可走马灯似的换人，就是不给他转正，他也就立了志斗法。县里要调他走，他就是不走。又抓不到他什么大错，他在上面也有帮忙说话的，就这样僵持着。对这一回新来的镇长，他自然也是不在乎的了。

新来的镇长不但没有可以让人在乎的地方，反而是很让人看不上眼的。一个疤痕累累的瘌痢头，那疤痕显然是剃头佬的杰作，粉红间以灰白。这累累疮疤之间，偶有几绺稀毛，像沙漠上的骆驼草。脸很黑，满是粗糙的皱纹和紫色的小瘤子。这样一个人来做镇长，实在是对全镇的一种欺负。

这欢迎会，不过是个例行公事，显示副镇长大度。因此他们该说什么说什么，该做什么做什么，全然不顾及新来的镇长会有什么态度。镇长也一直安然地坐着，带着一种憨憨的新奇看着众人。众人笑，他也跟着笑。众人笑完了，他也就不笑，只不说话。等到副镇长宣布了请他说话，他才开口。

他说他今天并不是头一回到镇上来。县里决定调他到镇上来之后，他已经在镇上各处转过几回，镇上七七八八的情况，他是晓得一些的。

他的话一出口，大家就听出他的中气是很足，嗓门也大，但是他克制着。他的话听起来很和缓，但其实很硬扎，没有一句客套，也没有一点要请教的意思，甚至没有一点隐讳："今天的会不必开长。这样的会开长了也没有意思，欢迎不欢迎我反正都得来。我看这样，办公室下个通知，开个两级干部会，把全镇下属各单位的负责人都集中到镇里来，镇革委所有负责人都参加。报到时间就定在下个星期一。"

镇长说完就宣布散会，随即就起身走出会议室。既没有问副镇长有没有什么补充，更没有征求任何人的意见。会议正式开始到结束，前后不到十分钟。

其他的人一时待在座位上没有动。大家面面相觑，觉得这回有点“来者不善”。有道是“十个瘌痢九个哈（音hǎ，同‘蛮’）”，这回恐怕是遇上一个难剃的瘌痢了。

副镇长脸色铁青。跟镇长的这头一回交手，他明显是输了。镇长毫不客气轻易地就把会议的主动权夺了过去，等于把他晾在那里。末了他冷冷地一笑，他对自己在镇上的绝对地位还是有信心的。

镇长第二天上班就坐在镇革委办公室，一直看着办公室主任把会议通知起草、油印出来，又分装信封邮寄出去。然后又吩咐要一个一个单位打电话，保证不能缺漏一个人。电话要做记录，他回头要核实的。

三

又是公函，又是电话，应到的人全部到齐。其实不是这样，人也到得齐的，除非哪个遭了天灾人祸。那年头，乡镇干部指望开这类会，就像伢儿指望过年，说的就是：口里没有味，开个现场会。

但这一回副镇长却有了别的心思。会议后勤，由他具体负责。他通知办公室主任，新镇长来了，要有新的作风，开革命化的会，会议伙食按最低标准办。以往都是在财务规定的范围外再增加一笔开支，这笔开支跟规定的经费比是大头，出处最后都分摊给下属各个单位。各单位的头儿都来了，分享了这开支的结果，他们都很乐意，因为理由很正当。副镇长这回不增加这笔开支的理由也很正当。办公室主任心领神会，但心里有些打鼓：副镇长这一手很绝，明摆着是要坍新镇长的台，却让你恨得想咬他也找不到地方下牙了。

镇长听汇报的时候却说，要得，就要这样。听口气不像是反话，倒似乎是正中下怀。镇长后来又让把租用的客栈退掉，把镇革委的办公室都腾出来铺了干禾草，让参加会的人全部打地铺睡在这个老祠堂里。厢房不够，镇长自己带了镇革委机关的干部就睡在堂屋里。好在这祠堂有些规模，参加会的连工作人员一起不足半百，勉强挤得下。只是吃和拉有些问题。祠堂做了镇革委机关后，在屋后加了个院子，建了食堂和厕所。先前主要是供机关的人使用，现在一下子加了许多人，自然就难以满足需要。镇长说，革命化么，就化彻底些。这样的困难有什么大不了的，尿就滋在墙根上，拉屎和吃饭，分批。凡事妇女优先。

大家觉得新鲜，倒没有几个有怨言。报到的当天夜里，一屋子男女嘻嘻哈哈，荤的素的，笑话不断。

第二天起来大家都变了脸色。不晓得从何时起，祠堂外布了岗哨、背了真枪实弹的民兵，不准一个人出进。屋子里的几只摇把电话也都摇不出声音，明显是有意切断了线。大家你看我，我看你，不晓得出了什么事。正要闹，镇长一下从什么地方站出来（他夜里不晓得什么时候出了祠堂），身后跟了两个武高武大的带枪的民兵。他清了清喉咙、压低了声音说，大家不要乱，哪个作乱莫怪我不客气。老子今日就是来专政的。你们这帮家伙，共产党叫你们当干部，你们一件好事不做，不是爬灰就是作奸。把男人轰出去上水利，自己就去糟蹋人家老婆、女儿。镇上我是来了些时候的，你们各人做的好事一桩也瞒不过我。这回我让你们自己交代。老实交代了没有事，哪个要打埋伏，我拆他骨头。现在都去吃早饭，吃完了，回到各人铺上写交代。交代一个出去一个。一日不交代，一日不准出这祠堂门；一辈子不交代，我就让他坐穿牢底。莫想带口信，莫想串供。两里路外我就派了岗，除了雀子跟老鼠，哪个也过不来。

这些年，大家什么莫名其妙的事没有见过做过。自己对别人做得，别人也就对自己做得。理是没有讲头的，镇长将来时，大家听说是有些来头的。倒不是做了什么惊天动地的事业，是因为县革委主任看重他。

县革委主任是“三结合”后从军管部队留下的，又是刚成立的省革委主任的直接下级。说是说强龙不压地头蛇，但也还有一句话：“好汉不吃眼前亏。”

不满三天，大多数人都写出了交代。那三天里头，整个祠堂里死气沉沉。镇长派了民兵，轮流在各人的铺前来回逡巡。堂屋和厢房里只有一片轻轻的翻动引起的禾草的窸窸声和笔尖在纸上的划拉声，偶尔夹杂着一二声咳嗽和叹息。有人放屁引起了嗤笑，但立即就止住了口。夜里，才有人做噩梦，从地铺上跳起来，鬼哭狼嚎。值夜的民兵，哗哗地拉动枪栓，又压抑下去。

白天，镇长在食堂的仓库里清出了个角落，等着一个接一个来送交代的人。他不看，让交代的人自己念。他闭起眼睛，一边听一边拗椅子。那个人念完了，他才睁开眼，说："行，材料放在这里。你可以回去听候处理。"三天后，祠堂里只剩下镇革委机关本身的几个人。副镇长一直咬紧牙，黑了脸，仰在自己的地铺上，用无言表示最高的轻蔑。妇女主任和办公室主任也都没有动静。镇长并不跟他们打照面。到第四天上午，他让民兵把妇女主任带到食堂仓库里来。好长时间，他一言不发，闭着眼睛，专心地拗他的椅子。妇女主任则隔着桌子坐在他对面，低头捻自己的衣角。这几天她也没有认真梳洗，披头散发，面色蜡黄。先前的风骚劲一点看不到，像一棵霜打了的菜。

镇长终于开口，说："别的我都不想问，只问你一件事。有一回你开妇女会，讲计划生育，动员大家上环，有人担心上环出事，难受，你说，你就上了环，一点事没有。你一个大闺女，上环做什么？”妇女主任抬起头，愣愣地看了一会儿镇长，忽然哇地一下哭起来。这几天，因为副镇长的顽抗，她也一直硬撑着。现在，她实在撑不住了。

妇女主任随后就交代了自己的错误事实。镇革委没有干部宿舍，家不在镇上的干部要在镇上过夜就睡办公室。妇女主任没有成家，就只有住在镇妇联办公室，在床铺和办公桌中间挂张帘子。副镇长的家在镇下面的生产大队。他平时很少回去，也在自己办公室搭了张床。逢到别的干部都不在的时候，他把祠堂大门一关，同妇女主任就做成了夫妻。妇女主任起先不肯，到底受了他的培养，却不过情分。他说，这是对她最好的再教育……

镇长打断她的哽咽，说：“你不必讲那么细，不要前言也不要后语，把刚才讲的这段写下来就行。”

妇女主任刚出门，办公室主任一头撞了进来。他已经在门外等候多时。他两只脚索索抖着几乎要下跪。镇长让他坐，他坐了几次也没有坐稳，屁股老是不得落实。他牙齿咯咯地打着战，结结巴巴地求镇长高抬贵手。他说他胆子小，做不成什么事情。年轻时冒失过一回，到如今一想起来就心惊肉跳。他把那次冒失写在了纸上，作为交代：那时候他刚到镇上，做民政工作。有一回，一对在他手上打了结婚证的新婚夫妇来找他，说是圆房三天了，就是成不了事。那时正是正月里，镇政府很多人都还没有来上班。中午他在镇上的一个亲戚家里喝了很多酒，身上正是火烧火燎的，就突然心血来潮，对那男的说，你在这里待着，我给你老婆检查一下，就带了那女的进了自己的宿舍。那时候的人百分之百相信政府干部。相信干部，也就是相信政府；相信政府，也就要相信干部。那男的也就老老实实地等。那女的也就老老实实地让他检查。他检查的办法很实在，就是把那件事做一遍，算是试验。试验结束，他大汗淋漓地把那女的带到男的面前，说，没有问题，通了。过了一个月，夫妻二人居然带了礼来谢他，说是他们那回一回去就果真成了事，现在怀上了。他涨红了脸不敢再看他们。他是罪该万死，利用了革命群众对政府的信任，应该让革命群众打翻在地，踏上一千只脚，一万只脚。

镇长耐心地听办公室主任念完了自己的交代，停止了拗椅子，睁开眼睛，没有像对待先前的那些人那样让他把交代留在桌上，倒是隔着桌子，伸手把办公室主任手上的那叠纸接过来，扇扇子似的摇了摇，然后拿过桌上的打火机，点着了那叠纸。火舌沿着那叠纸的下角往上舔，一片一片燃烧后的碎屑虫子似的飞起来。一直到快要烧到手指了，他才松了手。又看着那点纸屑烧完，收缩成一团，打了个旋飘起，才抬起头，对办公室主任说："这件事就到此为止。"

办公室主任一直惊怕的睁大的眼睛里泪水一下涌出来，一直想跪没有跪成，现在咚的一下跪了个扎实。

镇长笑了笑，说："行了，以后注意，要跟路线，不要跟人。"

办公室主任说："我晓得的，晓得的。你就是路线。"

以后的日子，镇长就带了那一大摞交代一个单位一个单位去落实处理。自然并不是每个单位的负责人都有偷鸡摸狗的劣迹，但这些人也都搜肠刮肚地写了些平时吆五喝六、好吃懒做的事来凑成交代，斗私批修总之很彻底，只求尽早出那祠堂门。镇长一律拿了对付办公室主任的方式如法炮制，当了各人的面烧了各人的材料。他说，他要看的就是各人的态度，各人今后的工作。至于过去的账，一笔勾销了。

但有一个人，他没有放过。他把妇女主任的交代作为揭发报到县革委。全国上下都正在落实新发布的最高指示，检查知青工作，就等着要一个典型。副镇长刚好撞到枪口上，问了个奸污女知青的罪，抓起来判了重刑。依县革委主任的意思，要杀头的。好歹副镇长在县里有些关系，许多人冒险说情，才保住性命。

妇女主任自然在镇上待不住，回城去找了个工人下嫁，随后就调去了丈夫的那个烧砖瓦的工厂。

四

然后是镇长一生中最辉煌的一段日子。

省革委主任是个极有雄心也极有胆略的人，抓工业抓农业都有许多惊世骇俗的创造。镇长的真正发迹，就得力于这创造。

根据我们这个农业省丘陵、山地多的特点，省革委主任亲自确定了一个改天换地的战略，概括起来是个顺口溜："八字头上一口塘，周围栽树满山岗，中间一条机耕道，新村建在山边上。"就是在两条山丘的上方拦坝筑水库，水库下边的田垄中间修机耕道。先前田垄中间的村庄全部拆迁到山丘脚下去，建成像军队营房一样整齐的"新村"，简称"大搞八字头上一口塘"。

进行了全省的动员布置，社社队队都必须大搞八字头上一口塘，不搞的按反革命论处。

小镇除了镇子之外，就有一个种蔬菜的农业大队，而且在平畈上。没有山丘，也就搞不成八字头上一口塘。但镇长还是召开了全镇大搞八字头上一口塘的战略部署动员大会。镇长说，搞不搞是态度问题，搞成什么样，是水平问题。没有山，建不了塘，机耕道总可以修的，新村总可以建的。

一散会，就让人按事先画好的机耕道、新村规划图打石灰线。线一打出来，就让人动手，边拆旧屋，边做新屋。那个农业大队一时鸡飞狗跳，烟尘滚滚，却有一个村子没有动静。这个村子还恰恰紧挨着规划图上的机耕道，是非拆不可的。

这村人所以这样胆大，不怕做反革命，是因为一个寡妇做了他们的盾牌。这寡妇的屋子立在这村子的最前沿，而且压着那条按规划图打出的石灰线。寡妇是新寡，男人害病，没有钱住医院，在家里拖了几个月死了，给寡妇留下了六个儿子，最小的还在怀里吃奶，最大的刚刚挑起一担粪。

镇长听说居然有人敢对抗，便带上民兵跑了来。寡妇面对气势汹汹的镇长和把枪端在手上的民兵，全无惧色。几个儿子都挤在她身边。她一手搂着吃奶的儿子，一手挡定了自己的屋门说，横直是死，你们有种就把老娘一家人连屋子一起拆！

一村子男女都围上来，看镇长怎样唱这台戏。

镇长的瘌痢头涨得通红，眼角很有力地弯下来，射出凶光。

“真不走？”

“不走！”

“还是走吧。”

“不！”

“那就怪不得我了。”

镇长咬了咬牙，后退一步，示意民兵上前。几个民兵围上去，把寡妇一家人一个一个地从屋门口扯开。寡妇一家人杀猪似的号叫起来，骂声、哭声惊天动地。寡妇满地打滚，“畜生”“瘪瘸”骂个不休。围观的人中，几个年轻的血性涌上来，鼓牙咧嘴地想要冲出来拼命。镇长喝道：哪个敢动？动就开枪！年纪大些的赶快靠拢那几个年轻人挡了起来。镇长回头，向一台早已停在那里待命的拖拉机挥了挥手。

马力很大的“东方红”轰轰地冒着黑烟。履带沉闷地咯啦咯啦响着，好像是从每个人的胸口轧过。寡妇的那幢茅草盖顶的土坯屋几乎听不见声音就塌成了一堆土。

一村人一哄而散，晓得是再没有理可讲了，都回去抢自家的东西。想让这样一个哈巴瘌痢发善心，除非日头从西边出来。

镇长并没有让拖拉机继续推下去。他对生产队长说，去，叫他们莫慌，不作对就行了。先去清新村的地基。

寡妇一家人则被关在生产队的仓库里。寡妇已经声咽气短，依旧挣扎着要寻死觅活。镇长让人把她的手脚捆住，系牛一样系在柱子上。跟寡妇一样捆住的，还有她那个可以担起一担粪的大儿子。

夜里，镇长一个人摸到仓库来，让把守的民兵开了门，交代他不要让别人进来。自己进了仓库，又随手把门带上。

仓库里的情形很狼藉。寡妇的几个儿子，除了老大跟她一样被捆着，吃奶的那个白天已经被民兵抱走，其他几个儿子横竖乱躺在地上，满头满脸乌黑，都沉沉地睡着了。有一个忽然翻动了身子，嘴里咕哝了一声，似乎是喊饿。白天让人送来的饭菜仍七零八落地搁在地上，一口没有动过，早已冰冷了。显然是寡妇有过绝食的命令。寡妇的大儿子是醒的，看见镇长进来，肩膀动了动，又无力地垂了下去，目光也很黯淡。镇长进门的时候，坐在地上的寡妇大约是睁开过眼睛的，但现在她头歪着，仰靠在柱子上，眼睛紧紧地闭着。她明显在极力控制自己。从梁上悬下的那盏马灯离她的头不远，灯光亮亮地照着她的脸。那张脸枯黄而憔悴，像一张干缩的贴上去的纸。但她的眼睛的上下眼皮在格外有力地紧张地颤动，里边有一股凝聚的极大的力量在向外奔涌，却不是眼泪。

镇长垂了头，静静地看着。他好像感到了疲倦，感到自己要垮了，突然双膝一软，跪在了寡妇面前：

“婶娘！”他轻轻地喊着，“我对不起你！”

寡妇睁开眼睛，狐疑地看着镇长。

镇长避开她的眼睛，看着地下，继续说：“我也是没有法子。都是吃五谷杂粮长大的，我不晓得我们瞎办不得么？现在上头叫办，你不办，是要法办的。法办了我一个人不要紧，你们到头还是躲不过这一劫的……”

寡妇往起欠了欠身子，嘴巴嚅了嚅，忽然把一大口带血的痰吐到镇长的额头上。

带着脓血的腥臭的痰慢慢地流下来，流进眼窝，又顺着鼻梁流到嘴唇上。镇长任它流，不擦。

“有气你只管出吧，只要不作践自己。死鬼给你留了群崽，这就是宝，不要几年，他们一个个就会像扁担一样站起来了。”

寡妇重又闭上眼睛，不理睬他。但眼皮子却不再抖动了。

“婶娘！”

镇长又喊：

“我是为你好。拆了旧屋你可以住新屋。新屋让队里做，不要你出钱。几个伢崽就算我的兄弟，我月月给你们送口粮。我活着在，你们就死不了。”

寡妇第二天就带着大儿子上工了。大家都觉得蹊跷。寡妇原是三番五次地真的寻过死的，现在却安静下来。日子不咸不淡，都很硬扎地拖着。寡妇本来话就不多，镇长那天夜里又交代过，他许的愿，她不要在外头说。自古救急不救穷，他就是一身是铁，也打不了几颗钉的。

镇长的话都做了数。新村建好之后，在生产队的新仓库边搭了两间披厦，安置了寡妇一家。镇长如期给寡妇一家送了几年米，回回都是夜里他自己背去。一直背到寡妇那个吃奶的儿子都上队放了牛。镇农业大队吃的是定销粮。镇长背的米，都让粮站用自己的名字记在账上，到他下台的时候，粮站举报了这笔贪污粮。寡妇那时候正有一个儿子要去当兵，怕政审不合格，不敢出头给镇长说话。便让大儿子凑了钱，夜里送到镇长家屋去，让他去归还粮款。镇长不收，说，虱多不痒，债多不愁，了了这回事，我不还是个罪人？一直到镇长死了，寡妇熬不过良心，到坟上烧纸钱，才把这些哭诉出来。只是这时候说什么也都晚了。

镇长落个很惨的下场，是很多年后的事。当时他是红得发紫的。新村建好之后，全县都到小镇来开了现场会。县革委主任把这里的经验总结后又专门报告了当省革委主任的老首长，引起了老首长的极大兴趣。接着又在小镇开了全省的建新村现场会。省革委主任带了随员、记者以及全省各县的革委会主任浩浩荡荡几百人到小镇来，把镇里镇外压得塌了三寸。镇长先是成了省劳模，接着又成了全国劳模。省报和全国的大报都登了他的大幅照片。那颗疙里疙瘩的瘌痢头经过很巧妙的洗印处理，竟反而有了几分艺术效果。

但这回的现场会也差点惹出大祸。

五

原说是视察了新村，在现场会开始时做完指示就到市里去的，但讲话的时候，话筒突然没有了声音。省革委主任掼下话筒，回过头就要发作。正在主席台后侧照应扩音器的镇广播站播音员赶紧跑出来，抓过话筒连拍了几下，仍是没有动静。她很尴尬，一时慌了手脚。整个会场的气氛也一下僵住，似乎是等待着一场战争的爆发。

省革委主任的脸色却不知为什么重又容光焕发起来。他和颜悦色地对可怜巴巴的播音员说，小鬼，下去吧，我讲话本来不需要扩音的。接着他就大了声讲起话来，并且越讲越有兴致，幽默风趣，妙语连珠，不时引起满场的笑声和鼓掌。

吃过饭，省革委主任竟不走了，对镇长说，让广播站那个小鬼来，我想跟她谈谈。

让人敬畏的省革委主任在位不久，全省各级领导就晓得了他的一个极有个性的嗜好，就是每到一处就要找些好看的女孩子进行革命教育。他虽然年过半百，但精力旺盛得吓人，白天不论怎样辛苦劳碌，这教育还是要通宵达旦的，一点不知疲倦。他抓这教育同他抓革命、抓生产一样都是极有魄力的。就有了种种传言，说是省革委主任到了哪里，哪里的母鸡都要赶紧穿裤子。都说这是阶级敌人用心险恶的攻击，但私底下大家又都把这攻击一遍又一遍用心不险恶地重复，还加了一个形象的描绘，说是“大搞八字头上一口塘”。

镇长说，那太好了，省革委主任要在小镇过夜，要对播音员进行革命教育，无疑是对播音员最大的鞭策，最大的鼓舞，也就无疑是小镇广大革命干部和革命人民最大的光荣，最大的幸福。我马上去做安排。镇长欣欣然、跃跃然，受宠若惊。

然后他就陀螺一样在镇革委的院里院外转起来，收拾省革委主任一行过夜的房子和床铺；吩咐准备省革委主任一行的夜宵；布置保卫省革委主任一行的民兵岗哨……省革委主任很感动地说，你歇着吧，忙活一天了，把那小鬼给我叫来就行啦。

“好的，就来了。”

镇长一边雷厉风行地调度，一边利落干练地应诺。

但是镇长再次出现在省革委主任面前的时候，仍是一个人。

“小鬼呢？”

省革委主任显然有些不悦了。他迫不及待地要做一个女孩子的工作，结果却老是这么一只可恶的瘌痢头在他面前进进出出。常常有这样的情况，许多下级干部以为只要自己忠心耿耿、尽心尽责就能讨上级领导喜欢，却往往因为抓不住上级领导的主要意图而总是搔不到领导的痒处，反而更添了领导的心理负担，使得种种殷勤、种种辛苦都成为一场白忙。更严重的甚至招致领导人怨恨。因为领导干部的有些心思是要靠下级去领会而不便明确指示的。一个下级干部乖巧不乖巧，能干不能干，要害和标志常常就在这里。

镇长自然不是不乖巧、不能干的人，只是这一回，他实在无能为力：他去找镇广播站播音员的时候，才听说，仅仅在约五分钟之前，播音员搭了一辆拉货的便车，匆匆赶去了城里搭火车。当时她刚刚接到从上海老家打来的电报，祖母病危，让她速归。她甚至来不及向镇长当面请假，写了张假条连同电报一起让人带给镇长，就哭哭啼啼地跑到公路上搭车去了。

镇长现在带来的，就是这张电报。他请示省革委主任要不要过目。那上面还留着一个上海女孩子到什么时候什么地方也免不了要用的护肤脂的温柔气息。

省革委主任锐利的眼睛静静地看了一会儿镇长，什么话也没有说，径直从镇长身边走过，走到门外，喊了一声什么人，就径自走到了镇革委的院子里。

几辆从省城开来的吉普车很快就轰轰地吼起来，雪白刺眼的车灯横扫着镇革委的院子。随后，车队就向镇外的黑暗风驰电掣似的扑去。

被省革委主任抛下的镇革委的一院子人都呆了，弄不清省革委主任为什么忽然做了战略转移；来的时候轰轰烈烈，小镇一时间福星高照；走的时候阴阴森森，小镇似乎要大难临头。这样的跌宕起伏，反差实在是太大太猛了。小镇人见的世面、经的事少，受不得这样的惊吓。

镇长倒是很安然，说，首长就是这样火爆的性格，工作作风一向泼辣，这在全国都是很有名的。真要有什么也是我担着，没有你们的事，各人回去吧。

后来果然也真没有什么事。镇长和小镇都依旧是全省的先进典型。镇长后来还是依旧多次出席了全省、全国的各种表彰会、讲用会、经验交流会。省革委主任也没有因为那天晚上的事对他生出什么隔阂。证明是，镇长后来还特地从省城带了一张省革委主任在一次会议上单独接见并同他亲切交谈的合影的放大照片回来。那照片用镜框镶了，挂在镇革委会议室主席像的下边。不过，再后来，这又成为镇长上了反党贼船的铁证。

省革委主任那天晚上突然离去给小镇留下的谜，也是在镇长下台后解开的。

先是镇邮电所的所长揭发镇长曾经让他给镇广播站播音员——那个上海女知青出一张假电报，让她回上海。当时的小镇邮电所还没有直接的电报业务能力。外地来的电报先打到城里的邮电局，再由那里挂长途到镇上，镇邮电所记录后再送交收报者。但那天城里并没有电话来。播音员上海家里的那个电报，电文是镇长在电话里口授的。他当时想问，镇长说，你莫管，照记就是。记了，亲自送到播音员手上，不准再对别人说这回事。你要误了事，我法办你。邮电所长说，那时候，这个臭瘌痢在镇上一手遮天，我给他吓住了。今天终于可以伸张正义、水落石出了。

专案组把这件事单独立了一个案，口授电报的事，镇长供认不讳。他并且补充说，播音员祖母生病也是事实，只不过老人家早已瘫痪在床。另外，那辆货车，也是他临时安排的。后来，那个播音员从上海回来，同样是他写信通知的。回来的当天，他就给了她一张上大学的推荐表。推荐表上所要求的全部手续，都是在他的监督下闪电式地办完的。正好是上海的一所美术院校，播音员没有几天就永远地从镇上消失了。

专案组派人去了上海找那个前镇广播站播音员出旁证，证实了上述的种种。正在上大学的播音员只是一直没有搞明白，那天晚上镇长为什么突然来找她，告诉她家里会有电报来，让她接到电报马上动身，到镇街口的那棵樟树下面去，那里会有一辆货车等她，千万不要犹豫。镇长说，你什么也不要问，走你的就是，以后有机会再告诉你原因。回了上海先住着，什么时候回来，我会给你去信。你要不听我的，出了事那就莫要怨我。镇长当时的样子又神秘又紧张。播音员虽然有些糊涂，但让她回上海总是件意想不到的好事，她也顾不得那么多了。后来镇长又来信，让她回小镇办理上大学的手续。她就赶紧去了，又快快地回上海了。就是这样。至于镇长那天为什么匆忙让她去，她后来一直也没有问，也没多想，因为没有必要。她觉得这个乡下人样子难看死了，心肠倒蛮好的。问到她晓不晓得镇长为什么对她那么好，她笑一笑，说："谁晓得！"脸上分明现出上海人常有的优越，意思很明白的：我这样一个上海女子，能不让男人喜欢么？！而且是那样丑的一个外省乡下人！给人的感觉镇长是打了她的主意，癞蛤蟆想吃天鹅肉的。

这样倒使镇长得了一个解脱。专案组原是想从中问出镇长同播音员的私情的。看这种情形，委实也不像。回来再向镇长做最后核实，问他为什么对播音员那么关照？镇长说，你们想是为什么呢？你们怎样想怎样写就是了。结论横直是你们做的。

六

镇长的辉煌很短促，像扫帚星划过小镇的空中。

先是中央的副统帅，接着是省革委主任，接着是县革委主任，接着是镇长，一个一个地被押上了历史的审判台。就像他们当初理直气壮地把别人押上历史的审判台一样。据说，他们竟是串通好了谋反的。省革委主任大搞八字头上一口塘，是战略工事的一部分。他那回来小镇，主要是来看地形的，计划在小镇修一个地下指挥所。那天晚上说住下又突然撤走，就是为了保密。总之事情很严峻，很可怕。大家这才晓得，一个臭瘌痢当初能那么不可一世，原来竟有这样的背景，也就激起大家无比的痛恨，声讨起来一个个义愤填膺。

但这个“臭瘌痢”却满不在乎，开批斗会的时候，他依旧像先前做镇长时一样神气活现。

一上台，他跪下一条腿，另一条腿伸着，两条手臂平展着。主持人喊：“你起来，我们不搞体罚。”他说：“我自己罚自己，跟你没有关系。”主持人说：“你这样子是什么意思？”他说：“你这还看不出来？我没有文化的都认得：一个头，两只耳朵，平伸两只手，伸条腿，跪条腿，这不是个‘光’字么？不过不是光荣的‘光’，是光卵一条绳的‘光’。如今我光卵一条绳，什么都不是了，甘心情愿接受批斗。”大家听了，又看他怪模怪样，想笑又不敢笑，就开始揭批。

镇食品站的站长上去说：“你当个镇长，专搞特殊化，回回买肉，精的不要，肥的不要，专要猪头肉。镇上一个月才供应几头猪？一头猪有几两猪头肉？你回回只要猪头肉，别个吃什么？要是让你这样的人篡党夺权的阴谋得逞,劳动人民不重吃二遍苦，重受二茬罪，才怪哩！”说着狠狠地跺了跺脚，高呼：“我们是一千个不答应，一万个不答应的！”

在台角上的镇长疑疑惑惑地瞟了瞟食品站长，说：“你是表扬我还是揭批我啊？世上哪有不吃精不吃肥只吃猪头肉的人？我是穷得没有法子啊。你要喜欢，二回我拿猪头肉跟你换精肉、肥肉，你只莫加收我的钱就是。免得你吃二遍苦，受二茬罪。”

食品站站长给他说得噎住，一时不晓得怎样回复。主持人就及时地喊：“下一个上来。注意这是你死我活的阶级斗争，要说大是大非问题，敌我矛盾问题。”

“我来！”

下面一个人奋勇地应了一声，挺身而出，是镇革委办公室主任。

办公室主任先前是跟镇长跟得最紧的一个。大家人前人后叫他“镇长的吊刀”。他并不恼火，反而乐意，说是“跟路线”，一脸自豪。镇长也是少不得他的。镇长走到哪里都喜欢讲话，讲话便少不得稿子，稿子都是由办公室主任写。写得好不好，主要就看厚不厚。拿到手上，先掂掂分量，再看看页码，好几十页，就说要得！

但是，其实，再短的稿子，镇长也念不完的。他放牛放到十几岁才去上小学，上了没有几年，家里没有口粮了，就又回去种田。他胆大。他那个山里没有学校，他居然敢办学，一个人当校长当老师——当老师又教语文、又教算术、又教画画、又教体育、当伙头、当打钟的。当了几年，教出些什么桃李自然是天晓得，倒是他自己出了名，被调到公社做干部。“文化大革命”，他那个公社造反最早，司令自然是他。他把公社机关所有的公章用麻绳串成一串，当裤带系在腰上。大约是因为大家都晓得十个瘌痢九个哈，居然当地没有人敢另立山头跟他对抗。有几个人背后嘀嘀咕咕过几回，想想还是觉得惹不起瘌痢，便死了心。因此，“文化大革命”了几年，别的公社都牺牲了人，他那个公社连武斗也没有发生过。瘌痢也就因此显得出类拔萃，然后就成了镇革委主任。唯一可惜的是字依旧是认得不多，跟镇长的身份远不相称。但是他决不肯因此跌价，稿子总要有一定厚度的，因为那是镇长权威的体现。至于念不全，他有法子解决。

那法子很简单，就是将稿子复写成两份，他拿一份，另一个字认得多的人拿一份，他做报告的时候那个人就站在他身后，遇到有他不认得的字（先预先看一遍做好记号），就给他提词。本来这不失为一种可靠的保障，但他性子急，有时候报告做到兴头上，他就顾不得听人提词，依旧信口开河地念错。好在他不怕出丑，别人要是纠正了，他马上又改回来。比方，他把“赤裸裸”念成了“赤果果”，后边提词的人赶紧轻轻地纠正：不是“赤果果”，是“赤裸裸”。他听见了，就放下手上的报告稿扭回头大声问：“不是赤果果？”“不是。”“是‘赤裸裸’？”“是。”“那好。”他回过头，对台下黑压压的一片人说：“我刚才念错了，不是‘赤果果’，是‘赤裸裸’。”对他念错字别字，大家开头常笑，后来见他坦白得可爱，就笑不起来，反而觉得他人实在。他的坦白就像他对待自己的瘌痢。别的瘌痢六月三伏都想方设法捂着，他则一年四季从不戴帽子，就那样暴露着，摆阔似的。

办公室主任走上台的时候，镇长并没有什么惊讶的表示，事情原本也是意料中的，“文化大革命”了几年，这种人见多了。

办公室主任的揭发主要围绕着镇长做过的报告里的黑话，都是些大歌大颂“四人帮”及其爪牙的话。这些话都有文字根据的，出自某年某月某日在什么会上的报告。办公室主任说得有鼻子有眼，一清二楚。

镇长起先一副满不在乎的神气，听久了，好像有些烦，就说：“那些话都是你写的，我不过就念念罢了，还念不完全。要是有罪，你总要担当一半，莫往我一个人头上栽赃，莫墙倒众人推哟。”

办公室主任给他说得尴尬，站在台上脸红一下，白一下，憋了好久，突然声嘶力竭地喊：“你作威作福的时代一去不复返了。到如今你还敢强辩，你有几个脑袋？！”

镇长低了头，咕哝说，我有几个脑袋？我要有几个脑袋，还会要这个瘌痢头么？！

虽然是咕哝，但声音大家都听得见，不由哄笑起来。主持人赶紧抓起话筒喊“严肃些，严肃些”，却自己也终于忍不住笑了。

七

对镇长的处理没有批斗时以为的那么严重。到底只是个基层干部，红是红过，却同上面的那些大人物没有什么非法的组织上的瓜葛。但已经批斗成敌我矛盾了，总不能一风吹，就下到蔬菜大队去劳动。镇长自然不当了，但工资还在镇上拿，先挂起来再说。

这一挂挂了有六七年。这期间，不管是镇上的还是外面赶到镇上来的受了冤枉的大干部、小干部都落实了政策；以这冤枉和平反做素材写了电影、电视和小说的文人许多出了名，还没有听到他有工作变动的消息。那个年轻人写的获奖小说里关于镇长迫害老干部的事，自然跟他没有关系，因为他不在位上。但小说出了名，大家便都对号入座，把那个该死的“镇长”安到他头上，因为只有他在背时。他有怨气，也是自然的。但他却并不是一个记恨别人的人，那回在桥头跟那个春风得意的小人物偶然相撞，他那些话，其实并非特地找人麻烦，心里未必有什么恶意的。

这可以从他后来说的话里得到证明。

那之后不久，他就死了。他随拖拉机进城去送菜，中间有段山路，是个下雨天，山路打滑，拖拉机翻到山坡下，把几个坐在拖斗菜堆上的人一起扣在里边。他和生产队的一个副队长把拖斗前边有抓手栏杆的地方让给了几个女社员，两个人坐在旁边的车帮子上。车子一翻，车帮子就横着压在他们身上。那个副队长当时就死了。他送到镇医院还活了几天。死之前他不知为什么特意提到了两个人：一个是那个镇广播站的播音员上海女知青，如今她是电视、电影上能让一般观众觉得脸熟的演员了；另一个就是那个写小说的人，如今是杂志、报纸上常常出现名字的作家了。一个他拼了命救过，一个他做过垫脚石。好歹这镇上也出了有头有脸的人物了，好像这些都成了他的脸面。这使大家很是为人性的弱点感慨。人终是不甘心寂寞的，像他这样一个人，早已一文不值了，却到死还要把自己同名人攀扯上。这些名人其实同他八竿子也搭不到边。

那位女明星曾经到镇上来过一回。他们要拍一部电视剧，里边也有一个像法国的《巴黎圣母院》的敲钟人那样的角色，内心美好，外表奇丑。他们在上海当地找了好久都没有物色到理想的人。最后，女明星忽然想起了她插队地方的镇长。当时他还没有死。一伙人风风火火跑到镇上，一打听，“镇长”在下边监督劳动，懊丧不已，后悔当初没有先打个电话来问问情况，弄得白跑这么一趟。这地方又没有什么可白相的。

那位作家来得晚些。那回在镇上的小河桥头同镇长的遭遇，让他什么时候想起什么时候恶心，脸上不由得就发烧发烫，就像是当众被人抽了一耳光。在省城听说“镇长”死了，他还恨恨的，遗憾不能鞭尸。以后年月久了，关于小镇的记忆日渐淡薄，自然也就淡薄了“镇长”和“镇长”对他的侮辱。直到不久前，他同省城文化界的几个朋友觉得在城里待得有些腻了，想寻一处偏僻乡村找一点回归自然的感觉，叫作寻找“精神的家园”。其中一个人忽然想起作家发轫的小镇，几个人就雀跃起来，说是去访一访作家的故居。结果几个人同样是大失所望。

十几年之后的小镇，早已面目全非。镇上先前排列着古旧雕楼的老街早已拆了个精光，代之而起的是用劣质水泥和等外瓷砖敷就的店铺门面。镇外的小河早已干涸（据说是由于上游办了工厂，抽多了地下水的缘故），却造了粗蛮的水泥大桥，叫“长虹卧坡”，那几个字也不知出自哪位庸官的手笔，写得极恶俗。沿河修了很宽的马路，却让各类摊贩拥塞得水泄不通。总之是了无牧歌的情趣。几个人要走，又错过了返回省城的班车。县里来作陪的人很惭愧，觉得对不住让他荣幸了一回的这帮人，挖空心思想了好久说，静穆的地方倒是有一个，就是作家写过的癞痢山，先前那位老干部流放的地方。那里的树都长起来了，成了林，不过如今那里是镇上的公墓区。不晓得各位有没有兴趣。

大家说：那有什么，爱和死本是永恒的主题。正要去感受感受死亡意识。

癞痢山倒真是差强人意。因为其实只是一个大土坡，坡也平缓，从山脚铺了很宽很直的水泥台阶达到山顶。顶上是造型简陋却不失庄重的当地烈士的纪念碑。纪念碑俯视的四面山坡上，便是本镇仙逝者的归宿。因为是新开辟的公墓区，坟茔都是近十几年立起的，每一座都自然有修得极虔敬的墓碑，一方方都像极是讲究的门楼。水泥、青石、花岗石、大理石都可以一眼看出是不错工本的上等材。碑上的字都烫了金或描了红。相比之下，倒是那水泥剥落、基石凹陷、字迹模糊的纪念碑显得寒碜冷寂了。这现象也许并不难理解。作家自己所在的单位，办公室破烂得像个废弃的寒窑，宿舍却装潢得一家比一家豪华。作家去年到日本访问，见到的日本国会灰溜溜的，倒是三菱重工一类私家公司的办公楼更适合称作宫殿。富了和尚穷了庙，看来这也是一个世界性的流行趋势。不免喟叹一番。

不过，整个公墓区也并非座座坟墓都那样堂而皇之。

在公墓区背面的山坡脚下，就有一座坟，没有墓碑，也没有草皮，光秃秃的一小堆土。从坡上流下的水把这一小堆土冲刷得稀稀拉拉，不仔细辨认，很难看出这是一座坟。一个人小解时偶然发现了的。这个人择了一个高些的土堆站上去，刚好就站在了那坟堆上，那泡尿也就刚好撒在了坟头上。

“这好像是堆坟。”痛快淋漓之余，他似有所觉。

“不错的，”县里陪同的那个人证实说，“就是作家在小说里写过的那个镇长的坟。年年除了一个老寡妇来烧几张纸，没有人管的，等于野坟。”

“你说什么？”已经走到前面去了的作家回头问，“哪个镇长？”

“就是在你小说里跟老干部作对的那个。”“真是他？”“真的。”“他怎么埋在这里？”

“不埋这里埋哪里？他死的时候家里没有人来收尸，还是县民政局处理的。要不，还真是死无葬身之地呢。”

（获1996年首届鲁迅文学奖）

图书在版编目（CIP）数据

波湖谣 / 陈世旭著．— 北京：作家出版社，2017.2
（名家小说集）
ISBN 978-7-5063-9383-6

Ⅰ．①波… Ⅱ．①陈… Ⅲ．①中篇小说—小说集—中国—当代②短篇小说—小说集—中国—当代 Ⅳ．①I247.7

中国版本图书馆 CIP 数据核字（2017）第 042136 号

波湖谣

作　　者：陈世旭
策 划 人：杨晓升
责任编辑：张　平
装帧设计：薛冰焰
出版发行：作家出版社
社　　址：北京农展馆南里 10 号　　　**邮　　编：**100125
电话传真：86-10-65930756（出版发行部）
86-10-65004079（总编室）
86-10-65015116（邮购部）
E-mail：zuojia@zuojia.net.cn
http：//www.haozuojia.com（作家在线）
印　　刷：北京盛兰兄弟印刷装订有限公司
成品尺寸：130×185
字　　数：139 千
印　　张：12
版　　次：2017 年 7 月第 1 版
印　　次：2017 年 7 月第 1 次印刷
ISBN 978-7-5063-9383-6
定　　价：48.00 元